KB274853

벗을 보내다 送友人

푸른 산은 북쪽 마을에 가로누워 있고
흰 물살은 동쪽 성을 감아 흐른다
여기서 한 번 이별하면
외로운 다북쑥처럼 만 리를 떠돌 테지
떠가는 저 구름은 나그네 마음
지는 이 해는 오랜 벗의 정
손을 흔들며 이제 떠나가니
쓸쓸하다 외로운 말의 울음소리여

青山橫北郭, 白水遠東城
比地一爲別, 孤蓬萬里征
浮雲遊子意, 落日故人情
揮手白茲去, 蕭蕭班馬鳴

만검조종

萬劍祖宗

만검조종 7
한성수 新무협 판타지 소설

초판 1쇄 찍은 날 § 2006년 12월 21일
초판 1쇄 펴낸 날 § 2006년 12월 30일

지은이 § 한성수
펴낸이 § 서경석

편집장 § 문혜영
편집 § 서지현 · 심재영

펴낸곳 § 도서출판 청어람
등록번호 § 제1081-1-89호
등록일자 § 1999. 5. 31
어람번호 § 제2-1087호

주소 § 경기도 부천시 원미구 심곡1동 350-1 남성B/D 3F (우) 420-011
전화 § 032-656-4452 팩스 § 032-656-4453
http://www.chungeoram.com
E-mail § eoram99@chollian.net

ⓒ 한성수, 2006

ISBN 89-251-0470-9 04810
ISBN 89-5831-984-4 (세트)

만검조종

萬劍祖宗

Fantastic Oriental Heroes

한성수 新무협 판타지 소설

완결 7

만검조종(萬劍祖宗)

목차

제61장 절세묵검의 울부짖음! _7

제62장 무림맹의 아름다운 방문자 _37

제63장 이인자란 언제든 철인이 되어야만 한다 _61

제64장 잠시 실례하겠소! _91

제65장 추풍낙엽(秋風落葉) _119

제66장 지우(知友) _149

제67장 질러야 할 땐 질러야만 한다! _177

제68장 풍림화산(風林火山)은 완성되고 _205

제69장 어떤 문파에서든 무적의 전설은 있다! _227

제70장 사부는 검을 전하고, 제자는 조용히 시립해 섰다 _255

부록 강남 여행기 3 _271

제61장

절세묵검의 울부짖음!

'저 망할 어린 녀석을 봤나! 지금이 어떤 상황인지도 모르고 저리 여유를 부리다니……'

여신유는 추소산의 지극히 태연한 모습에 울컥하는 기분을 느꼈다. 자신의 마음을 전혀 몰라주고 있는 추소산의 모습이나 행동, 모두가 얄밉기 그지없었다.

한데, 바로 그때였다.

짜자자자작!

여태까지 서로를 죽일 듯 노려보고만 있던 강구량과 우대승의 중간쯤 되는 부분에서 전광과도 같은 번뜩임이 수차례 일었다. 흡사 비단 폭을 마구잡이로 찢어발기는 듯한 소음이 뒤따랐음은 물론이었다.

그러자 두 사람의 중간 부분에서 순간적으로 일어난 기파의 거센 회오리!

'웃!'

입가에 흐릿한 미소마저 매달고 있던 진자운이 자신도 모르게 신형을 뒤로 몇 걸음 물렸다.

두 절대고수가 뿜어낸 기파의 충돌로 인해 일어난 소용돌이 중 하나가 하필 그가 서 있던 방향으로 휘몰아쳐 왔다. 일단 뒤로 물러서는 것이 무학의 이치상 합당했다.

하지만 그 정도로 쉽사리 넘기긴 힘든 상황이었다.

한 덩이의 기파는 무형의 화살처럼 날카로운 살기를 일으킨 채 추소산을 따랐다. 흡사 스스로의 의지를 가진 채 추소산의 뒤를 쫓는 듯한 모양새.

스륵!

추소산의 왼쪽 어깨가 일순 밑으로 한 치가량 내려뜨려졌다. 그리고 만들어진 두 개의 분영.

이형환위?

아니다. 그런 것이 아니었다.

추소산이 펼친 분영은 강호에 전해지는 평범한 이형환위와는 차원이 달랐다.

놀랍게도 분영을 일으킨 추소산의 신형은 기파의 소용돌이가 통과한 직후 본래 있던 자리에 다시 모습을 드러냈다. 마치 아무런 일도 벌어지지 않았던 것 같다.

"좋은 신법!"

두 절대고수의 격돌보다 오히려 추소산 쪽에 더 많은 시선을 던지고 있던 여신유의 입에서 작은 탄성이 흘러나왔다. 고작해야 자기 자신밖엔 들을 수 없을 듯한 작은 중얼거림이었다.

하지만 순간적으로 벌어진 한차례 기의 격돌 이후 계속 내력 대결에 들어갈지 말지를 고민하고 있던 강구량과 우대승의 극도로 예민해진 오감을 피할 순 없었다. 처음부터 있을 수 없는 일이었다.

스슥!

스스!

강구량과 우대승이 흡사 미리 약속이라도 한 듯 동시에 서로를 노리고 있던 기파의 칼날을 거둬들였다.

한차례 격돌로 서로가 서로를 다시금 인지한 터.

여신유와 같은 강적을 앞에 두고 당장 생사투를 벌일 상황은 아니란 판단이었다. 그게 합당했다.

그러자 그 순간을 노려 여신유가 슬쩍 일 보를 앞으로 내딛었다.

극히 자연스런 움직임.

그의 장대한 신형은 어느새 추소산의 앞을 가로막아 서고 있었다. 필생의 절학인 심어강은 어느새 그의 전신을 에워싼 채 위세를 뽐내고 있었다.

단 삼 장!

삼존과 같은 절대고수에겐 지척이나 다름없는 거리다.

세모꼴 모양으로 자리를 잡은 삼존의 시선이 빠르게 교차하고 얽혀들었다. 여신유의 중얼거림에 가까운 탄성과 심어강의 빼어남이 묘한 대치 상황을 만들어내고 있었다.

꿈틀!

문득 불살을 가볍게 떨어 보인 강구량의 유현한 시선이 여신유를 향한다.

"축하하오! 별다른 준비 동작도 없이 호신강기를 자연스레 일으킨 걸 보니 여 문주의 무공이 이미 화경을 훨씬 뛰어넘었구려!"

"화경?"

여신유의 입가에 흐릿한 미소가 떠올랐다. 과거 한차례 만나서 손속을 겨루진 않았으되 논검을 한 바 있는 강구량이 필생의 대적인 우대승 앞에서 허장성세를 부리는 모습이 가소로웠다. 쓸데없는 허세를 부리고 있는 것이다.

이는 우대승 역시 마찬가지 심정이었다.

그는 잠시 여신유 쪽을 바라본 후 강구량에게 옅은 조소를 던졌다.

"강 늙은이야! 여 문주가 일으킨 기운이 호신강기 따위라 말하다니, 방금 전 내뱉었던 말은 허세에 불과했단 말이냐?"

"그건 또 무슨 말이지?"

"화산의 검이 녹슬어 버린 것이 아니라면 어찌 본좌 앞에서 헛소릴 지껄이고 있는 거냔 말이다!"

"……."

우대승의 나직한 호통에 강구량은 잠시 할 말을 잃어버렸다. 문득 여신유가 자신뿐만 아니라 우대승 역시 찾아간 일이 있었을 거란 생각이 떠올랐기 때문이다.

'허어, 내 그동안 여신유, 저 사파의 인사를 애써 무시해 왔건만, 진정 또 한 명의 호적수가 세상에 모습을 드러냈더란 말인가!'

강구량은 내심 한탄을 터뜨렸다.

필생의 대적.

광천존 우대승, 단 한 명이면 족했다. 그가 있음에 여태까지 검을 손에서 놓지 않았고, 심신을 단련하길 게을리 하지 않았다. 마음의 긴장을 풀 수 없었던 것이다.

한데, 갑자기 또 한 명이 생겨 버렸다니!

이건 도저히 납득할 수 없었다. 지난날 여신유와 나눴던 논검비무 따윈 실제 검을 들고 싸운 게 아니라, 여태껏 진정한 승부로 치지 않았었기에 지금 느끼는 충격은 더욱 막심했다.

'내 지금 당장 여신유, 저 사파 종자의 무(武)를 확인해 보리라!'

의형수형.

마음이 움직인 순간 검이 움직일지니!

강구량이 전력으로 우대승을 향하고 있던 마음의 검을 여신유에게 살짝 돌렸을 때였다.

핏!

여신유의 청수한 노안에 갑자기 작은 상처가 생겨났다.

찰나 간에 벌어진 일이었다.

강구량 또한 무사하진 못했다. 그가 만들어낸 심검(心劍)이 움직인 순간, 강구량의 심어강 또한 놀고 있지만은 않았다. 곧바로 강력한 반격을 가해왔다.

쩌릉!

보이지 않는 철퇴에 얻어맞았음인가.

강구량의 노구가 한차례 큰 움직임을 보였다. 심어강에 일격을 당한 것이다.

그러자 우대승의 눈 깊은 곳에서 노화의 불꽃이 일어났다.

'강 늙은이, 이 노필부 녀석이 감히 본좌를 앞에 두고 다른 곳에 시선을 돌리다니!'

우대승은 심중의 분노를 속으로 삭이는 데 익숙지 못한 사람이었다. 여태까지 그런 것하곤 십팔만 리 정도 거리가 먼 삶을 살아왔다.

참고 그냥 넘길 수 없을 터.

번뜩!

우대승의 수장이 기쾌한 움직임을 보였다.

목표는 강구량이었다.

강구량의 노안이 살짝 일그러졌다. 설마 여신유의 반격이 이처럼 무서울 줄 몰랐고, 우대승이 이 같은 때를 노려 공격을 감행할 줄 몰랐던 것이다.

그러나 강구량이 달리 삼존 중 일인이 아니다.

잠시 스스로 자초한 위기에 당황했을 뿐, 그의 안색은 곧 평정을 되찾았다. 천하의 뭇 무인들이 꿈에서조차 이루길 꿈꿔 마지않는 절대의 무심경이 너무도 쉽사리 이뤄졌다고 할 수 있었다.

그와 함께 또다시 펼쳐진 의형수형.

이번에 움직인 건 단지 하나의 작은 검이 아니었다.

언제든 우대승을 공격할 기회만을 엿보고 있던 마음속의 커다란 검이 곧바로 그 위력을 세상 밖으로 드러냈다. 우대승의 손을 떠난 적색의 광구를 똑바로 쪼개어간 것이다.

번쩍!

적색 광구와 무형의 검이 일으킨 충돌은 가히 폭발적이었다. 일순 엄청난 양의 기가 응축되더니, 천지사방을 향해 마구 터져 나갔다.

수천… 아니, 수만 개가 넘을 기의 화살.

대폭발의 여파로 인해 형성된 기의 덩어리들은 그야말로 하나하나가 사람의 인명을 앗을 수 있는 흉기, 그 자체였다. 충돌점으로부터 터져 나간 기의 방출에 휩쓸린 모든 것이 단숨에 초토화로 변해 버렸다.

갑작스레 서로의 전력을 단 일 초에 담아 쏟아낸 우대승과 강구량으로서도 예기치 못했던 일이 벌어진 셈이다. 정말 그러했다.

여신유는 재빨리 자신의 몸을 감싸고 있던 심어강을 최대한 밖으로 확장시켰다. 은근슬쩍 감싸고 있던 추소산을 기의 화살들로부터 보호하기 위함이었다.

하지만 여신유는 곧 자신의 걱정이 필요없는 오지랖이었음을 깨달았다.

그가 심어강을 확장시키기도 전에 추소산은 이미 움직임을 보이고 있었다. 여태까지 삼존의 일거수일투족을 주시하고 있었음을 자랑이라도 하려는 것처럼 말이다.

스으.

추소산은 추뢰보를 펼치는 것과 동시에 묵암검으로 풍림화산 중 은림을 연달아 펼쳐 냈다.

일검경혼 백검비천.

그에게 명예로운 별호를 선사한 은림의 은밀하면서도 쾌속한 검기로 자신을 향해 쏟아진 기의 화살을 모조리 튕겨내 버린 것이었다.

빼어난 신법과 독특한 검기(劍技).

게다가 묵암검이 내뿜는 엄청난 마기까지.

여태껏 서로에게 신경을 쓰느라 추소산이란 존재를 완전히 무시하고 있던 우대승과 강구량의 눈에서 번쩍 광채가 일었다. 비로소 여신유가 한낱 애송이에 불과한 추소산을 애써 지키고 있었음에 신경이 기울어졌음이다.

'검을 사용하는 걸 보면 여신유의 혈육은 아닐 터이고… 하지만 하는 행동은 가히 친혈육이라 해도 저러지 못할 정도로 아끼고 있음인데…….'

'저 검에서 뿜어져 나오는 마기야말로 날 이곳까지 이끌어온 기운과 동일하다 할 것이다. 그렇다면 설마 내가 느꼈던 마기의 원천이 고작해야 저런 어린아이의 것이었단 말인가!'

우대승과 강구량은 내심 염두를 굴린 후 다시 서로 간에 눈빛을 교환했다.

노회한 늙은 생강만이 보일 수 있는 모습.

찰나 간에 서로의 마음을 확인한 두 사람이 거의 동시에 극렬한 대치를 보이고 있던 심검과 적색 강기를 담고 있던 수장으로부터 힘을 빼냈다. 일단 휴전에 들어간 후 추소산에 대해 탐색하기로 마음을 바꾼 것이다.

그러나 바로 그때였다.

'그렇게 두 사람의 뜻대로는 안 되지!'

우대승과 강구량의 모습을 예의 주시하고 있던 여신유가 갑자기 심어강을 극성까지 일으켰다.

두 사람의 대치가 깨질 경우 절세묵검으로 짐작되는 묵암검을 지닌 추소산이 추궁을 당하리란 건 자명한 사실이었다. 그 같은 일은 여신유가 바라는 바가 아니었다.

파앗!

여신유를 떠난 심어강이 평상시와는 판이하게 다른 위력을 띤 채 곧바로 강구량을 향했다. 그리고 한 박자 늦춰서 흘러나온 한마디.

"강 장문인, 우리 다시 한 번 일천 초만 싸워봅시다!"

"여 문주, 방금 전의 대결을 계속 잇자는 것인가?"

"물론이오! 이렇게 우리 두 늙은이가 만난 것도 쉬운 일이 아니니, 전날 미진하게 끝냈던 논검비무를 끝내야 할 것이 아니겠소?"

‘이놈이!’

강구량이 재빨리 심검을 일으켜 여신유의 심어강에 맞서가며 신선과 같은 눈가에 짙은 노기를 일으켰다. 평생의 맞수인 우대승 앞에서 한 수 떨어진다 여겼던 여신유의 노골적인 도전을 받게 된 것에 심한 모멸감을 느낀 것이다.

그러자 그 순간, 놀랍게도 우대승이 강구량에게서 몇 보 떨어져 나왔다.

“그러고 보니 두 사람 간에 구원이 있었나 보군. 여 문주가 이렇게까지 나선다면 본좌는 잠시 뒤로 물러나 있겠다. 강 늙은이의 호언장담처럼 화산의 검이 진정 녹슬지 않았다면 여 문주의 패도에 당하는 일은 없을 테니까.”

“…….”

흡사 선심을 쓰는 듯한 우대승의 말에 강구량의 노안이 심하다 싶을 정도로 일그러졌다.

그러나 그는 당장 우대승에게 달려가 사생결단을 벌일 수 없었다. 또다시 여신유의 심어강이 하늘에서 떨어져 내리는 낙뢰와 같은 파괴력을 동반한 채 짓쳐들어오고 있었기 때문이다.

콰득!

영활한 영사와 같이 심검을 움직여 심어강의 강렬한 일격을 옆으로 흘려보낸 강구량이 여신유를 차갑게 노려봤다. 비로소 그에게 전심전력을 다 기울일 마음이 된 것이었다.

‘저분이 우 소저의 부친인가…….’

추소산은 강구량과 여신유의 갑작스런 대결을 지켜보던 중 갑작스레 물러난 우대승에게 시선을 던졌다.

마도의 절대자!

광천존 우대승의 모습은 가히 압도적이었다. 강구량이 신선이나 다름없는 선풍도골 그 자체이고 여신유가 신비로운 느낌이라면, 그는 무인 그 자체로밖엔 볼 수 없을 듯한 강골과 패도를 물씬 풍겼다.

그러나 추소산이 주목한 건 그 외의 것이었다.

자신이 믿는 것을 묵묵히 관철시키는 지독한 고집과 타협하지 않는 기질이라 할까?

필생의 대적을 앞에 두고서도 결코 합공으로 이득을 보려 하지 않는 그의 모습은 절세미인인 우약연과 전혀 다른 외양이나 묘하게 닮은 구석이 있었다. 오직 하나의 길을 우직하게 걸어온 자만이 가질 수 있는 기질을 우대승은 우약연과 마찬가지로 가지고 있었던 것이다.

추소산의 입가로 흐릿한 미소가 떠올랐다.

눈앞에 보이는 노인이라면 결코 전해 들은 것과 같이 자신의 딸을 함부로 내버려 둘 사람이 아니란 생각이 들었다.

저간의 사정은 모르나 두 부녀 간의 사이가 꼬인 데는 오해가 있을 게 분명했다.

수없이 많은 사람들을 상대하는 게 직업인 사부 단양을 쫓아다니는 동안 단 한 번도 어긋난 일이 없는 그의 눈이 그리 결정을 내리고 있었다.

한데 바로 그때였다.

강구량과 여신유의 대결을 묵묵히 지켜보고 있던 우대승의 시선이 갑자기 추소산을 향했다.

"네놈의 손에 쥐어져 있는 검은 필경 혈천마교의 초대 대존주인 묵검신마 위일천과 함께 사라졌다고 알려진 절세묵검이렷다?"

'입술조차 움직이지 않고도 전음입밀은 펼쳐질 수 있는 것인가……?'

추소산은 갑작스레 자신의 심중 깊숙한 곳에서 울려 퍼진 목소리에 잠시 이채를 띠었다.

전음입밀.

한 가닥 실같이 가느다란 진기 속에 말을 담아 목표로 한 상대의 귀에만 전달하는 수법이다. 당연히 시전 시에는 입술을 조금이라도 움직여야만 하는데, 방금 전 우대승은 그저 심연과 같은 눈빛만을 던졌을 뿐이었다.

이는 소림의 혜광심어(慧光心語)와 견줄 수 있다 알려진 신성천교의 마심전어공(魔心傳語功)이었으나 지난바 무공 수준에 비해 잡기에 능치 못한 추소산으로선 알 도리가 없었다.

그러나 정황상 목소리의 주인이 우대승임은 쉽사리 짐작할 수 있는 상황이었다.

언제 우대승을 바라보고 있었냐는 듯 추소산의 시선이 자연스레 다시 강구량과 여신유의 싸움 쪽으로 향해졌다. 그리고 조심스레 가로저어진 고갯짓.

"흥, 제법 똑똑한 놈이구나. 본좌가 마심전어공을 사용한 까닭을 금세 눈치 채는 걸 보니. 하지만 네놈은 또한 멍청하기도 하구나. 감히 본좌에게 거짓을 고하려 하다니!"

'이게 마심전어공이란 절기였군.'

내심 중얼거린 추소산이 슬쩍 눈살을 찌푸려 보였다. 우약연을 생각해 우대승에게 백 보 양보할 마음을 품고는 있었으나 거짓말쟁이란 말을 듣고 보니 기분이 상한다.

그때 또다시 우대승이 다시 마심전어공을 이용해 우르르 말의 홍수를 쏟아내었다.

"당년 위일천의 혈천마교는 천하를 마음껏 혈세했는데, 그때 그의 손에 들려져 있던 절세묵검의 마기는 상상을 초월했다고 들었다. 무림사에 전무후무한 대마인이라 불리던 위일천이 애써 정복한 천하를 버리고 모습을 감춘 까닭이 바로 절세묵검의 마기를 억제할 방도를 찾기 위함이었다는 설이 있을 정도인 것이다. 그래서 본좌는 꽤나 오랫동안 절세묵검과 위일천의 행적을 뒤쫓아 얼마 전에야 소기의 목적을 이룰 수 있었다."

"그건… 무림육대병기보의 일월신검이 등장한 시기가 묵검신마 위일천이 모습을 감춘 것과 일치한다는 것입니까?"

"……!"

우대승의 눈빛이 추소산을 향한 채 가볍게 흔들렸다. 신성천교에서도 익힌 사람이 몇 없다고 알려진 마심전어공으로 응답이 돌아왔기 때문이다.

추소산이 입가에 흐릿한 미소를 담았다.

"우 교주님의 마심전어공은 일반적인 전음입밀과 조금 진기 운용법이 다르더군요. 후배가 조금 흉내를 내보았을 따름이니 너무 노엽게 생각하진 말아주십시오."

"설마… 본좌가 펼친 것만을 보고 마심전어공을 터득했다고 말하는 것이냐?"

"마심전어공이란 단지 마음과 마음을 소통시키는 외에 강력한 음공이나 정신 공격에도 효용이 있는 것이겠지요? 그저 몰래 귓속말만 할 생각이라면 이같이 진기를 잔뜩 운용할 필요는 없을 테니까요."

추소산은 우대승의 질문에 대한 답을 또 다른 질문으로 대신했다. 그로써 충분하단 판단이었다.

과연 우대승은 추소산의 대답에 만족을 느꼈다. 그가 한 질문이야말로 마심전어공이란 절기의 핵심이고 고급 기술에 속하는 것임을 알고 있었기 때문이다.

'어찌 이런 일이 있을 수가……'

우대승은 내심 고개를 가로젓곤 눈에 열기를 담았다. 자신이 오늘 천하에 다시없을 천재를 만났음을 직감적으로 깨달은 것이다.

"자네 말대로 본 교의 마심전어공은 삼 단계로 되어 있다네. 첫 번째 단계가 심어(心語), 두 번째 단계가 심음(心音), 세 번째 단계가 멸심(滅心)인데 방금 전 본좌가 펼친 건 심어라네."

"그렇다면 제가 알아맞힌 건 기껏해야 두 번째 단계인 심음에 불과하군요?"

"꼭 그렇다곤 할 수 없네. 마심전어공의 세 번째 단계인 멸심은 심음이 극상의 경지에 이른 것이니까."

"그렇군요."

우대승을 향해 미미하게 고개를 끄덕여 보인 추소산이 슬쩍 입가에 미소를 담았다.

"제 손에 들린 검이 일월신검의 진체인 건 사실입니다. 우연한 기회에 얻게 되었지요. 하지만 후배 역시 절세묵검에 대해선 전혀 아는 바가 없습니다. 우 교주님의 후배를 대하는 말투가 갑자기 바뀐 이유를 알 수 없는 것과 마찬가지로요."

"그건……."

우대승은 갑작스럽고 노골적인 추소산의 질문에 잠시 당황한 기색을 얼굴에 드러냈다. 추소산에게 완벽하리만치 허를 찔렸기 때문이다.

그러나 우대승이 달리 마도의 절대자라 불리는 것이 아니다.

항시 천하인들을 압도하던 관록을 그는 곧바로 발휘했다. 언제 당황했냐는 듯 싹 표정을 바꿨다는 뜻이다.

"…본 교의 마심전어공은 당당한 마도의 절기로 설혹 정확한 심법과 좋은 스승을 뒀다 해도 기재가 아니면 터득키 힘든 절학일세. 그 같은 절학의 본질을 단숨에 파악해 냈을뿐더러, 스스로 터득하기까지 한 사람한테 어찌 쉽사리 하대를 할 수 있겠는가? 게다가 본시 무림은 강자존의 세상이라네. 본좌는 자네의 무공 실력과 일월신검을 꽤 높게 봤기에 하대를 그만둔 것일세."

'무림은 강자존이다… 또다시 이 같은 말을 듣게 되는구나…….'

추소산은 무림에 출도한 후 귀가 따갑도록 들어왔던 말을 우대승에게 다시 듣게 되자 자신도 모르게 입가에 씁쓸한 고소를 지어 보였다.

안다.

납득도 한다.

사부 단양을 따르는 동안 무수히 많은 이야기 속에서 등장했던 얘기이다. 모를 까닭이 없고, 이해도 되는 바였다. 추소산 자신조차 여태까지 그 같은 말을 실행하기 위해 무수히 많은 날 동안 무공 수련에 전력을 다해왔었다.

하지만 자신의 이상이 그대로 현신한 듯한 우대승조차 그 같은 말을 맹신한다는 건 썩 유쾌하지 않은 기분이었다. 그보다 훨씬 무공이 떨어졌지만, 자신보다 훨씬 약한 자들을 위해 검을 빼 들었던 우약연을 떠올릴 수밖에 없었기 때문이다.

그때 갑자기 말투를 바꾼 우대승이 다시 넌지시 말을 걸어왔다.

"그래서 말인데, 자네… 약연이와는 어떤 관계인 건가……?"

"예?"

이번에 허를 찔린 사람은 추소산이었다. 그만큼 그는 우대승의 입에서 우약연의 이름이 튀어나올 줄 꿈에도 생각지 못했다.

우대승의 눈빛이 슬쩍 집요해졌다.

"강호묵검혈풍영… 과거에는 제법 한가락했던 이름이라 할 것일세. 하지만 그건 어디까지나 과거의 얘기일 뿐, 당세에 이르러 마도는 오직 본 교의 이름하에 복속되었네. 이제 와서 과거의 망령에 본좌가 크게 신경 쓸 까닭은 없다는 뜻일세. 하지만 약연이에 관한 일이라면 달라지지."

"그건… 우 소저가 신성천교의 신녀이기 때문입니까?"

"약연이가 본좌의 하나밖에 없는 딸이기 때문일세."

당당하다.

추소산은 우대승에게 잠시 느꼈던 실망이 씻은 듯 사라지는 걸 느꼈다.

하오문의 정보망을 통해 알게 된 신성천교의 교리는 꽤나 엄격했다. 아무리 교주와 신녀라 해도 함부로 핵심적인 교리를 바꿀 수는 없었다.

당연히 우대승의 이 같은 고백은 목숨을 내놓을 각오가 아니면 할 수 없는 것이었다. 특히 교 내의 인물이 아닌 추소산에게 한 것이기에 더욱 파격적이라 할 수 있었다.

'아니, 사실은 내가 교 내의 인물이 아니기에 할 수 있었던 말인 건가?'

추소산은 잠시 떠오른 의문을 얼른 머릿속에서 지워 버렸다.

그러면 어떻고 또 그렇지 않으면 어떠한가.

설혹 우대승에게 그 같은 마음이 조금쯤 있다 한들 이 같은 고백은 쉬운 것이 아니었다. 다시금 우약연이 부친인 우대승을 오해했다는 생각이 들지 않을 수 없었다.

그때 우대승이 다시 말을 이었다.

"본좌는 이미 자네에게 무덤 속까지 가지고 가려 했던 비밀을 털어놓았네. 그러니 자네 역시 본좌의 질문에 성심성의껏 답해야 할 것일세. 자네의 대답 여하에 따라……."

"저는 우 소저를 마음속에 담고 있습니다."

"자네가 감히 신성천교의 상징인 신녀의 신성을 깨뜨린 건 아닐 테지?"

"우 소저는 처음 후배와 만났을 때와 마찬가지로 옥처럼 깨끗합니다."

"피 끓는 두 남녀가 그토록 오랫동안 함께 여행을 했음에도 깨끗한 관계를 유지했다?"

"이미 마음이 통했습니다. 천지신명 앞에 맹세를 하지 않았다 해도 그만이지 않겠습니까? 적어도 후배는 그런 마음을 가지고 있습니다."

"허!"

우대승은 협박에 가까운 자신의 으르렁거림에도 태연자약한 추소산의 사랑 고백에 입을 가볍게 벌렸다.

그동안 수없이 많은 무림인들을 대했으나 자신 앞에서 이처럼 당당한 자는 거의 보지 못했다.

특히 이제 고작해야 약관을 넘겼을 뿐인 애송이가 상대라면 더욱 놀라운 일이라 할 수 있었다. 무공 재질이나 손에 들려 있는 마검을 떠나

범상치 않은 기질이라 인정치 않을 수 없는 것이다.

'전후의 사정을 미뤄보아 형산에서 일월신검의 진체를 중간에 빼돌린 건 필시 투왕 육지견일 것이라 생각했다. 그래서 그와 의형제를 맺은 애송이가 약연이와 함께 혈문을 상대했다길래 관심을 가졌을 뿐인데, 예상외의 신룡이었단 말인가? 하지만 약연이는 본 교의 신녀이다. 그 아이의 꼬인 운명을 풀고 행복하게 해주려면 평범한 신룡 정도론 힘들 것이다.'

내심 염두를 굴린 우대승이 슬머시 눈 깊은 곳에 안광을 일으켰다. 본격적으로 추소산이란 신룡을 평가해 볼 작정을 하게 된 것이다.

'이런!'

우대승이 일으킨 압도적인 마공의 기운을 가장 먼저 눈치 챈 건 심어강을 거의 극성까지 일으켜 강구량을 상대하고 있던 여신유였다.

그는 강구량에게 연신 밀리면서도 계속 우대승과 추소산 쪽을 살피길 잊지 않고 있었다. 우대승이 추소산의 손에 들린 묵암검이 뿜어내는 마기를 계속 좌시하고만 있진 않을 것이라 생각했기 때문이다.

그러니 여신유가 강구량의 날카로운 심검에 고전을 면치 못한 건 어쩔 수 없는 일이었다. 강구량의 심검이 화산 매화검법의 정화를 품은 채 파고들 때마다 여신유는 몇 차례씩이나 굴욕적인 후퇴를 해야만 했다.

백중지세!

죽기로 싸워보지 않고선 결코 누가 낫다고 단언할 수 없는 실력의 두 사람이었다.

그중 한 사람이 신경을 다른 곳에 분산하고 있다면 승부는 뻔했다.

절대고수 간의 싸움이란 단 반 초식의 차이만 있어도 금세 승부가 나곤 한다. 여신유가 아직 강구량의 검에 패배하지 않은 것만 해도 용하다고 봐야 할 정도였다.

그런데 강구량의 심검이 짓쳐드는 순간 여신유는 다시 정신을 분산시켰다. 갑자기 심상찮은 마기를 뿜어내기 시작한 우대승에게 정신이 팔린 것이다.

스팟!

강구량의 심검이 일으킨 변화 중 하나를 끝내 피하지 못한 여신유의 어깨에서 기다란 핏줄기가 터져 나왔다. 놀랍게도 심어강에 의해 금강불괴나 다름없는 그의 몸에 상처가 난 것이다. 그것도 꽤나 큰 중상이었다.

슥!

재빨리 공중에서 신형을 분산시키며 뒤로 물러서는 여신유를 향해 강구량이 노성을 터뜨렸다.

"여 문주, 어찌 노부와의 일전에 정신을 집중하지 않는 것인가!"

'이미 화산파의 늙은 능구렁이가 눈치 채고 있었구나!'

여신유는 자신이 전력을 다하지 못함을 알면서도 짐짓 모른 척 공격의 가해 득수한 강구량을 못마땅하게 바라봤다. 이미 그에게 한 수를 허용했으니 후일까지 두고두고 씹힐 거리를 제공한 셈이었다.

그때 강구량이 계속 여신유를 압박하던 심검을 거둬들였다. 여신유의 예상대로 한 수 득수했으니 더 이상 그를 압박할 필요성을 느끼지 못한 것이다. 우대승이 갑작스레 뿜어내기 시작한 마기를 그 또한 느끼지 못했을 리 없다.

"어쨌든 노부의 심검에 몸이 상했으니 여 문주는 잠시 뒤로 물러나

게시게."

"강 장문인, 고작 일검을 득수한 걸로 승부를 끝내겠다는 것이오?"

"일검이면 족하지."

슬쩍 입가에 미소를 만들어 보인 강구량이 갑자기 여신유를 노리고 있던 심검의 방향을 돌렸다.

쉬악!

심검이 향한 방향은 추소산을 노린 채 마기를 풀풀 풍기고 있던 우대승의 훤히 드러난 명문혈이었다. 여신유조차 입을 가볍게 벌렸을 정도의 갑작스런 기습!

그러나 심검이 막 우대승의 명문혈을 꿰뚫을 찰나였다.

휘릭!

마심전어공의 이단계인 심음을 갑작스레 쏟아내 추소산의 심령을 꽁꽁 잡아 묶고 있던 우대승이 번개같이 수장을 뒤집었다. 다른 이존과 마찬가지로 그 역시 추소산에게만 신경을 쏟고 있진 않았던 것이다.

쩌쩡!

또다시 정면충돌한 심검과 혈광은 흡사 만년빙이 갈라지는 듯한 굉음을 일으켰다.

그 정도의 충격이 있었다.

당연히 뭔가 특별한 변화가 없을 리 만무하다.

휘청!

우대승의 심음에 옴짝달싹 못하고 있던 추소산이 신형을 한차례 비틀거리더니, 곧 수중의 묵암검을 세밀하게 움직였다.

종상벽하.

무려 서른여섯 차례나 겹겹이 검기를 쌓아서 검강을 능가하는 위력을 만들어낸 일검이다.

강구량의 기습적인 심검을 받느라 약해진 우대승의 심음을 끊으려
는 의도였다.

검강 이상의 위력을 담은 종상벽하의 변화를 따라 묵암검의 암흑 검
기가 흐른다.

'끊었다!'

심음의 강력한 힘이 절단된 순간, 추소산은 재빨리 추뢰보를 펼쳐
신형을 최대한 뒤로 빼냈다.

또다시 우대승의 심음에 제압당하기 전에 마심전어공의 영향권 밖
으로 물러설 작정이었다.

여기까진 누구라도 생각할 수 있는 일.

우대승이 눈을 살짝 가늘게 뜨곤 다시 마심전어공을 펼치려는 찰나,
뒤로 신형을 빼내는 듯하던 추소산이 묵암검과 신형을 합일시켰다.

신검합일?

문득 하늘로부터 마구 떨어져 내리고 있던 양광이 묵암검 속으로 맹
렬히 빨려 들어갔다.

갑작스레 일식이 발생한 것이나 다름없는 상황.

어둠 속을 가르며 추소산의 묵암검이 은림을 연속적으로 펼쳐 냈다.

은밀하면서도 화려한 검의 폭류!

그러나 우대승을 놀라게 만든 건 따로 있었다. 조금 늦긴 했으나 여
전히 추소산을 노린 채 펼쳐진 자신의 심음이 갑자기 거울에 반사라도
된 듯 되돌아온 것이다. 그사이 추소산은 심음마저도 자신의 것으로
만들어 버린 것이다.

'이런 괴물 같은 녀석을 봤나!'

우대승은 재빨리 마심전어공의 삼단계인 멸심을 펼쳐 추소산의 심음을 소멸시키곤 나직이 혀를 찼다.

그 자신, 마도의 대종사로 한평생 자부심 속에 살아왔으나 추소산과 같은 천재는 본 일이 없었다. 지금과 같은 무위와 발전 속도라면 후일 누가 있어 감히 눈앞의 괴물 같은 애송이를 감당할 수 있으랴.

한데 그때였다.

추소산이 펼친 은림과 묵암검의 괴이한 마기를 잠시 눈여겨보던 강구량의 노안에서 기광이 번뜩였다. 도둑과 같이 깨달음이 심중에서 인 까닭이다.

'애초에 노부가 느꼈던 마기가 우대승, 저 마두의 것이 아닌지라 괴이하다 생각했다. 그런데 이제 보니 여신유나 우대승 두 놈 모두 저 어린아이에게 지극히 신경을 쓰느라 노부를 상대함에 있어 손해까지 감수하고 있지 않은가!'

절정의 무도자는 가끔 중대한 대전에 있어 승부사적인 감을 느끼곤 한다.

이는 이성적으론 뭐라 딱히 꼬집어 말할 수 없는 일.

그러나 강구량은 여태까지 무수히 많은 싸움을 거치는 동안, 가끔씩 그 같은 감에 전적으로 의지하곤 했다. 그리고 결과는 항상 승리였다. 이제 다시 그 같은 감이 강하게 준동하자 망설일 까닭 따윈 전혀 없었다.

파앗!

강구량은 연신 우대승을 노리고 있던 심검의 방향을 추소산 쪽으로 돌렸다. 그를 공격해서 자신의 심중에 인 의혹을 풀겠다는 의도였다.

그러자 그 순간, 여신유가 대경한 표정으로 심어강을 일으켰다. 그리고 또 한 사람, 우대승 역시 자신도 모르게 손을 썼다. 추소산을 중심으로 한 채 삼존이 각기 전력을 몽땅 발휘한 채 격돌한 것이다.

번쩍!

삼존이 격돌한 것과 동시였다. 천지를 양단하는 듯한 강렬한 빛의 덩어리가 용과 같은 똬리를 틀며 추소산 쪽으로 파고들었다.

이는 삼존 중 누구도 예상치 못했던 일.

"헛!"

"허!"

"음!"

삼존의 입에서 묵직한 신음성들이 연이어 터져 나왔다. 자신들의 전력을 그대로 맞받은 추소산이 죽음을 면치 못하리라 생각했기 때문이다.

그런데 추소산은 죽지 않았다.

마지막 순간 삼존의 전력이 담긴 용의 똬리, 그것은 놀랍게도 추소산의 수중에 들려져 있던 묵암검에 집중되었다. 어떤 종류의 빛이든 끌어당기는 묵암검의 독특한 특성이 추소산의 목숨을 살린 것이라 할 수 있었다.

한데 그것으로 끝이 아니었다.

우웅!

우우우우우우!

천하무적이라 할 수 있는 삼존의 전력이 담긴 용의 똬리를 집어삼킨 묵암검은 갑자기 격렬한 울음을 토해내더니, 변화하기 시작했다.

후드득! 후드득!

검명과 함께 떨어져 내리기 시작한 검은 기운들.

순식간에 검신 전체에 적룡의 용린과 같은 문양이 생겨난 묵암검이 강구량과 우대승을 불러들였던 때보다 더욱 엄청나고 강렬한 마기를 토해냈다. 여태까지 뭔가 알 수 없는 힘에 의해 봉인되어 있던 검체가 드디어 진실한 모습을 드러내며 벌어진 일이었다.

"저 검의 모습은……."

"절세묵검… 인가……?"

추소산에게 했던 말과 달리 평생 묵검신마와 절세묵검의 발자취를 찾아왔던 우대승의 눈빛이 침중하게 가라앉았다.

'큭!'

묵암검이 절세묵검으로 변모한 순간, 추소산은 격렬한 고통 속에 빠져들었다. 본래 절세묵검을 봉인하고 있던 묵검신마 위일천의 본신진기가 노도와 같이 쏟아져 들어왔기 때문이다.

그와 함께 심령을 울리기 시작한 허무한 목소리 하나, 봉인과 함께 묻혀져 있던 묵검신마 위일천의 의지였다.

"만인(萬人)의 혈(血)을 빨아들인 저주의 마검을 다시 일깨우려는 자, 누구인가? 혈천마교는 잘못되었으니, 세상에서 없어짐이 옳도다!"

'혈천마교가 세상에서 없어짐이 옳다? 설마 이건 혈천마교의 초대 대존주였던 묵검신마 위일천의 목소리인가?

추소산은 무한한 고통 속에서도 또렷하게 자신의 심령을 자극하는 위일천의 목소리에 신형을 가볍게 떨어 보였다.

그의 목소리가 들렸다 함은 자신의 묵암검이 절세묵검일 것이라던 주변 사람들의 예상이 옳았음을 웅변하는 것이었다. 마음 한 켠에 개운치 않은 기분이 드는 것이 당연하다.

그러자 그 같은 추소산의 내심을 읽은 위일천의 목소리가 조금 다른 색채를 띠었다.

"절세묵검의 진체를 일깨우고도 절세묵검의 존재를 의심한다? 그건 혈천마교의 후인이 아니란 뜻인가? 그렇다면 어찌 내 본신진기를 몽땅 담은 절세묵검의 봉인이 풀릴 수 있었는가? 설마 날 능가하는 고수가 세상에 나타났다는 뜻?"

위일천의 다소 혼란스런 혼잣말이 자신의 심령을 마구 어지럽히자 추소산의 눈 깊은 곳에 이채가 떠올랐다.

삼존의 격돌!

천하에 보기 드문 기사로 인해 전대 천하제일고수가 전력을 다해 펼친 봉인이 풀렸음을 눈치 챈 까닭이다. 자신은 흡사 고래 싸움에 새우 등이 터지듯 그 중간에 끼어 고통의 바다 속에 빠져든 형국이고 말이다.

한데 그때였다.

잠시 추소산이 딴 곳에 정신을 판 순간, 그의 체내로 침투한 위일천의 강대한 진기가 뇌성벽력과 같은 위력을 발휘하기 시작했다.

기경팔맥의 침투.

추소산이 이미 이루고 있던 삼층도리 중 연정화기와 연기화신을 휘몰아 단숨에 소주천을 이룬 위일천의 진기가 임독이맥을 따라 곧바로 상단전 쪽으로 몰려들었다. 아직 추소산이 엄두조차 내지 못하고 있던 삼층도리의 최후 관문, 연신환허를 이루기 위해 달려든 것이다.

쾅!

추소산은 앗 하는 새에 상단전으로 몰려든 진기의 해일에 아찔한 현기증을 느꼈다.

연신환허에 대해선 자세히 수록되지 않은 귀원연기공을 기반으로 한 그의 내공심법 자체가 거대한 지진을 맞았다. 아예 새로운 영역에 첫발을 내딛는 정도가 아니라 미친 듯 달려든 것과 같은 형국이었다.

당연히 충격이 없을 리 만무하다.

추소산은 일순 입을 쩍 벌렸다. 뭔가 중천의 태양처럼 뜨겁고 강렬한 기운이 상단전이 위치한 인당 부위를 향해 불끈 치솟아올랐다. 단 한 번의 폭발로 인해 놀랍게도 절대의 경지라 불리는 삼층도리의 마지막 연신환허가 이루어진 것이다.

그리고 바로 그때였다.

계속 혼잣말을 중얼거리며 혼란스러워하던 위일천이 추소산의 한층 맑아진 심령 속으로 갑자기 띄엄띄엄 무공 구결을 읊기 시작했다.

단지 의념만 남은 상태임에도 자신의 무공에 대한 긍지까지 버릴 순 없었는지 절세묵검을 봉인했던 때의 의지조차 내동댕이쳐 버리고 무공 비교에 들어간 것이었다.

"백색광검(白色光劍)… 적이 준비하지 못한 곳을 타고 들어가 공격하고, 적이 예상하지 못하는 곳에서 나오리라[乘其無備而攻之, 出其不意而出之]… 뜻을 품었으면 적에게 발각됨을 방비하여야 하니, 기세가 마치 땅을 말아 올리는 바람과 같아야 한다[蓄意須防被察覺, 起勢好似捲地風]……."

'이건… 무공의 구결인가…….'

추소산은 연신환허를 이룬 상황 속에서도 지극히 냉정하게 위일천이 남긴 무공의 구결을 파악했다.

일깨움.

삼층도리의 마지막 연신환허를 이룩한 이때, 우연찮게 얻게 된 위일천의 무공 구결은 그동안 구상해 왔던 풍림화산의 세 번째인 광화(光火)의 단초를 제공해 줬다.

극도의 무아지경 속에서 집중력이 남달라짐은 당연한 일이었다.

백색광검이 과거 위일천을 천하제일인으로 만들었던 최강의 검식이란 걸 까맣게 모른 채 추소산은 수중의 절세묵검을 휘둘러대기 시작했다.

무아지경!

그 속에서 창안해 낸 검식을 펼쳐 보임으로써 완전한 자신의 것으로 만드는 과정에 돌입하고 있었다.

"허!"

"저, 저런……."

"으음."

묵암검이 절세묵검으로 변화한 직후였다. 추소산의 갑작스런 검무(劍舞)에 잠시 넋을 잃고 있던 삼존의 입에서 제각기 신음이 흘러나왔다.

각기 무학의 대종사인 그들은 단숨에 추소산이 무의식적으로 펼쳐 보인 검무가 담고 있는 힘을 알아봤다.

전대의 천하제일절기인 백색광검의 오의가 담긴 광화의 위력 앞에 잠시 할 말을 잃은 것도 무리는 아니었다.

한데, 그들의 놀람은 그것으로 끝이 아니었다. 절대 그리될 수 없었다.

폭발!

화려하면서도 아름다운 검무로 삼존의 시선을 잡아놓고 있던 추소산의 절세묵검이 갑자기 태양과 같이 불타올랐다. 화산의 대폭발과 같이 용암과 같은 검로를 쏟아내었다.

그러자 당연한 결과랄까?

다소 느릿한 검식의 변화를 거쳐 누에고치를 찢어발기고 화려한 날개를 편 나비와 같이 광화가 본래의 위력을 발휘했다. 삼존 모두를 향해서 말이다.

제62장

무림맹의 아름다운 방문자

'태… 양이 폭발했는가……!'

'어찌 일개 검에서 이 같은 위력이……!'

추소산의 백색광검이 기반이 된 광화가 펼쳐진 건 삼존 중 두 사람, 검신존 강구량과 패도존 여신유의 중간 지점이었다.

장래 사위로 점찍은 까닭일까?

무아지경에 빠져 정신을 절반 이상 잃어버린 추소산의 훤하게 드러난 배후를 우대승은 그대로 놔두었다. 그가 강구량과 여신유의 사이를 뚫고 도주하는 걸 은연중에 방조한 것이다.

그러자 추소산과 변화한 절세묵검에 정신이 팔려 있긴 하나 여전히 서로를 견제하고 있던 강구량과 여신유의 얼굴엔 잠시 황당한 기색이 어렸다. 그들 평생에 어찌 이 같은 일을 만나리라 상상조차 했겠는가.

하지만 그들은 곧 현실을 직시했다. 느닷없이 태양이 폭발한 듯 엄청난 광화의 위력이 억지로 그리 만들었다.

'받아야 하는가? 아니면……'

'…말아야 하는가?'

강구량과 여신유는 거의 동시에 심검과 심어강을 전력으로 펼쳐 내곤 번개가 무색할 빠르기로 신형을 분산시켰다.

노회한 빠른 판단.

그들은 본인들의 최강 절학으로도 순식간에 지척까지 이른 광화의 위력을 완전히 감당할 자신을 갖지 못했다.

쉬악!

그들의 예상은 틀리지 않았다.

그보단 정확했다고 함이 옳을 터다.

추소산의 광화는 단숨에 촘촘한 그물과 같이 얽혀 들어온 심검과 심어강을 꿰뚫었다. 그리고 태양의 폭발과도 같은 검력으로 모조리 녹여 버렸다.

그 여파가 없을 리 만무하다.

"크헉!"

"컥, 헉!"

강구량과 여신유는 급박스레 몰려든 광화의 후폭풍에 거친 숨결을 토해냈다.

내심 갑작스런 소나기를 피한 후 맹렬한 반격을 가하리라던 속셈 따윈 깡그리 날아가 버리는 순간이었다.

스윽.

그 사이를 추소산의 추뢰보가 속도를 높이며 빠져나갔다. 광화의 후폭풍이 강구량과 여신유의 예상보다 훨씬 대단했음을 말해주는 모습이었다.

　순식간에 시야 밖으로 멀어져 버린 추소산의 뒷모습을 물끄러미 바라보고 있던 우대승이 수중에 쥐어진 성천신도를 한차례 떨어 보였다.
　우웅!
　성천신도가 흡사 자신에 버금갈 만큼의 신기를 갖춘 절세묵검과의 대결을 이뤄주지 않은 주인이 원망스러운 듯 울부짖는다.
　그 새하얀 도신에 패도 가득한 시선을 던진 우대승의 두툼한 입가에 쓰디쓴 고소가 흘러넘쳤다.
　"허허, 장강의 물결이 뒷물결에 밀린다고 했던가? 수십 년이 지나도록 후인이 나오지 않음을 비웃고 있었건만……."
　"마두야! 어찌 그 소마두 녀석을 막지 않고 그대로 내버려 뒀더냐!"
　우대승의 혼잣말을 노성으로 끊은 이는 강구량이었다. 그는 어느새 광화의 후폭풍으로 인해 들끓던 내식을 바로잡고 우대승의 앞에 다가서 있었다. 느닷없이 자신들을 공격한 후 도주(?)해 버린 추소산을 막지 않은 우대승에게 화풀이를 해야겠다고 생각했음에 분명하다.
　그러자 묵묵히 추소산이 떠나간 방향을 바라보고 있던 여신유가 슬며시 눈살을 찌푸려 보였다.
　'허어, 우 교주 같은 대종사가 어찌 까마득한 후배의 배후를 공격할 수 있을까? 강 장문인이 지나치게 흥분했구나!'
　여신유의 예상대로였다.
　강구량의 따지는 듯한 말을 들은 우대승이 한쪽 눈썹을 슬쩍 치커올렸다.
　"강 늙은이, 정파를 대표한다는 네가 감히 방금 전에 본좌더러 새카

만 후배의 배후를 공격하라 말한 것이냐?"

"그런 문제가 아니지 않느냐!"

"아니다?"

"그렇다! 노부는 절세묵검의 마기에 홀린 마인을 막았어야만 했다고 말하는 것이다!"

"절세묵검의 마기에 홀린 마인이라… 본좌가 보기에 그 젊은이는 마검의 마기에 홀린 것처럼은 보이지 않았다."

"흥, 물론 처음에야 그랬지. 하지만 방금 전 그 젊은 녀석이 절세묵검으로 펼친 건 당년 묵검신마 위일천의 절기인 백색광검과 흡사했다. 그러니…….'

"그 젊은이는 필경 혈천마교와 위일천의 후인일 것이다? 그렇게 말하고 싶은 것이냐?"

우대승이 자신의 말꼬리를 끊고 대신 결론을 내리자 강구량이 노안을 찡그려 보였다.

방금 전 자신이 한 일이 있기에 뭐라 말할 순 없으나 심히 심기가 언짢은 기색이었다.

그때 두 사람의 말싸움에서 한걸음 벗어나 있던 여신유가 눈을 빛내며 끼어들었다.

그는 단숨에 추소산을 무림공적이나 다름없는 혈천마교와 위일천의 후인으로 만들어 버린 강구량에게 제동을 걸어야 할 필요성을 느꼈다.

"강 장문인, 추 소협에 대해선 내가 좀 아는데, 결코 혈천마교와는 관계가 없소이다."

"결코?"

"그렇소이다. 내가 알기론 추 소협은 따로 사문이 있는 강호의 신성으로 여태까지의 행동을 보면, 정사마 중 군이 따지자면 정 쪽에 속한 협객이었소이다. 강호에 출도한 이후의 행로가 이를 증명하오.”

“그러고 보니 여 문주는 처음부터 저 소마두를 꽤나 감싸지 않았소이까?”

“강 장문인, 그건 무슨 의미시오? 설마 지금 패천도문이 혈천마교와 손이라도 잡았다고 말하시려는 것이오!”

여신유가 슬쩍 목소리를 높이자 강구량이 입가에 차가운 기색을 내보였다.

“노부가 듣기로 동방의 어느 나라엔 열 장 물속은 알아도 한 치의 사람의 마음은 알 수 없다는 말이 전해진다고 하더구려. 생각해 보면 혈천마교가 득세할 당시 패천도문의 전신이었던 패도문은 그다지 큰 피해를 입지 않은 것으로 아오. 그러니 강남제일세라 불리며 당금에 커다란 성세를 이룬 패천도문이 혈천마교의 악종들과 손을 잡고 무림제패를 꾀할 의도가 없다고 단언할 수도 없는 노릇이 아니겠소이까?”

“그 무슨 당치 않은 소리를!”

여신유가 평소의 냉정함을 잃고 신비롭기까지 하던 준수한 얼굴에 노기를 드리웠다.

무림 중 전통의 명문이라 함은 구파일방과 칠대세가, 오악검파 등을 들 수 있다. 그리고 눈앞의 강구량은 그중 제일이라 평가받는 구파일방 제일의 고수였다. 결코 손쉬운 상대라 할 수 없었다.

하지만 전통 면에선 비록 구파일방에 손색이 있다곤 하나 패천도문은 당당한 강남제일세였고, 여신유 자신은 강구량과 어깨를 나란히 하는 입지전적인 대종사였다. 내심의 자부심이란 하늘을 찌를 정도였다.

당연히 여신유로선 결코 강구량의 이 같은 언사를 그냥 참아 넘길 수 없었다. 여태껏 더러운 성질을 꿋꿋한 인내심으로 찍어누르고 있었으나 이제는 한계였다. 그는 강구량과 생사를 건 일전을 벌일 마음을 먹었다.

한데 그때였다.

갑작스런 추소산의 도주로 인해 벌어진 두 사람의 설전을 냉연히 지켜보고 있던 우대승이 갑자기 퉁명스레 소리쳤다. 그의 시선이 향한 쪽은 강구량이었다.

"강 늙은이야! 화산의 검은 녹만 슨 것이 아니라 노망까지 든 것이냐?"

여신유를 향하고 있던 강구량의 시선이 불을 뿜듯 우대승을 향했다.

"네가 방금 노부에게 노망이 들었다 했느냐?"

"했지."

짤막한 대답으로 강구량을 더욱 노하게 만든 우대승이 침착한 표정으로 말을 이었다.

"본좌는 마도를 일통한 이후 꽤나 오랫동안 묵검신마 위일천의 행적과 기록을 연구해 왔다. 그래서 그의 무공에 대해선 나름대로 파악한 바가 많은데, 방금 전 추 소협이란 녀석이 펼친 검법의 검력이 백색광검과 흡사한 면은 있지만 검초의 형식은 전혀 다르다고 할 수 있다. 여문주의 말은 결코 틀린 것이 아니야."

"백색광검이 아니라고?"

"그렇다. 이는 본좌의 명예를 걸고 자신하는 바이니 너는 믿어도 될 것이다."

"……."

강구량은 결코 자신의 주장을 꺾을 생각이 없었다. 추소산을 애써

비호하는 여신유와의 일전조차 불사할 의향이 있을 정도였다.

하지만 갑자기 우대승이 명예까지 들먹이며 끼어들자 입을 굳게 다물 수밖에 없었다.

당금 마도의 절대자!

전대 마도제일이라 할 수 있는 혈천마교와 묵검신마 위일천에 관해 우대승 이상으로 알고 있다고 자부할 수 있는 자는 아무도 없었다.

강자존의 철혈율이 가장 엄격하게 지켜지는 곳이 마도.

우대승이 마도를 일통한 후 얼마만큼 철저하게 혈천마교와 위일천에 대해 조사했을진 대충 짐작할 수 있었다.

'우대승, 저 마두 녀석이 아니라면 확실히 위일천의 백색광검은 아닐 것이다. 마도 내부의 일에 있어 저 마두 녀석 이상 잘 아는 자는 없을 테니까. 하지만 그렇다면 도대체 그 태양이 폭발하는 듯하던 놀라운 일검은 어찌 된 것이란 말이냐? 위일천의 백색광검을 제외하곤 역대 어떤 검법도 그 같은 위력을 발휘하진 못했거늘.'

강구량은 염두를 굴리며 자신도 모르게 눈을 가늘게 떴다.

삼존 중 유일하게 만병지왕(萬兵之王)이라 불리는 검을 다루는 당금의 일인자!

강구량에게 있어 검은 삶, 그 자체였다.

나이 세 살 때 손에 든 후 여태까지 단 한 번도 손에서 내려놓지 않았던 동반자이자 친구, 그 이상이었다.

당연히 검에 있어 그의 자부심은 상상을 초월했다. 검으로 천하제일에 오르지 못한 것을 한스럽게 생각했고, 도가 아닌 살육과 패도에 중점을 둔 도에 의지하는 우대승과 여신유를 살짝 깔아보았다. 그게 당연했다.

그런데 검에서 밀렸다. 밀려 버리고 말았다.

만만찮은 강적인 여신유를 견제하던 중 벌어진 일이라곤 하나 지금 그의 양심은 소리치고 있었다, 결코 어쩌다 벌어진 일이 아닌 완패라고.

그래서 그리했다.

우기기로 마음먹었다.

평생의 꼬장꼬장한 의기조차 잊고서 확실치도 않은 누명을 씌우려 하였다. 그냥 가슴 깊숙한 곳에서 치밀어 오른 울화를 그런 식으로나마 풀려 한 것이다. 그게 진실이었다.

푸들!

강구량은 찰나 간에 수없이 떠오른 상념 속에서 자신의 얄팍한 내심을 읽고는 가볍게 안면 근육을 떨어 보였다.

부끄럽다!

청천(靑天)과 같이 푸르고 맑던 검이다.

평생 단 한 번도 자신의 검 앞에 부끄럽지 않았었다. 그것이 자신의 자랑이요, 자부심이었다.

그런데… 지금 강구량은 자신의 맑고 푸른 검 앞에서 고개를 들 수 없는 심정이었다. 그곳에 비추인 검고 속된 마음의 파랑이 일대의 검성(劍聖)을 그리 만들었다.

그리고 바로 그때였다.

천하제일의 꼬장꼬장함을 자랑하던 강구량이 홀로 분노하고 번뇌하다 갑자기 부끄러워하는 모습을 힐끔거리던 여신유가 갑자기 헛기침을 터뜨렸다. 내심 강구량의 그 같은 모습에 분노를 가라앉혔을뿐더러, 즐기기까지 하던 중 간과하고 있던 사항 하나가 뇌리에 떠올랐기 때문이다.

"어험험! 그런데 참으로 이상한 일이지 않소이까?"

강구량과 우대승의 시선이 일제히 여신유를 향한다. 갑작스런 헛기침과 묘한 색채를 띤 말투가 남긴 여운에 대한 질문을 던진 것이다.

여신유의 입꼬리가 특유의 오만한 기색을 띤 채 슬쩍 치켜 올라간다.

"두 분은 이상하지 않다는 것이오, 어찌 천하에 흩어져 있던 우리 세 사람이 느닷없이 이런 곳에서 조우하게 됐는지에 대해서?"

"그건……."

강구량이 자신도 모르게 입술을 떼었다가 얼른 침묵을 고수했다.

방금 전까지 자신의 검에 정직하지 못했던 것에 번민하고 고뇌한 주제에 다시 체면을 차릴 생각이 든 것이다. 어쩔 수 없는 명문정파 출신의 천성이다.

그러나 우대승은 본시 뼛속 깊숙이까지 마도인으로 체면 따위엔 그다지 연연하지 않는 사람이다.

입술만 떼었다가 만 강구량 쪽을 한차례 바라본 그가 칼날과 같은 날카로운 시선을 여신유에게 들이댔다.

"여 문주, 본좌가 하남성에 온 건 본 교의 신녀를 보호하기 위함일세. 내 이곳에 이르기 전에 들은 소문으론 여 문주와 본 교의 신녀 간에 안 좋은 일이 있었던 것 같더군."

"안 좋은 소문이라… 마교에서는 도둑질을 그리 말하는가? 마교의 신녀가 패천도문의 지보인 청룡등천도를 훔친 탓에 여 문주가 그 뒤를 쫓는다는 소문이 이미 천하에 알려진 사실이거늘."

"강 늙은이와는 관련없는 일이다!"

“마교에 관련된 일에 어찌 노부가 빠질 수 있을까? 노부가 화산에서 움직인 것이야말로 마두가 청해를 벗어났다는 소식을 들은 까닭인 것을.”

“결국 본좌와 다시 한판 겨룰 작정이었다는 거로군.”

우대승의 눈빛이 무저의 동혈과 같은 어둠을 담은 채 강구량을 향했다.

새로운 긴장 관계의 형성.

그러나 강구량은 여태까지와 달리 슬쩍 기세를 늦추곤 몸을 뒤로 빼내었다.

“마두와는 언젠가 결판을 내야 할 테지. 하지만 일단 마두는 여 문주와의 문제를 해결하는 것이 먼저일 것이다. 그렇지 않은가, 여 문주?”

“…….”

여신유는 갑자기 자신에게 친근하게 구는 강구량을 생뚱맞다는 듯 바라보다 내심 쓰게 웃었다. 방금 전 자신과 힘겨운 일전을 나눈 강구량의 뇌리 속에 떠오른 생각이 무언지 대충 짐작이 갔기 때문이다.

‘뭐, 이번 기회에 마도무학의 정수를 집대성했다고 알려진 광천존과 싸워보는 것도 나쁘진 않겠지. 하지만 검신존의 검에 당한 상처가 제법 커서 전력을 몽땅 발휘하기 쉽지 않으니, 그런 삐딱한 생각 따윈 일단 접어두는 편이 낫겠군. 일단 사회적 통념대로 죽 쒀서 남 좋은 일은 시키지 않는 게 마땅할 것이야.’

이 같은 생각을 여신유만 했을 리 없다.

우대승 또한 비슷한 과정을 거쳐 곧 어이없다는 시선을 강구량에게 던졌다. 강구량이 자신과 여신유 사이의 싸움을 부추기는 까닭을 모르는 바 아니나 이처럼 노골적으로 행동할 줄은 몰랐기 때문이다.

'진짜 노망이라도 든 것인가?'

심각하게 고민해 볼 문제라고 우대승은 생각했다.

그때 여신유가 천천히 고개를 끄덕이며 뇌까렸다.

"그처럼 천하가 내 움직임을 손바닥 보듯 알고 있었다니, 그야말로 놀라운 일이로군."

우대승이 여신유의 혼잣말 속에 담긴 의도를 즉시 파악해 냈다. 암흑, 그 자체와도 같은 눈 속에서 기묘한 광채가 번뜩인다.

"여 문주의 말속에 담긴 뜻은 누군가 우리 삼 인을 이곳에서 만나게 하기 위해 일부러 본좌와 강 늙은이 측에 정보를 흘렸다는 뜻인가?"

"아마 강남을 떠난 본인의 움직임을 파악하기 위해선 천하의 모든 정보 단체 중 오 할가량은 전력으로 움직여야만 했을 것이오. 당연히 갑작스런 오늘의 만남에는 꽤나 미심쩍은 일이 많소이다."

"확실히!"

"그래서 내가 천하에 그 같은 일을 벌일 만큼 간 큰 자들이 누가 있을까 곰곰이 생각해 봤는데……."

"혈천마교의 후예들일 테지."

여신유의 말을 끊는 단호한 답을 내놓은 사람은 강구량이었다. 여신유의 말이 꽤나 타당하다는 걸 깨닫고 잠시 화산으로부터 시작된 여로와 정보 습득 과정을 역산해 보자 간단히 답을 낼 수 있었다.

그리고 이는 우대승과 여신유 역시 이미 생각하고 있던 바였다. 감히 천하무림 전체라 해도 과언이 아닌 삼존에게 몰래 정보를 뿌려서 상잔을 유도케 할 만한 자들은 혈천마교밖엔 떠오르지 않는다.

"그렇다면 앞으로 꽤 재미있어지는 것이겠군."

여신유가 이를 드러내며 웃어 보였다. 나머지 이존 역시 어깨를 한 차례씩 으쓱해 보이며 동조할 뿐이다.

삼존.

과거 천하를 피로 혈세했던 혈천마교라 해도 두려워할 까닭이 없는 존재들이다.

단숨에 하늘을 두 개로 나눠 버린 검이 만든 길!

추소산은 거의 무의식적으로 펼쳐 낸 광화가 만들어낸 빛의 길을 전력으로 쫓던 중 갑자기 정신을 회복했다. 자연스레 동작을 멈춘 추뢰보.

지잉!

암흑의 정화와 같던 과거의 모습을 벗고 본래의 묵적색을 되찾은 절세묵검이 가벼운 울림을 일으켰다. 주인이 정신을 회복했음을 알아보기라도 한 것 같다.

하지만 추소산의 시선은 수중의 절세묵검을 외면한 채 멀리 낙양 쪽을 응시하고 있었다. 절세묵검이 일으킨 울림과 공명을 일으키고 있는 청룡등천도의 마기를 읽은 까닭이다.

'어째서……?'

추소산은 흡사 도둑처럼 찾아든 마음의 움직임을 이해할 수 없어 눈살을 찌푸려 보였다.

이성의 잣대론 결코 잴 수 없는 거대한 운명의 수레바퀴가 그의 마음을 옥죄어오고 있었다. 일시 마음에 큰 동요를 느낌은 어쩔 수 없는 일이었다.

그러나 추소산은 문득 수중의 절세묵검을 움직여 가볍게 공간을 갈라 버렸다.

스악!

어찌나 예리한지 대기가 잘려 나가는 소리까지 들려온다. 과거의 묵암검과는 다른 느낌이다.

추소산은 마음의 결정을 내렸다.

"여전히 어찌 이런 일이 벌어졌는진 알 수 없다. 하지만 우 소저가 기다리고 있는데 어찌 내가 가지 않을 수 있을까?"

중얼거림의 여운이 채 사라지기도 전이었다.

스으.

추뢰보를 펼쳐 가볍게 공중으로 신형을 띄워 올린 추소산이 한 가닥 바람이 되어 낙양으로 향했다. 이제 그의 앞을 가로막는 건 아무것도 존재하지 않았다.

*   *   *

삼존을 한데 모이게 만든 자.

머리로써 세상을 살아가는 모사 추자량이 있는 곳은 낙양에 위치한 고택 중 하나였다.

고택의 정원에는 거의 작은 동산을 이룰 정도의 전단지가 쌓여져 있었다. 모두 얼마 전까지 낙양과 부근 일대, 골목골목마다 붙여져 있던 것들이었다.

한데 그때였다.

휘이잉!

낙양의 하늘을 떠돌던 수없이 많은 바람 중 하나가 고택의 정원 위로 떨어져 내렸다.

그에 부화뇌동한 몇 장의 전단지들.

팔랑거리는 소리와 함께 하늘로 날아오른 전단지에 쓰여져 있던 몇 줄의 시구들 중 일부가 추자량의 눈 속으로 뛰어들어 왔다. 과거 정마대전의 한 대목, 바로 검신존 강구량과 광천존이 최후의 대결을 벌일 때의 모습과 후일 다시 만나서 자웅을 가리자던 맹세였다.

이를 바라보는 추자량의 입가에 득의만면한 미소가 스쳐 지나간다.

'검신존 강구량이 화산을 떠났고 광천존 우대승 역시 단신으로 신성천교의 총단을 떠나 중원으로 향했다고 했으렷다? 화산과 청해성의 거리를 감안하면 이미 그들은 낙양 부근에 도착했을 게 뻔한 터.'

뿌린 즉시 몽땅 회수하긴 했지만, 이미 전단지에 적혀 있던 시구를 모르는 낙양 사람들은 거의 없을 정도였다. 그만큼 과거 벌어졌던 정마대전은 꽤나 얘기하기 좋은 소재였다.

그러니 만약 강구량과 우대승이 얼마 전 추자량이 화산과 청해성 부근의 간자 전체를 희생한 계획이 성공했다면 필시 그들의 귀에 시구의 내용은 전해졌을 터였다. 이런 뻔한 계획이야말로 성공 확률은 무한대로 높아지게 마련이기 때문이다.

게다가 낙양 부근까지 이른 여신유와 삼존 개개인의 엄청난 자부심을 생각한다면… 이제 추자량으로선 제이차 정마대전이 벌어지거나 삼존이 맞부딪쳐서 사상자가 나오기만을 기다리면 될 터였다. 아예 셋 다 양패구상하거나 동귀어진하게 되면 더 바랄 나위가 없을 테고 말이다.

'하하, 하지만 그렇게까지 좋은 결과를 바라는 건 너무 큰 욕심이려나? 어쨌든 이번에 내가 세운 계획의 장대함은 혼자 잘난 체하느라 바쁜 혈유를 압도한다고 볼 수 있다. 그가 어찌 이같이 사람의 심리와 투쟁 본능까지 철저하게 계산한 계획을 펼칠 수 있으랴!'

다른 말로 하면 야비하고 얍삽한이라 바꿔도 하등의 문제가 될 것이 없을 자신의 계획을 떠올리며 추자량은 마음 깊이 흐뭇해했다.

앞으로 벌어질 일을 생각하자 마음속 한 켠이 근질근질해 올 정도였다. 그로선 자신의 계획 속에 추소산이란 생뚱맞은 인물이 끼어들어 완전히 또 다른 상황을 만들어냈으리란 걸 알 도리가 없는 것이다.

그래도 추자량은 천하에 몇 안 되는 모사 중 한 명이었다.

이런 들뜬 기분에만 매달려 있어선 답이 나오지 않음을 알기에 그는 얼른 자신의 뺨을 소리나도록 때렸다.

짝!

얼얼하다.

즉시 잔뜩 들떠 있던 기분이 가라앉자 추자량의 하나밖에 남지 않은 눈 깊숙한 곳에서 귀광이 일었다. 슬슬 이제부터 혈유가 계획한 무림맹 혈사의 계획을 시작할 때였다.

자신의 삼존 상잔 계획에 비하면 무척이나 조야한 것이나 그래도 지켜봐 줄 정도는 되리란 생각이 들었다. 즉, 수수방관 속에 혈유와 자신 간의 모사로서의 능력을 재보려 함이었다.

"오늘 밤, 무림맹엔 한 명의 아름다운 방문자가 있을 거라고 했던가? 제법 재밌는 구경거리가 벌어질지도 모르겠구만. 흐흐흐."

추자량의 입가로 나직한 조소가 흘러나왔다.

밤.

정파무림의 총화이자 중심.

무림맹이 위치한 백마사 위로 고즈넉한 달빛이 떨어져 내리고 있었다.

누가 봐도 당당한 대문.

비록 부근에 위치한 낙양성의 성문과 규모를 비교할 순 없으나 누구도 쉽사리 근접할 수 없을 듯한 위압감을 무림맹의 굳게 닫혀 있는 대문은 자아내고 있었다.

문득 그 같은 위용 앞에 귀영 하나가 떨어져 내렸다.

슉!

하늘을 배회하다 떨어져 내린 꽃잎이라 해도 이 정도 은밀함을 보일 수 없을 정도로 귀영의 움직임은 놀라웠다. 아예 본래부터 그 자리에 존재했던 것 같은 모양새다.

그리고 갑자기 달빛에 비친 절세의 용모를 보라!

고대의 모든 미녀들이 한꺼번에 모습을 드러낸 듯, 백화가 만발한 듯 섬세하면서도 아름다운 옥용과 자태는 감탄을 절로 일으킨다. 그 정도의 미모였다.

세상에 이 같은 미모의 주인은 단 한 사람!

신성천교의 신녀, 우약연뿐이다.

점심 무렵, 단양의 건량으로 배를 채운 그녀는 청룡등천도의 강력한 이끌림에 의해 낙양 부근에 이르렀다. 그리고 주변에서 가장 강력한 기운을 발하는 자가 있는 무림맹의 앞에 지금 도착한 것이다. 시대를 뛰어넘은 태평도의 저주를 실현하기 위함이었다.

하지만 아쉽달까?

달빛 아래 모습을 드러낸 그녀의 절대적 미모는 과거와 달리 화룡점정(畵龍點睛)을 찍지 못했다. 그럴 수가 없었다. 경탄을 강요하는 듯하던 달빛과의 조화를 살짝 깨뜨리는 눈빛의 선명치 못함이 도드라졌기 때문이다.

망연!

웅장한 무림맹의 대문을 바라보는 우약연의 눈빛에는 정기가 느껴지지 않았다. 평범한 사람이라면 누구라도 가지고 있는 마음의 빛이 전혀 보이지 않는다.

흡사 백치의 눈빛과 같다.

한데, 갑자기 우약연의 눈빛이 바뀌었다. 무림맹의 거대한 대문 안쪽에서 번을 돌던 선위무사들이 내뿜는 기의 파동을 느낀 것과 거의 동시의 일이었다.

슛!

우약연이 아무렇게나 늘어뜨리고 있던 청룡등천도를 들어올리더니, 바람처럼 신형을 공중으로 띄워 올렸다. 족히 이 장은 될 눈앞의 대문을 그대로 뛰어넘은 것이다.

처음 모습을 나타낼 때와 마찬가지로 귀영, 그 자체!

번을 돌던 중 막 대문 앞에 도달했던 이 인 일 개 조의 선위무사들의 입에서 당혹에 찬 목소리가 터져 나왔다.

그만큼 느닷없이 대문을 뛰어넘어 모습을 드러낸 우약연의 등장은 지나칠 정도로 파격적이었다.

이 같은 일을 한 번도 경험해 본 적이 없는 선위무사들로선 크게 놀라지 않을 수 없었다.

하지만 비록 선위무사들이 정파 전체를 대표하는 무림맹에서도 가장 신분이 낮은 자들이라곤 하나 적어도 무림에서 이류 급은 되는 자들이었다. 제아무리 놀랐다 한들 붕어처럼 입만 뻐끔거렸을 리 만무하다.

슥!

스슥!

그들의 손은 어느새 허리에 매달린 검파에 닿아져 있었다. 상황이야

어떻든 발검부터 하고서 뒷일을 생각하겠다는 의지를 행동으로 드러낸 것이다.

그러자 그때 우약연의 손에 들려져 있던 청룡등천도가 섬뜩한 마기를 드러내며 움직였다.

파팍!

우약연이 앞으로 나선 순간, 검파에 손을 댔던 선위무사 둘의 얼굴이 거의 동시에 세로 방향으로 양단되었다. 그리고 뒤를 이은 건 달빛과 어우러져 검게 물든 혈화의 화려한 개화!

"크헉!"

"커헉!"

처절한 단말마의 비명.

자신이 만들어놓은 핏빛 외침을 우약연은 무심히 지나쳤다. 그리고 수중의 청룡등천도를 아무렇게나 늘어뜨린 채 자신의 정원을 거닐 듯 우아하게 몇 걸음 서성거렸다. 흡사 뭔가를 찾고 있는 듯한 모양새다.

그러자 잠시 후 그녀의 망연한 시선 속으로 한 떼의 선위무사들이 모습을 드러냈다. 번을 돌던 동료들이 최후로 터뜨린 비명을 듣고 달려온 자들이었다.

"감히 이곳이 어디라고!"

"이 죽일 요녀 같으니라고!"

새로 등장한 선위무사들은 달빛의 흐릿한 음영 속에 머문 우약연의 절세적 미모를 일시 알아채지 못했다. 대신 그들의 시선을 가장 먼저 잡아끈 건 처참한 모습으로 살해된 동료들의 모습이었다.

분노가 선위무사들의 이성을 순식간에 잠식해 버렸다.

그들은 일제히 성난 시선을 우약연에게 던졌다. 그녀의 손에 들린 청룡등천도의 혈광과 마기로 볼 때 그녀가 바로 홍수임을 직감할 수 있었기 때문이다.

그러나 그들은 애석하게도 우약연의 미모만을 알아보지 못한 게 아니었다.

단숨에 무림맹의 대문을 뛰어넘은 그녀의 절세적인 신법을 보지 못했고, 단숨에 두 명의 동료를 죽음으로 몰아간 청룡등천도의 쾌속한 검격의 위력 역시 알지 못했다.

사사삭!

선위무사들이 동료들이 그러했듯 제각기 병장기에 살기를 담고서 우약연을 포위하려 할 때였다.

슷!

일순 신형을 몇 개나 분신한 우약연이 놀랍도록 빠르게 선위무사들 틈으로 파고들었다. 그들이 뿜어낸 살기가 불러일으킨 결과였다.

무림맹의 역할을 하고 있는 백마사 내부의 요지 중 하나인 불심당(佛心堂)의 내부.

고요히 타오르고 있던 선향 속에 홀로 좌정해 있던 노승의 이마에 문득 굵직한 주름이 새겨졌다.

천하가 인정하는 고승인 대자비수 고엽신승.

당금 소림사의 최고 배분이자 무림맹주란 중요한 위치에 있는 구십여 세의 고승은 언제 졸고 있었냐는 듯 가벼운 한탄을 입가에 담아내었다.

“허어, 도고일척이면 마고일장이라 했던가? 지난 십여 년간 그다지 큰 사고가 없어 다행이라 생각했거늘, 어찌 이런 괴사가 벌어졌더란 말인고!"

고엽신승이 반개하고 있던 눈을 스륵 떴을 때였다. 그가 거하고 있던 불심당 밖에서 특이하게 목소리의 고저가 느껴지지 않는 소리가 들려왔다.

"맹주님, 변고가 발생했습니다."

"변고가 발생했으니 자네가 이 늦은 시각에 불심당까지 달려온 것이겠지. 약수, 자네만으로 해결할 수 없는 일이던가?"

상선약수.

최고의 선은 물과 같다는 도덕경의 말이다. 그러나 당금 무림에서 약수라 불리는 이는 청성파(靑城派)의 속가제일인이자 무림맹의 군사인 약수선생(藥水先生) 소진명을 일컬음이다.

소진명이 시간을 끌지 않고 답했다.

"금일 백마사의 외원에 머물고 있던 선위무사 삼룡대(三龍隊), 백여 명 가지곤 해결키가 쉽지 않을 것 같습니다."

"일룡대와 이룡대가 그리 멀지 않은 곳에 있는 것으로 아네만?"

"그들이 백마사에 도착하기 전에 삼룡대가 전멸할 것 같습니다."

"흐음."

고엽신승의 입에서 가벼운 한숨이 흘러나왔다.

무림맹의 하부 조직인 삼룡무대(三龍武隊)의 각 대주들은 명문정파 출신들은 아나나 일류 급 무사이고, 거기 속한 선위무사들은 대부분 이류 급 이상의 무위를 지니고 있었다.

한 개 무대, 백 명의 숫자가 지닌 전력은 웬만한 중소문파와 비견될 만하다. 한데 다른 무대에서 달려오기도 전에 전멸을 당할 것 같다니, 고엽신승의 입가에 한숨이 걸리는 것도 무리는 아니었다.

"허면, 내원의 은자림(隱者林)에서 몇 사람 나가야 한다는 뜻이겠구 만?"

"그래야 할 것 같습니다."

고엽신승의 질문에 소진명은 이번에도 시간을 끌지 않았다. 그의 명쾌한 답에 고엽신승의 미간 사이가 슬쩍 좁아진다.

'은자림의 고수들이 나선다면 오늘 이곳을 찾아든 불청객은 금세 조용해질 것이다. 하지만 그리되면 필시 그 시끄러운 인간들이 무림맹의 평소 경계 태세나 소속 무사들에 대해 일제히 떠들어댈 터인데……'

백마사 내원의 은자림은 각대문파의 장로 급 인사들이 음풍농월(吟風弄月)하며 시간을 죽이는 장소다. 한마디로 말해 절정 급 이상의 고수들이 득시글거리는 곳이란 뜻이다.

그러나 고엽신승은 그곳에 있는 고수들의 도움을 받고 싶은 생각이 별로 없었다. 한차례 도움을 받으면 열 마디 잔소리를 늘어놓는 게 바로 속칭 명숙이란 자들의 생리임을 누구보다 잘 알고 있었기 때문이다.

한데 그때였다.

고엽신승이 쉽사리 답을 내놓지 않자 기다리기 지루했음인가. 소진명이 다시 입을 열었다.

"맹주님, 이대로 가면 반 각이 가기 전에 삼룡대는 전멸입니다. 그리되면 뒤이어 도착한 다른 무대 역시 각개격파를 당할 가능성이 농후하고 말입니다."

"약수, 자네가 삼룡대에 전수한 진법도 그다지 대단치는 않았구만."

"상대가 그만큼 강할 뿐입니다. 진법으로 올릴 수 있는 전력이란 고작해야 두세 배에 불과하니까요."

"……"

고엽신승은 자부심 깊은 소진명이 이 정도까지 말을 하는 걸 들어본 적이 없었다. 언제든 마음만 먹으면 어떻게든 일을 처리하는 걸 지켜봐 왔기에 다른 방도를 강구하란 뜻을 전한 것인데, 이리 노골적으로 말하니 도리가 없다. 그는 이곳에 오기 전 이미 마음의 결정을 내리고 있었던 것이다.

"은자림에는 약수, 자네가 알리도록 하게나."

"맹주령이 필요합니다."

"명령보다는 부탁으로 하자는 뜻일세. 그래야 나중에 뻔뻔스레 이구동성 떠들어대는 걸 듣기가 조금이나마 편할 것이 아니겠는가?"

"몇 분은 목숨을 걸어야 할지도 모릅니다. 맹주령은 반드시 필요합니다."

'그 정도다?'

고엽신승의 안색이 슬쩍 바뀌었다. 그는 비로소 오늘 밤 무림맹에 방문한 사람이 초절정을 능가하는 천하에 보기 드문 고수임을 알게 된 것이다.

"…맹주령을 발동하겠네."

"존명."

고엽신승이 맹주령이란 말을 입에 담은 것과 동시였다. 소진명이 불심당을 향해 허리를 궁신한 후 신형을 바람같이 날렸다.

청성파 비전의 신법인 암향표(暗香票).

그중에서도 극치에 이르고서야 펼칠 수 있다고 알려진 암향부동(暗香不動)이었다.

제63장

이인자란 언제든 철인이 되어야만 한다

백마사가 멀지 않은 낙양의 외곽.

늦은 저녁 한 명의 노인과 한 명의 청년, 두 명의 여인이 모습을 나타냈다.

노인의 외양은 선풍도골 그 자체이고, 청년은 준수하고 영웅의 기개가 넘치며, 두 여인은 미모가 실로 꽃과 같다. 한마디로 말해 극히 범상찮은 인원 구성이라 할 수 있었다.

그들은 검신존 강구량과 화산검룡 화무겸, 강성연 사남매, 무당파의 영경 등이었다.

강구량은 다른 삼존과 헤어져 추소산의 행적을 쫓던 중 우연찮게 화무겸 일행과 맹진에서 합류하게 되었다.

그때 화무겸 등은 갑작스레 모습을 감춘 여연경을 찾고 있었는데, 사존인 강구량과 조우한 후 그 뒤를 따르지 않을 수 없었다. 당시 몰래 화산파를 나온 강성연이 울상이 된 얼굴로 조부 강구량 앞에서 눈물을 뚝뚝 떨궈야 했음은 굳이 설명하지 않아도 될 일이었다.

어쨌든 그렇게 낙양을 앞에 뒀을 때 일행 전체를 향해 거센 야풍이 휘몰아쳐 왔다.

휘이잉!

야풍이 긴 머리를 흩날려 시야를 가리자 화무겸이 재빨리 손을 움직여 시야를 확보했다. 여문진과의 일전에서 영웅건을 잘린 때문에 애로가 제법 심하다.

힐끗.

화무겸의 그 같은 모습에 시선을 던진 강구량이 노안을 가볍게 찌푸려 보았다.

"어쩌다 화산파의 대제자가 그 같은 꼴을 하고 다니게 되었단 말인고?"

화무겸이 얼른 허리를 궁신하였다.

"소손이 부족해 사문의 위엄을 욕보였습니다."

"사문의 위엄을 욕보였다?"

"장문 사조님을 뵙기 하루 전 우연찮게 패천도문의 이공자와 만났는데, 실수로 교전을 하게 되었습니다."

"패천도문의 제자에게 영웅건을 잘렸다는 말인고?"

강구량의 얼굴에 언뜻 노기가 스쳐 갔다. 놀랍게도 자신과 당당히 맞섰던 여신유의 얄미운 모습이 떠올랐기 때문이다.

화무겸의 허리가 조금 더 굽혀진다.

곧 들어올려진 그의 얼굴엔 부드럽지만 강한 의지가 담겨져 있었다.

"여 이공자의 광한현공과 도법이 비록 강했지만, 본 파의 자하신공과 매화검이 결코 그에 못지않았습니다."

"허면?"

"여 이공자는 소손을 뒤로한 채 몸을 돌렸습니다."

"……."

강구량은 화무겸의 살짝 돌려진 대답이 뜻하는 바를 바로 알아챘다. 화산이 낳은 검룡이라 불리는 화무겸은 놀랍게도 강남제일세라 불리는 패천도문의 실질적인 후계자라 알려진 여문진을 꼬리를 만 개처럼 달아나게 만든 것이다.

'과연 화산의 대제자답다. 하지만 그 추소산이란 녀석과 비교한다면……'

강구량은 화무겸에게 미미하게 고개를 끄덕여 보이다 내심 고개를 가로저었다. 어떤 의미론 여신유나 필생의 대적인 우대승보다 더 얄미운 추소산의 얼굴이 갑작스레 떠오르자 뒷맛이 씁쓸해 온다. 어디 내놔도 떨어질 것이 없는 눈앞의 화무겸이지만, 결코 추소산이란 괴물의 상대가 될 수 없음을 알고 있었기 때문이다.

그때 강구량을 만난 후 고양이를 만난 쥐처럼 기가 팍 죽어 있던 강성연이 갑자기 목소리를 높였다.

"여 공자가 갑자기 사라진 건 역시 대사형 때문이었군요!"

'여 공자?'

강구량의 시선이 슬쩍 손녀 강성연에게 향했다. 그녀가 말한 여 공자란 말이 꽤나 거슬렸기 때문이다. 그러자 움찔한 표정으로 자신의 입을 양손으로 가로막는 강성연.

강구량의 시선이 이번엔 화무겸을 향했다.

"무겸아, 아연이가 말한 여 공자란 누굴 뜻하는 것이더냐?"

“그, 그는…….”

화무겸이 처음으로 말을 더듬었다. 하늘 같은 장문 사조의 물음에 감히 거짓을 말할 순 없었고, 사매 강성연을 망신 주기도 싫었기 때문이 벌어진 일이다.

‘하아, 화 소협은 다 좋은데, 사람이 너무 강직하구나!’

영경은 화무겸이 일시 강구량의 질문에 대답하지 못하는 광경을 보고 내심 가볍게 한숨을 지어 보였다.

같은 명문정파인 무당파의 제자인 그녀조차 이 같은 때에 곧이곧대로 대답할 필요가 없다는 도리쯤은 알고 있었다. 화무겸에 대한 미련 때문에 헤어지지 못하고 강구량의 뒤를 따라나선 자기 자신에 대한 한심함과 고뇌 따윈 지금 이 순간 살짝 잊어버릴 법도 하다.

“그 여 공자는 패천도문에 속한 문도로 잠시 동행을 함께한 사이입니다. 화 소협이 상대한 여문진 소협과는 그리 큰 관계가 없는 사람이지요.”

“패천도문의 일개 문도와 동행을 했다? 거기엔 특별한 사정이 있을 듯한데?”

강구량의 시선은 여전히 화무겸을 향하고 있었으나 질문을 한 당사자는 영경이었다. 그녀가 자신의 대답에 가장 먼저 대답을 했기에 그에 따른 설명 역시 요구한 것이다.

영경이 그리했다.

“여 공자와 빈도가 과거 친분이 있었기 때문에 그리되었습니다. 혹여라도 선배님께 실례가 되었다면 용서를 바랍니다.”

“흐흠.”

강구량은 나직이 고개를 끄덕일 뿐 별말을 하진 않았다. 영경의 청명하고 바른 태도에 딱히 뭐라 공박할 만한 구석을 찾기 힘들었기 때문이다.

사단을 일으킨 건 오히려 다른 쪽이었다. 영경과 조부 간의 대화에 귀를 쫑긋 세우고 있던 강성연이 두 눈을 쭈욱 찢고서 갑자기 왈칵 소리를 질렀다.

"이 못된 것! 그동안 온갖 순진한 척은 다하더니, 화 사형에 이어 여 공자한테도 추파를 던졌구나!"

"……."

영경의 맑은 얼굴에 일순 기가 막힌 기색이 스쳐 갔다. 여연경이 여인임을 밝히지 않은 건 어디까지나 강성연이 마음을 다칠 것을 염려한 처사였다. 선의가 이 같은 악의로 받아들여지자 의연한 그녀로서도 화가 나지 않을 수 없었다.

쫘악!

영경이 입술을 앙다문 채 있는 힘껏 양 주먹을 쥐었다. 그리고 그와 동시였다.

스으.

강구량의 앞에 묵묵히 서 있던 화무겸이 갑자기 신형을 돌리더니 신행백변의 신법을 이용해 강성연 앞에 도착했다.

쫘악!

화무겸의 수장이 번뜩인 순간, 강성연의 얼굴이 반대편으로 돌아갔다. 죽엽수의 수법을 응용한 탓에 아예 반항조차 하지 못하고 얼굴을 얻어맞은 것이다.

"화, 화 사형……."

강성연의 되바라진 얼굴이 새파랗게 질렸다. 그녀는 설마 화무겸이 조부인 강구량이 있는 앞에서 자신에게 이 같은 손찌검을 하리라곤 생각조차 하지 못했다.

하지만 화무겸은 거기에서 그칠 생각이 없었던지 다시 손을 들어올렸다.

파르르!

바람도 없는데 떨리는 소맷자락의 흔들림.

강성연을 바라보는 화무겸의 얼굴은 심할 정도로 딱딱하게 굳어 있었다. 강성연이 한 말이 얼마만큼 영경의 가슴에 큰 상처를 남겼을지 짐작조차 할 수 없었기 때문이다.

한데, 갑자기 화무겸의 가늘게 떨리는 소맷자락을 잡아끄는 손길이 있었다. 어느새 다가온 영경이었다.

"영경 도……."

"화 소협, 빈도는 괜찮습니다."

영경의 마음이 괜찮지 않음을 화무겸이 모를 리 만무하다. 그녀를 바라보는 그의 얼굴에 가벼운 흔들림이 보였다. 어느 결에 영경은 화무겸 자신에게도 소중한 사람이 되어 있었다.

그때 세 남녀의 복잡미묘한 관계를 묵묵히 지켜보고 있던 강구량이 성큼 앞으로 다가섰다. 느릿한 듯 보이나 단숨에 공간을 압축해 오는 수법은 분명 화무겸이 펼쳤던 신행백변인데, 그 속도란 축지성촌(縮地成寸)이나 다름없다.

스으.

"하, 할아버님……."

분한 마음에 두 눈 가득 눈물만 담고 있던 강성연이 강구량에게 애처로운 시선을 던졌다. 조부인 강구량이 나섰으니, 필경 자신의 억울함을 풀어주리라 생각한 것이다.

그러나 그 순간, 움직인 강구량의 수장!

번뜩.

영경의 방해를 받아 무사할 수 있었던 강성연의 반대편 볼에 선명한 손바닥 자국이 찍혀났다. 전혀 소리나 형체가 없이 일어난 변화였다.

"아!"

강성연의 입술을 뚫고 새된 신음이 가냘프게 흘러나왔다.

굳게 믿었던 강구량이 펼친 죽엽수에 얻어맞은 부위가 너무 아파서 비명조차 힘껏 내지를 수 없었다. 평소 자신을 꽤나 귀여워하던 조부에게 얻어맞은 것이기에 더욱 큰 충격이었다.

그런 강성연을 바라보는 강구량의 노안에 냉기가 어렸다.

"화산파에 어찌 너 같은 망종이 태어났더란 말인고! 이번에 화산으로 돌아가면 최소한 일 년 이상 면벽을 해야만 할 것이니라!"

"하, 할아버님……."

"장문 사백조라 칭하거라!"

"흐흑!"

강성연이 결국 더 이상 참지 못하고 두 눈에 고여 있던 눈물을 와르르 떨궈냈다. 마음속의 억울함과 분함이 커다란 두 눈을 통해 흘러넘친 것이었다.

강구량의 노안에 슬쩍 구름 한 점이 끼었다. 내심 무척이나 귀여워했던 손녀였다. 얼굴 양면에 시뻘건 손도장을 찍은 채 우는 모습을 보니 마음 한 켠이 아프지 않을 리 만무하다.

그러나 곧 강구량은 안색을 더욱 딱딱하게 굳혔다. 그가 갑자기 손녀 강성연을 엄하게 대하기 시작한 데는 까닭이 있었다. 이제 와서 약한 모습을 보일 순 없었다.

'패도존의 손녀는 강남제일의 미녀이고, 신성천교의 신녀 또한 천하제일을 다툴 만한 미녀라 했다. 아연이가 비록 밉상은 아니지만 그 아이들과 미모로 견줄 수는 없을 터이니⋯ 반드시 이번 기회에 단단히 훈육을 시켜서 그 추소산이란 녀석이 깜빡 넘어갈 정도의 현숙함을 지니게 하리라.'

그렇다.

강구량이 다른 삼존과 헤어져 굳이 추소산의 행적을 찾아나선 데는 백색광검을 확인하겠다는 이유 외에 이 같은 꿍심이 포함되어 있었다.

비록 사손인 화무겸이 후기제일지수라 불릴 정도의 인재이긴 하나 삼존의 포위망을 뚫고 유유히 사라진 추소산에 비할 수는 없었다.

나이가 찬 손녀를 둔 입장에서 탐심이 생기지 않을 수 없는 일이었다. 다만 그는 아직 추소산과 강성연 간의 악연을 까맣게 모르고 있었다.

잠시 염두를 굴린 강구량이 더욱 얼굴에 냉기를 일으키자 강성연이 흠칫 놀라 재빨리 소매로 눈가를 훔쳤다. 눈물 작전 따위가 통할 만한 상황이 아님을 눈치 챈 것이다.

그러자 강구량이 그녀를 외면하곤 시선을 화무겸과 영경에게 던졌다. 한눈에 보기에도 그림처럼 잘 어울리는 두 사람이다. 그렇게 생각되었다.

'무당파의 영 자 항렬이라면 무겸이 녀석보다 한 배분이 높다고 할 수 있다. 이번 기회에 무당파의 배분을 깎아 내리는 것도 나쁘진 않은 일일 테지.'

강구량의 입가에 흐릿한 미소가 스쳐 갔다. 갑자기 자신의 사손과 무당파의 일대제자를 억지 혼례시키면 매우 재밌겠다는 생각이 떠올랐다. 그의 성품대로라면 그대로 밀어붙일 가능성이 매우 높은 생각이었다.

흠칫!

화무겸과 영경이 자신도 모르게 어깨를 움찔거렸다. 왠지 모를 냉기에 오싹한 소름을 느낀 것이다.

                    *   *   *

맹진의 거미줄처럼 뻗어 있는 거리 안쪽 깊숙한 곳에 위치한 관제묘(關帝廟)의 내부.

패도존 여신유는 홀로 꽤나 넓은 사당의 중앙에 팔순 노인이라곤 결코 믿을 수 없을 만큼 건장하고 잘 발달된 상반신을 드러낸 채 좌정해 있었다.

꼬박 하루를 운기조식으로 소진한 끝에 강구량의 심검에 당한 내상은 모두 치료가 되었으나 상처는 남았다.

가슴으로부터 반대편 허리까지 사선을 그리며 떨어져 내린 검상!

비록 이젠 흐릿해졌으나 모양이 선명하다.

강구량이 쏟아낸 심검의 위력이 어찌나 강했는지 금강불괴인 여신유의 몸이나 흔적이 남았다.

휘오오!

내상 치료가 끝나자마자 여신유는 자리를 박차고 일어섰다. 그러자 일시 그에게서 뿜어져 나온 강렬한 기파가 단숨에 사당 내부를 휘몰아쳤다.

갑자기 사당 내부로 일진광풍이 몰아친 것이나 다름없는 상황이 연출되었다.

우당탕!

쿵쾅쾅!

오만하게 사당 내부를 내려다보고 있던 관우상이 뒤로 날아가고 사방에 머물러 있던 낡은 먼지 등이 분분히 날렸다. 모두 여신유에게서 쏟아져 나온 기파에 의해 벌어진 일들이다.

그와 동시였다.

여태까지 여신유만이 독차지하고 있던 관제묘 밖에서 일단의 무인들이 모습을 드러냈다. 얼마 전 맹진에서 조우한 여연경과 파도 현극빈, 그리고 전룡대의 최정예인 본대에 속한 조장 급들이었다.

최선두에 섰던 여연경과 현극빈이 얼굴 가득 기쁨의 빛을 띠었다. 이미 여신유가 예전의 신위를 되찾았음을 직감적으로 느낄 수 있었기 때문이다.

"할아버님!"

"문주님!"

거의 동시에 터져 나온 여연경과 현극빈의 외침에 여신유가 오연한 시선을 던졌다.

"웬 호들갑이냐? 설마 내가 이만한 상처에 고생이라도 할 줄 알았더냐?"

"어찌 감히!"

현극빈이 얼른 목소리를 높인 후 뒤에 도열한 조장들과 함께 바닥에 부복했다. 그러자 여연경이 바닥에 부복하는 대신 조부인 여신유에게로 신형을 날렸다.

휘익!

여신유는 대번에 자신의 품 안에 뛰어들어 온 여연경을 안으면서 짐짓 얼굴을 굳혔다. 느닷없이 가출한 죄를 이런 식으로 대충 넘어갈 순 없었다.

"잘 하는 짓이다. 다 큰 녀석이 남장이나 하고 다니고."

"덕분에 강호를 자세히 돌아볼 수 있었습니다."

"얻은 것은 있고?"

"천하제일의 신랑감을 찾았지요."

"추소산이란 녀석을 말하는 것이렷다?"

"……."

여신유가 대번에 추소산이란 이름을 끄집어내자 여연경의 얼굴이 살짝 홍조를 띠었다.

여신유와 추소산이 이미 만남을 가졌음을 알고는 있었으나 이런 갑작스런 질문은 당황스럽다. 처녀로서 부끄러움을 느끼는 건 당연한 일이었다.

여연경이 곧바로 대답을 하지 못하자 여신유의 눈살이 가볍게 찌푸려졌다.

보기만 해도 알 수 있었다.

그녀가 추소산을 뜨겁게 사랑하고 있음을.

하지만 이미 추소산에게 확언을 들을 터였다. 하나밖에 없는 손녀가 앞으로 겪을 사련을 생각하자 마음 한 켠이 살짝 아파온다.

'그 녀석이 어찌 하필이면 마교의 신녀와 얽혔더란 말인고…….'

내심 혀를 찬 여신유가 여연경을 품 안에서 떼어냈다. 일단 추소산과 손녀 여연경에 대한 건은 뒤로 미뤄두고 먼저 해결해야 할 일이 있었다.

그러자 일순 여신유의 눈빛이 변하는 걸 재빨리 눈치 챈 현극빈이 얼른 목소리를 높였다.

"문주님, 밖에 이미 장 대주와 상 대주가 죄를 청하고 있습니다."

"장혼과 상철룡이?"

"그렇습니다. 장 대주와 상 대주는 어젯밤 속하를 만나 문주님의 밀명을 전해 들은 후 바로 귀순의 뜻을 밝혔습니다."

"흥!"

여신유가 입가에 냉소를 머금었다. 현살대와 전룡대의 대주인 장혼과 상철룡은 패천도문 내에서 직위가 결코 낮지 않았다. 감히 여문진과 함께 문파 전복을 꾀했으니, 오마분시를 당한다 해도 할 말이 없을 터였다.

한데, 갑작스레 귀순을 한다?

이는 또 한차례 배신을 하는 것이나 다름없었다. 그리고 그들이 배신하는 당사자는 다름 아닌 여신유의 둘째 손자인 여문진이었다. 기분이 좋을 리 만무했다.

그 같은 여신유의 의중을 읽은 현극빈이 조심스레 말했다.

"두 사람의 죄가 실로 중하긴 하지만 문 내에서 반드시 필요한 인재들입니다. 문주님의 밀명을 듣자마자 바로 귀순한 걸 감안해 관대한 처분을 내려주시길 바랍니다."

"손창범은 어찌 됐지?"

"손 장주는 애석하게도 순직했습니다."

"그렇게 됐군. 손창범이 죽었어……."

여신유가 말끝을 끌자 현극빈이 얼른 고했다.

"손 장주를 실수로 죽인 상 대주는 이미 자신의 죄를 통감하며 한쪽 팔을 잘랐습니다."

"한 생명에 팔 하나라. 그 값이 참으로 싸구나. 손창범은 꽤나 오랫 동안 본 문에 충성을 바친 자이니, 파도 자네가 청빈장에 남은 가솔들 에겐 적절한 대우를 해주도록 하게."

"예."

"그리고 장흔과 상철룡에 대한 처분은 문진 녀석을 붙잡은 후 내리 도록 할 테니, 일단 현살대와 전룡대는 임시로 자네가 이끌도록 해. 그 아이들을 이끌고 최우선적으로 해야 할 일이 무언지는 잘 알고 있을 테지?"

"한시바삐 여 이공자를 찾고, 패천도문을 내부에서 뒤흔들려 한 혈 천마교의 버러지들을 색출해서 지옥과도 같은 고통을 맛보도록 하겠습 니다."

"그렇다고 지나치게 본 문의 힘을 축낼 필요는 없어. 암왕이 강남 하오문을 통해 본 문에 정보를 흘린 건 대충 이해가 가는 바지만… 정 파의 정보통인 개방까지 가세한 건 아무래도 속이 꽤나 노골적으로 보 이는 짓이니까 말야."

"정파무림맹에서 본 문과 혈천마교를 싸움 붙이려 한다고 생각하시 는 겁니까?"

"협개 나원경은 의를 아는 자이나 혈천마교와 개방의 원한은 바다보 다 깊다고 할 수 있어. 만약 혈천마교를 멸할 수만 있다면 악마와도 손 을 잡을 것이야."

"명심하겠습니다."

현극빈이 얼른 고개를 바닥에 닿을 정도로 숙여 보였다. 자신의 어깨 위에 패천도문의 미래가 얹혀졌음을 깨달은 것이다.

그때 슬며시 시선을 여연경에게 던진 여신유가 입술을 움직이지도 않고 전음을 날렸다.

"연경아, 그럼 이제부터 천천히 추소산이란 녀석에 대해 늘어놓아 보거라."

여연경의 얼굴이 더욱 붉게 물들었다. 여신유가 추소산에 대해 지극한 관심을 품고 있음을 직감했기 때문이다.

*   *   *

언사.

만리도를 대충 늘어뜨린 채 고색창연한 고택 앞에 모습을 드러낸 여문진이 단숨에 담장을 뛰어넘었다. 갑작스런 현극빈과 전룡대 본대의 등장으로 인해 위기에 몰린 그가 유일하게 의지할 수 있는 대상이 이곳에 머물러 있었기 때문이다.

스슥.

여문진의 신형은 기쾌하게 움직여 고택의 중심으로 이동했다. 움직임 중에 전혀 망설임이나 주저함이 보이지 않는 걸로 봐서 이곳에 온 것이 처음은 아닌 것 같다.

그렇게 그가 고택의 안쪽 별원 앞에 이르렀을 때였다.

사삭! 사사사삭!

갑자기 무인지경이나 다름없던 고택 안쪽의 여기저기서 십여 명이 넘는 혈의인들이 모습을 드러냈다. 바닥과 지붕, 정원 중간중간에 세워진 기암괴석 속에서 뛰어나와 여문진의 앞으로 가로막아 선 것이다.

슉!

여문진이 고택 안에 들어선 후 처음으로 걸음을 멈췄다. 그 정도로 그의 앞을 가로막아 선 혈의인들이 뿜어내는 기운은 범상한 것이 아니었다. 한 명 한 명이 적어도 전룡대 본대의 조장 이상 급은 되어 보였다.

'혈유의 호위들인가?'

재빨리 혈의인들을 눈으로 살펴본 여문진이 사나운 기색을 그들에게 던졌다.

"나는 여문진이다!"

혈의인들 중 중간쯤에 서 있던 사십대의 사내가 앞으로 한 걸음 나서며 슬며시 양손을 모아 보였다. 한눈에 여간내기가 아니어 보이는 모습이다.

"그렇지 않아도 군사께서 기다리고 계셨습니다."

'주군이 아니라 군사라… 혈유의 직속 부하들이 아니라 혈천마교에서 파견된 자들이란 뜻인가?'

내심 눈을 빛낸 여문진이 미미하게 고개를 끄덕여 보였다.

"놀랍군. 내가 오늘 이곳으로 찾아올 줄 미리 알고 있었다니……."

"천하에 군사께서 모르시는 일은 아무것도 없습지요."

평범한 대답과 함께 혈의인이 은연중 에워싸고 있던 별채 쪽을 손으로 가리켰다. 주변의 다른 혈의인들이 좌우로 정렬해 길을 열어줬음은 물론이었다.

잠시 후.

고택에서 가장 은밀한 별채 안에 든 여문진은 흡사 그림 속의 서생처럼 반상을 앞에 두고 앉아 있는 혈유를 대하게 되었다.

연합을 맺게 된 후 여태까지 서신 왕래를 제외하곤 이번이 세 번째 만남이다.

두 사람 사이에 한동안 침묵이 흘러갔다.

결국 먼저 행동을 보인 건 내심 바라는 바가 있는 여문진이었다.

스륵.

냉큼 혈유 앞에 주저앉은 여문진이 입가에 작은 주름을 만들어냈다. 부탁을 해야 하긴 하는데, 태어나 지금까지 단 한 번도 그런 짓을 해본 적이 없다. 하지 않던 짓을 하자니 어색함이 백 배쯤 되는 것 같다.

그 순간, 다행스럽게도 혈유가 먼저 입을 열었다.

"여 공자, 일이 생각처럼 되지 않아서 정말 유감스럽소이다. 다행히도 무탈해 보이니 한시름 놓게 되었소이다."

"무탈해 보인다?"

여문진이 혈유의 한마디를 말꼬리 잡고는 입가에 허탈한 웃음을 만들어냈다. 얼마 전까지 강남제일세인 패천도문을 암중으로 장악하고 있었던 그가 지금은 비참한 도망자 신세가 되었다. 심중에 유감이 없을 리 만무했다.

그러나 여문진은 곧 입가에서 미소를 지웠다. 언사까지 달려오는 동안 내내 걸렸던 것에 대한 답을 얻어야만 했기 때문이다.

"할아버님께서 어떻게 이리 빨리 내 움직임을 파악할 수 있었던 것이오?"

"개방과 강남 하오문에서 소식이 들어간 걸로 파악되었소."

"그 빌어먹을 정보꾼들은 혈유 당신이 책임진다고 하지 않았소!"

여문진이 언성을 높이며 수장을 반상 위에 올려놓았다.

가볍지도 무겁지도 않은 일수.

퓨슉!

여문진이 반상 위에서 손을 떼어낸 순간, 뼛골까지 얼려 버릴 듯한 냉기가 방 안 가득 퍼져 나갔다. 그리고 사람의 손 모양을 남긴 채 바스러져 버린 반상.

혈유가 무심한 표정을 한 채 고개를 살짝 끄덕여 보였다.

"절정에 이른 광한현공! 역시 패천도문의 차대는 여 공자가 맡았어야만 했구려."

"당연하다! 그런데 그 지극히 당연한 일이 혈유 당신 때문에 어그러졌다. 그러니 이제 어떻게 책임을 질 것인가!"

"책임을 지라?"

"그렇다!"

여문진은 연속적으로 목청을 높이며 조금 후회했다. 방금 전 내뱉은 말은 그가 본래 이곳을 찾기 전 생각했던 바가 아니었다.

그도 그럴 것이 그는 이미 조부 여신유에게 모든 계획이 들통나서 패천도문 내의 지지 세력을 몽땅 잃은 터였다. 이제 와서 마지막 아군이나 다름없는 혈유에게 목청을 높이며 죄를 추궁하는 건 바보나 할 짓이었다.

그러나 이미 엎어진 물이나 다름없는 일.

여문진은 혈유에게 성난 기세를 더욱 강하게 쏟아냈다. 이젠 될 대로 되라는 마음이 된 것이었다.

빙긋.

혈유의 입가에 흐릿한 미소가 떠올랐다. 자신의 앞에서 열심히 떼를 쓰고 있는 여문진이 꽤나 귀엽게 느껴진다.

그래도 이대로 마음껏 발광하는 걸 지켜보는 건 재미없는 일이다.
슬슬 여문진으로 하여금 자신의 완전히 달라진 꼬라지를 수긍케 하고
바뀐 현실을 인정케 해야만 한다.

스윽.

광한현공의 기운이 깃든 여문진의 기파를 슬쩍 고개를 뒤로 밀어 넣
는 것만으로 피해낸 혈유의 눈 깊은 곳에서 빠르게 기광이 스쳐 갔다.

백면문사의 얼굴과는 전혀 어울리지 않는 섬뜩한 눈빛.

'이건…….'

여문진은 혈유의 눈빛이 변한 순간, 강한 위기감을 느꼈다. 절정까
지 무공을 닦은 무도자면 누구나 갖게 되는 본능이 발동한 것이다.

그러나 이미 늦었다.

여문진이 허리춤에 대충 휘감아놨던 만리도의 도파에 손을 가져다
대려 할 때였다.

쉬악!

살짝 뒤로 고개를 밀어놨던 혈유의 신형이 번개가 무색한 속도로 여
문진이 부숴놓은 반상을 뛰어넘었다. 그리고 그의 쌍수가 더욱 기쾌한
속도로 움직임을 보였다. 목표는 여문진의 상반신 전체였다.

퍼퍽!

여문진은 만리도의 도파에 손을 가져다 댄 그대로 방문을 박살 내며
튕겨져 나갔다. 어느새 혈유의 수장에서 쏟아져 나온 장환에 가슴을
격중당한 것이다.

"크악!"

방문을 박살 낸 채 바닥에 대 자로 떨어져 내린 여문진의 입에서 상
처 입은 야수와 같은 포효가 터져 나왔다.

혈유가 쏟아낸 장환조차 그의 광한현공의 호신강기를 완전히 뚫진 못했다. 달리 패천도문의 삼대신공 중 하나가 아니었다. 하지만 극심한 통증이 폐부 깊숙한 곳으로 휘몰아쳐 오는 것까지 막지는 못했다.

여문진은 입 안 가득 피를 게워내며 바닥을 데굴데굴 굴렀다. 폐 속으로 핏물이 스며들자 숨이 막혔고 기침이 마구 터져 나왔다. 그에 따른 고통은 자연스레 뒤따르는 현상 중 하나였다.

그때 그의 바로 앞에 살짝 떨어져 내린 혈유가 티 한 점 묻지 않은 버선발을 움직였다.

우직!

혈유의 발이 짓밟은 건 고통으로 발버둥 치고 있던 여문진의 잘생긴 얼굴이었다.

"케헥! 켁!"

얼굴을 짓밟힌 채 괴로워하는 여문진의 얼굴을 냉연한 시선으로 내려다본 혈유가 다시 입가에 미소를 만들어냈다. 방금 전 보였던 섬뜩한 눈빛과 지극히 잘 어울리는 피를 머금은 웃음을 그려낸 것이다.

"마침 십대사왕 중 마지막 한 명이 부족하던 참이었는데, 참으로 잘 되었군."

"그, 그게 무슨……."

여문진이 지옥과도 같은 고통 속을 헤매던 와중임에도 떠듬떠듬 입술을 움직였다. 혈유가 한 말속에 담긴 뜻을 잘은 모르나 오싹한 두려움을 느꼈기 때문이다.

혈유는 설명해 주지 않았다.

전혀 그럴 필요를 느끼지 못했다.

대신 그의 발이 다시 움직임을 보였다.

우둑!

여문진은 순간적으로 정신을 잃었다. 혈유와 만나면 협상용으로 사용하려 했던 패천도문의 내부 정보에 대해 말조차 꺼내보지 못한 채였다.

화르륵!

한동안 혈유가 머물렀던 고택은 단숨에 불타올랐다. 하늘의 달빛을 붉게 물들일 정도로 불길은 거세었다. 수천 두가 넘는 등유가 한꺼번에 사용된 까닭이었다.

잠시 화마에 휩싸인 고택을 바라보던 혈유가 이마를 손으로 살짝 짚었다.

항시 여유만만하던 것과 달리 일그러진 얼굴.

지독한 두통을 묵묵히 감내하는 혈유의 좌우에 늘어서 있던 혈의인들의 눈빛이 가볍게 일렁거렸다. 요즘 들어 부쩍 는 혈유의 두통에 걱정을 느낀 것이다.

'군사님은 본 교의 천하장악계획의 중심에 서 계시다. 이분이 지금 무너지신다면……'

혈천마교의 미래는 어둡다.'

혈유는 수족처럼 부리는 혈의인들의 걱정을 금세 눈치 챘다. 불현듯 찾아든 두통이 비록 머리를 몽땅 부숴 버리는 것 같았으나 결코 내색을 할 순 없었다. 혈의인들이 자신의 일거수일투족을 대존주인 마천작 염무적에게 전달할 것임을 잘 알고 있었기 때문이다.

'하하, 대존주 앞에서 이인자란 언제든 철인이 되어야 한다고 했던 게 엊그제 같거늘, 어쩌다 이런 꼴이 되었단 말인가.'

내심 쓰게 웃은 혈유가 이마에서 손을 떼어냈다.

그리고 흘러나온 무심한 명령.

"이제부터 신속하게 하남성을 빠져나간다. 개방과 하오문의 이목은 그동안 주변에 뿌려놓은 간세들을 총동원해 막도록 하라."

"무림맹혈사계획의 실행을 위해 낙양에 머물고 있는 추 군사에게 연락을 취해야 합니까?"

"불요(不要)."

단호히 명한 혈유가 담담한 목소리로 말했다.

"무림맹혈사계획은 본 교가 천하를 얻기 위한 시발점이라 할 수 있다. 하지만 내 예상대로 신성천교의 신녀가 무림맹을 습격한다 해도 부근에 삼존이 출몰한 이상 대혈사로 이어지긴 어려워졌다고 할 수 있다. 따라서 무림맹의 혈사가 빠르게 종결될 경우 필시 낙양 전체로 정파고수들의 이목이 집중될 터이니, 추자량이 지금 움직임을 보여선 안 된다."

"……."

"게다가 추자량은 본시 오만한 자로 지금쯤 천하를 손바닥 위에 올려놓고서 꼭두각시 싸움을 벌이게 만드는 꿈에 흠뻑 취해 있을 거다. 그러니 그로 하여금 우리들의 탈출로를 열기 위한 밑거름이 되게 하는 것도 그리 나쁜 일은 아닐 거야."

"존명."

혈의인들이 일제히 복명했다. 혈유가 추자량을 버리는 말로 선택했음을 깨달았기 때문이다.

*　　　　*　　　　*

무림맹 역사상 초유의 싸움이었다.

느닷없이 무림맹의 대문을 뛰어넘은 우약연이 삼룡무대 중 삼룡대 소속 선위무사들과 충돌하면서 시작된 싸움은 금세 백마사 전체로 확산되었다.

격전이 시작되자마자 백마사의 외원에서 얼마 떨어지지 않은 곳에 배치되어 있던 일룡대와 이룡대가 득달같이 달려왔다. 그러나 이미 삼룡대는 극심한 피해를 입은 후였다. 삼룡대 백인 사이를 자유자재로 헤집고 다닌 우약연의 칼질에 이미 십여 명 이상이 중상을 입고 피바다 속에서 나뒹굴고 있었다.

일룡대와 이룡대가 동료들의 그 같은 참상을 그냥 두고 볼 리 만무하다.

각 대주와 부대주들의 명령하에 일룡대와 이룡대가 군사 소진명이 창안한 차륜삼룡진(車輪三龍陣)을 펼쳐 우약연을 맹렬하게 포위해 갔다. 일방적으로 밀리고 있던 삼룡대가 이에 재빨리 화답해서 진세의 한 축을 이뤘음은 물론이었다.

그렇게 전세는 역전되는 듯 보였다.

하지만 잠시 후 싸움은 새로운 양상을 보이기 시작했다. 얼마 지나지 않아 무림사에 유례를 찾기가 무척이나 힘들 삼백 대 일의 대등한 대결로 발전한 것이다.

이는 무림맹의 하부 무투 조직인 삼룡무대 전체가 단 한 명의 여인을 포위한 채 차륜삼룡진을 펼쳤음에도 전혀 우세를 점하지 못했음을 의미했다. 놀랍게도.

그럼 어떻게 이런 일이 벌어질 수 있었을까?

　마교와 정파 간의 정마대전이 끝난 후 조직된 삼룡무대가 아주 형편 없을 정도의 약자이거나 차륜삼룡진이 허접한 포위진은 아니었다.

　오히려 삼룡무대에 속한 선위무사들은 일반적인 무림인들과 비교하면 개개인이 꽤나 고강한 무공을 지니고 있었다. 그리고 차륜삼룡진 역시 소진명의 역작이라 불릴 정도의 위력을 지니고 있었다.

　결론은 단 하나, 삼룡무대와 차륜삼룡진이 약한 것이 아니라 우약연이 지나치게 강한 탓이었다. 모든 건 그녀의 상식을 벗어난 초인적인 무력에 있었다.

　그녀는 정교한 톱니바퀴처럼 움직이는 차륜삼룡진에 포위된 상태에서도 자유자재로 움직임을 보였다.

　흐릿한 분영만을 보이며 계속 백마사의 내원 쪽으로 파고들 기회를 엿보고 있었다. 애초부터 목표로 한 게 그쪽이었음을 알 수 있는 모습이었다.

　삼룡무대의 중심인 세 명의 대주는 곧 그 같은 사실을 눈치 챘다.

　그들은 차륜삼룡진에 몸을 숨긴 채 결코 우약연의 칼이 움직이는 범위로는 들어가려 하지 않고서 내심 굳게 결심했다. 절대로 우약연을 백마사의 내원 쪽으로 보내주진 않겠다고.

　전법이 바뀌었다.

　대주들의 명에 따라 삼룡무대는 일사불란하게 차륜삼룡진을 재편했다. 여태까지와 달리 우약연을 제압하려 하지 않고 포위진을 단단히 구축하는 데만 전력을 다했다.

　환상적인 신법을 펼쳐 신출귀몰하는 우약연의 발을 일단 외원에 묶어놓고, 수적인 우세를 이용해 점차 진을 빼려는 얄팍한 의도였다.

　하지만 이지를 상실한 채 청룡등천도의 의지만을 따르던 우약연은 대번에 그 같은 전법에 걸려들었다.

삼룡무대가 상당한 피해를 감수한 끝에 펼친 포위진 안에서 그녀는 이리저리 빠르게 움직였다. 그게 다였다. 차륜삼룡진은 완벽하리만치 위력을 발휘하고 있었다.

한데, 갑자기 금성철벽 같던 차륜삼룡진이 출렁거렸다. 마기를 머금은 청룡등천도가 진세가 만들어낸 압력을 뚫고 선위무사들을 공격하기 시작한 것이다.

이렇게 되면 일류고수들인 대주와 부대주를 제외한 선위무사들로선 우약연의 칼질 한 번을 막는 것만도 힘에 겨운 일이었다. 차륜삼룡진이 청룡등천도를 막아줄 수 없다면, 이젠 목숨을 내던져 우약연의 앞을 가로막는 것이 그들이 할 수 있는 전부였다.

선위무사들이 그리했다.

우약연의 청룡등천도가 번뜩일 때마다 선위무사 한 명이 바닥에 쓰러져 내렸다. 여지없었다.

그래도 선위무사들은 뒤로 물러서지 않았다. 무림맹을 지키는 최일선에 선 무사라는 자부심이 죽음의 공포마저도 잊게 만드는 듯했다.

시간이 흘러갔다.

우약연의 청룡등천도에 쓰러진 선위무사들의 숫자가 거의 오십을 헤아리기 시작했다. 모두 생사를 장담할 수 없는 중상을 당한 자들이었다.

그때 거의 일방적이라 할 수 있던 우약연과 삼룡무대 간의 대결에 작은 변화가 생겨났다. 삼룡무대가 막대한 희생을 무릅써 가며 기다리고 있던 은자림의 고수들이 드디어 외원에 모습을 드러낸 것이다.

비로소 진짜 싸움이 시작됐다는 의미였다.

사사사사삭!

피로 점철된 격전을 치렀음에도 좌우로 흩어지는 삼룡무대의 움직임은 경쾌하고 질서정연했다. 그들이 그동안 무림맹에서 얼마만큼 엄격한 훈련을 받았는지 능히 짐작이 가는 움직임이었다.

그러자 우약연이 갑자기 현란하게 펼쳐 내던 십형분신보를 멈추고, 요악스러울 정도로 피를 탐하던 청룡등천도를 바닥에 내려뜨렸다.

머엉!

한때 별빛보다 더욱 찬연한 빛을 발했던 우약연의 눈빛은 지금 백치의 그것처럼 흐릿했다.

그러한 시선이 방향을 잃고 잠시 헤맸다. 여태까지 앞을 가로막던 귀찮은 존재들이 흩어지자 잠시 공황 상태에 빠진 것이다.

"우, 우리가 지금까지 저런 예쁜 여인을 포위공격하고 있었단 말인가!"

"으으, 어찌 저런 얼굴을 하고서 피에 젖은 칼날을 휘두를 수 있단 말인가!"

"크으윽! 이건 말도 안 돼! 내 평생에 처음 보는 미녀인데, 그런 미녀한테 칼을 들고 달려들었다니!"

삼백 명이란 인원.

삼룡무대에 속한 선위무사들 중 우약연의 십형분신보를 제대로 눈으로 확인할 수 있었던 자는 거의 없었다. 그저 희끗희끗한 움직임과 혈기만천한 청룡등천도의 칼날을 볼 수 있었을 따름이다.

비로소 우약연의 절세미모와 그녀가 아무렇게나 내려뜨리고 있는 청룡등천도를 확인하자 선위무사들은 입을 딱 벌렸다.

고개를 절레절레 흔들고 쉬어버린 목소리로 악다구니를 썼다. 여태까지 죽음의 공포를 참아가며 우약연의 칼날을 몸으로 받아냈던 것에 깊은 회의를 느꼈다.

자랑스런 무림맹의 선위무사들로서 여태까지 한 명의 연약한(?) 여인을 포위공격했다는 자괴감 역시 빼놓을 순 없었다. 개중에는 자신의 머리를 심할 정도로 쥐어뜯는 자들까지 있을 정도였다.

그때 삼룡무대를 이끄는 세 명의 대주가 재빨리 동요하는 선위무사들을 진정시켰다. 그들은 일류의 수준을 뛰어넘는 절정 초입의 고수들이었기에 대략이나마 우약연의 모습을 파악하고 있었다.

사람의 것이 아닌 것 같은 절세미모가 놀랍긴 했으나 그녀의 상상을 초월한 무공과 청룡등천도의 위력에 대한 경계심이 더욱 컸다.

"동요치 말라!"

"눈앞의 여인은 무림맹을 뛰어넘어 살육을 감행한 마녀일 뿐이다!"

"그렇다! 눈앞의 여인은 정파무림의 적이다!"

내력을 담은 대주들의 연달은 외침에 선위무사들이 주춤주춤 거리며 동요를 멈췄다. 아니, 그런 척만 했다.

어찌 그렇지 않겠는가.

무림맹의 삼룡무대에 속한 선위무사들이 꽤나 선망받는 자리이긴 하나 철저한 합숙훈련을 받아야만 하는 처지였다. 근처에 낙양이라는 대도시가 있긴 하나 어디까지나 그림의 떡이었다.

합숙훈련이 빡세고 엄격한 건 고사하고 무림맹 선위무사의 명예를 지키기 위해 그들은 항상 품행단정한 삶을 살아야만 했다. 밤중에 유흥가나 홍등가 근처를 기웃거리는 짓 따윈 꿈조차 꾸지 못했다.

당연히 양기 넘치는 사내들끼리만 시큼한 내음을 풍기며 함께하다 보니 선위무사들은 사고방식이 일반 병영의 병사들과 그다지 다를 바 없었다.

백마사를 오고 가는 여협들의 치마만 봐도 하루 종일 즐겁게 음담패설을 할 수 있고, 가슴이 설레일 정도였다. 하물며 천하에 다시없을 듯한 우약연의 절세미모를 앞에 두고 동요를 멈추기란 결코 쉽지 않은 일이었다.

그들은 속으론 '어찌 저리 예쁜 여자가 마녀가 될 수 있단 말인가' 라며 고개를 가로젓고, 친한 동료들끼리 연신 눈짓을 교환했다.

일단 직속상관인 대주들의 명에는 따르지만, 속마음까지 그럴 수는 없었다. 일단 입을 열어 심중의 동요를 밖으로 내보이는 걸 자제하는 것이 그들이 할 수 있는 최선이었다.

그러자 삼백 대 일의 혈전을 갑작스레 멈추게 만든 은자림 고수들 사이에서 나직한 두런거림들이 흘러나왔다.

"쯔쯔쯧, 미욱한 것들 하고는! 동료들이 저리 많이 상했거늘 어찌 한낱 계집의 미모에 혹할 수 있단 말인고! 이래서 신승께 명문정파에 속하지 않은 자들을 무림맹에 포함시키는 걸 극구 만류했었건만."

"허허. 진인, 하지만 제법 대단한 미색이지 않습니까? 손에 들려 있는 마도가 뿜어내는 마기에 홀려서 눈빛이 흐릿해지지 않았다면 경국지색이라 해도 과언이 아닐 듯싶습니다만."

"경국지색은 무슨! 내 소싯적에 저 멀리 남해(南海) 청조각(靑照閣) 의 문주인 요지옥녀(瑤旨玉女) 경수화 소저를 본 일이 있는데……."

"푸헤헤. 진인, 그건 설마 무림에 수행을 나왔던 검후 요지옥녀에게 한눈에 반해서 청조각까지 쫓아갔다가 그곳이 자랑하는 삼십육검 화낭낭(三十六劍花娘娘)에게 붙잡혀서 치도곤을 당한 그 일을 말하는 겐가?"

처음에 혀를 찬 사람은 무당파의 유운신검 신운 진인이었고, 웃음 지은 건 화산파의 고검 장홍립이었으며, 마지막에 놀리는 말을 늘어놓은 건 개방의 풍개 지화자였다.

그들은 마침 은자림에 머물러 있던 고수들 중 무림맹주 고엽신승이 내린 맹주령에 가장 먼저 외원으로 달려온 사람들로 무공 역시 무척이나 고강했다. 한 명 한 명이 구파일방을 대표하는 고수들인 것이다.

게다가 그들은 대부분 나이가 고희(古稀:70세) 부근인지라 이미 세속적인 욕념이나 정욕 따윈 뛰어넘은 지 오래였다.

사실 새벽에 제대로 서지도 않았다.

그러니 그들에게 있어 우약연의 영혼의 빛을 잃은 미모는 큰 가치를 가지지 않았다. 그저 한담거리에 불과했다.

일단 겉으론 그래 보였다.

제64장

잠시 실례하겠소!

　　은자림에서 나온 세 고수의 갑작스런 잡담은 곧바로 삼룡무대 전체에 커다란 파급 효과를 만들어냈다.

　　웅후한 내력이 바탕이 된 그들의 대화 하나하나가 또렷하게 귓전을 울리자 더 이상 딴생각을 품기 힘들었다. 강제적으로 동요를 멈추게 만들어 버렸다.

　　'크윽!'

　　'케엑!'

　　삼룡무대의 선위무사들의 얼굴이 단숨에 똥 씹은 표정으로 변했다. 그들은 동료들과 은밀하게 나누고 있던 눈짓 교환조차 그만둔 채 지극히 무림맹에 어울리는 무사의 얼굴들이 되었다.

　　세 고수의 뒤에 마치 그림자처럼 시립해 있던 군사 소진명이 입가에 가벼운 미소를 만들어냈다.

'역시 강호의 생강은 늙을수록 맵구나! 이곳에 오기 전까지만 해도 서로 대화조차 나누지 않던 신운 진인과 장 대협이 저리 넉살을 떨 줄이야. 아마도 이는 풍개 선배의 머리에서 나온 걸 텐데, 개방의 늙은 생강이 도대체 무슨 생각을 하고 있는 건지 모르겠구나.'

지모뿐만 아니라 무공 역시 고절한 소진명이었다.

그는 세 고수가 한담을 가장해 주변 환기를 시킨 짓거리를 대번에 짐작하고 지화자를 지그시 바라봤다. 며칠 전 갑자기 무림맹에 찾아와 은자림에 자리 잡은 지화자와 오늘 밤 담을 넘어 난입한 우약연 간에 뭔가 관련이 있으리란 생각이 들었다. 예상이라기보다는 확신이었다.

지화자가 대번에 소진명의 뜨거운 눈빛을 알아챘다.

'약수 녀석이 저리 날 노려보다니! 설마하니 저 잔머리 하나는 귀신 찜쪄먹는 녀석이 이 늙은 거지의 의도를 눈치 챈 건 아닐 테지?'

소진명의 예상대로 지화자는 뭔가 의중을 지니고 무림맹에 왔고, 눈앞의 우약연과도 나름대로 관련이 있었다.

이미 크게 켕기는 구석이 있었는데, 머리 좋은 소진명의 뜨뜻한 눈빛을 받자 낯이 화끈 달아올랐다.

그래도 다행스러운 건, 밤이었던 데다 거지다운 지저분함이 더해져 안색이 변한 걸 들키진 않았다는 점이었다.

그때 소진명이 지화자에게서 시선을 거두곤 신운 진인과 장홍립에게 경고하듯 말했다.

"내 소문을 믿지 않았더니, 진짜 마교의 신녀가 강남 패천도문의 지보인 청룡등천도를 탈취한 것 같습니다. 청룡등천도는 무림육대병기보 중 수위를 다투는 기병이니만치 조심들 하십시오."

"마교의 신녀?"

"패천도문의 청룡등천도?"

신운 진인과 장홍립이 거의 동시에 목청을 높였다. 갑작스런 소진명의 경고가 그들에겐 무척이나 뜻밖이었다. 그러나 크게 놀란 사람들 중 지화자는 포함되어 있지 않았다. 이미 너무나 잘 알고 있는 사실이었기 때문이다.

당연하다면 당연하달까?

이때 소진명의 시선은 정작 경고를 전한 신운 진인과 장홍립이 아니라 지화자를 향하고 있었다. 애초에 무림맹 직속의 정보망을 이용해 얻은 고급 정보를 흘린 까닭 중 하나가 개방과 지화자의 허실을 떠보기 위한 용도였음을 말해주는 모습.

지화자는 아차 했다.

넋 놓고 있다가 당한 것이다.

소진명은 이미 입가의 미소를 더욱 진하게 만들고 있었다. 대충 알았다는 뜻이다.

'떨그럭!'

지화자가 내심 쓴 입맛을 다셨다.

소진명에게 확신을 주었으니 이젠 앞으로 벌일 일에 자기뿐 아니라 개방의 명예까지 관련되게 되었다. 평생 하고 싶은 일은 몽땅 해보며 천방지축으로 살아왔으나 이번만큼은 마음 한구석에 더럭 두려움이 인다.

그때 우약연의 망연한 눈빛이 변했다.

피를 잔뜩 머금고서 배부른 고양이처럼 바닥을 향해 늘어져 있던 청룡등천도가 갑자기 도명을 발한다.

그와 거의 동시였다.

부르르!

마치 기다리기라도 한 듯 신운 진인과 장홍립의 검이 검갑 안에서 가벼운 떨림을 보였다. 오직 평생을 함께한 검주(劍主)만이 알 수 있는 미묘한 진동, 검의 울음이었다.

'마교 신녀의 청룡등천도와 반응한 건 내가 오십 년간 한결같이 가다듬어 온 검기이다. 한데 놀랍게도 화산 고검의 검 역시 그러할 줄이야……'

신운 진인과 장홍립 간에는 십 년이란 세월이 존재한다.

무당파와 화산파.

두 사람 모두 천하검파의 양대산맥에서도 몇 손가락 안에 꼽히는 검객들이니 호승심이 없을 리 만무하다. 특히 장홍립보다 연배가 높은 신운 진인은 더욱 그러했다.

슥!

신운 진인은 슬쩍 장홍립에게 눈길을 던진 후 바로 검을 빼 들었다. 무림에서의 연배를 개의치 않고 우약연을 직접 상대하기로 마음먹은 것이다.

그리고 그때였다.

연신 도명을 울리고 있던 청룡등천도의 도첨이 번개와 같은 섬광을 동반한 채 바닥으로부터 솟아올랐다. 우약연이 검을 빼 든 신운 진인을 향해 십형분신보를 펼쳐 낸 것과 동시에 벌어진 일이었다.

싯!

신운 진인은 귓전을 스치는 섬뜩한 소음을 들을 순간, 재빨리 수중의 장검을 건곤(乾坤) 방위로 휘둘렀다.

평생에 걸쳐 수련해 삼 년 전에야 대성한 양의분검(兩儀分劍)!

무당파는 물론이거니와 천하의 검종(劍宗) 전체를 놓고 봐도 손꼽힐 만큼 뛰어난 검법은 황망 중에 펼쳐진 것이라 하나 극강한 위력을 발휘했다.

신운 진인의 검은 단숨에 수십 개가 넘는 원형의 검기를 그리며 건곤의 방위를 점했다. 어떤 종류의 검기라 해도 결코 꿰뚫고 들어올 수 없는 완벽한 방어진을 만들어낸 것이다.

그러나 우약연의 십형분신보는 양의분검이 만든 검형보다 훨씬 변화가 극심한 신법이었고, 청룡등천도의 예기는 신기라 할 만했다.

찌링!

신운 진인은 자신의 양의분검을 쪼개며 단숨에 목전까지 파고든 청룡등천도의 무지막지한 위력에 놀라 펄쩍 뒤로 물러섰다. 나아감과 물러섬이 하나와 같으니, 실로 고수의 움직임이라 할 만한 유운신법(流雲身法)의 운용이다.

하나 이미 신운 진인이 오십 년간 함께해 왔던 애검은 반 토막으로 잘려 버렸고, 뺨엔 어느새 한 가닥 혈흔이 내비치고 있었다. 극상에 이른 유운신법으로도 우약연의 일격을 완벽하게 막아내는 데는 역부족이었던 것이리라.

"허어!"

장홍립의 입에서 나직한 장탄성이 터져 나왔다. 신운 진인의 양의분검에 크게 탄복했었는데, 유운신법의 숙련도가 더욱 놀랍다. 하지만 더욱 대단한 건 그런 신운 진인을 단 일 격 만에 뒤로 물러서게 만든 우약연과 청룡등천도의 위력이었다.

장홍립은 자신이라면 과연 방금 전 우약연의 일격을 받아낼 수 있었을지를 생각하며 낯빛을 가볍게 굳혔다. 결코 자신할 수 없다는 결론을 내렸기 때문이다.

그때 신운 진인의 시선이 자신의 손에 처량하게 남은 반검을 향했다.

고작 이십 세나 되었을까?

절세미모를 떠나 자신의 반생조차 살지 못한 어린 여아의 일도에 평생을 함께한 애검이 잘렸다. 지금 눈으로 보지 않았다면 결코 믿을 수 없는 일일 것이다.

'하지만 이것 역시 현실!'

신운 진인이 반쪽 난 애검을 거둬들이곤 가볍게 쌍수를 앞으로 떨쳐 보였다.

파파파파팟!

가벼운 한 동작에 대기가 진동한다.

무당파의 비전장공의 으뜸이라 불리는 십단금(十段錦)이 모습을 드러냈음이다. 검이 없어도 무당의 제자는 결코 물러섬이 없는 것이었다.

한데 그때였다.

뒤에 서 있던 군사 소진명의 명에 의해 급하게 진세를 펼쳐 신운 진인의 앞을 가로막았던 삼룡무대를 꿰뚫는 붉은 섬광이 있었다.

"허억!"

"헤엑!"

아직도 우약연의 미모에 절반쯤 마음이 동해 있던 삼룡무대의 몇몇 선위무사들의 입에서 기함이 터져 나왔다. 순간적으로 차륜삼룡진의 방어진을 뚫고 지나간 우약연의 십형분신보에 당혹을 금할 수 없었다.

하긴 어찌 그들이 세상에 이런 일을 할 수 있는 사람이 있으리라 꿈에서조차 상상해 봤겠는가!

선위무사들의 기함을 뒤로한 채 우약연은 곧바로 청룡등천도를 들어올렸다.

목표는 여전히 십단금을 펼친 신운 진인!

그때 갑자기 신운 진인과 우약연의 중간쯤으로 세 송이 매화가 현란한 아름다움을 뽐내며 떨어져 내렸다. 신운 진인과 우약연의 대결을 보고 불끈 호승심이 치민 장홍립이 검을 빼 들고 뛰어든 것이다.

그러자 신운 진인을 노린 채 공간을 단축하던 우약연의 청룡등천도가 재빨리 방향을 바꿨다.

쉐쉐쉐쉐쉑!

신운 진인 때와 달리 이번엔 도검이 부딪쳐 한쪽이 쪼개지는 소음 따윈 없었다. 이미 청룡등천도의 위력을 목도한 바 있는 장홍립이 충분히 대비하고 있었기 때문이다.

그는 우약연의 청룡등천도가 방향을 바꾼 순간, 재빨리 청운신법을 펼쳐 신형을 공중으로 띄워 올렸다. 그리고 번개가 무색하리만치 펼쳐진 소엽퇴법의 현란함.

'내 검으로 청룡등천도를 제압할 수 없으니, 다른 식으로 싸우는 것도 병법상 틀리지 않는 것일 테지.'

단숨에 자신의 능란한 소엽퇴법에 반신을 에워싸인 우약연을 바라보며 장홍립은 입술꼬리를 살짝 치켜올렸다. 정신이 절반쯤 나가 보이는 우약연이 결코 화려한 소엽퇴법의 변화를 피해내지 못하리라 확신한 것이다.

그의 생각은 틀렸다.

소엽퇴법이 만들어낸 현란한 각영은 모조리 빗나갔다. 허공 중에 헛된 발 그림자만을 남겼을 따름이었다.

그렇다면 우약연은?

그녀는 어느 틈에 이형환위를 뛰어넘는 분영을 만들어내며 장홍립의 배후로 돌아 들어가 있었다.

시야 가득 훤하게 드러난 장홍립의 배후.

그냥 수중의 청룡등천도를 뻗기만 하면 화산파가 자랑하는 고검 장홍립은 싸늘한 주검으로 변할 찰나였다. 분명 그리 생각되었다.

그러나 장홍립은 어느새 검을 뒤로 뻗어내어 열여덟 개나 되는 매화 송이를 그려내고 있었다. 거의 반사적으로 자신에 대한 방어에 들어간 것이다.

그것이 그의 생명을 구했다.

찌링!

우약연의 청룡등천도가 또 하나의 검을 반 토막 냈다. 장홍립은 섬뜩한 예기가 손끝을 타고 파고든 순간, 재빨리 신형을 공중에서 뒤틀었다.

화산파의 상승공부인 점의십팔질(點依十八秩)을 이용해 청룡등천도의 도첨에 담겨 있던 마기를 흩트리는 것과 동시에 벌어진 일이었다.

스슥.

장홍립은 바닥에 착지한 후 연달아 여덟 걸음을 물러섰다. 절정에 이른 점의십팔질로도 우약연의 청룡등천도에 담겨 있던 내경을 모조리 흘려보내기란 역부족이었다.

"크악!"

장홍립의 입에서 피 한 모금이 터져 나왔다.

그때 장홍립이 싸움에 뛰어들자 합공하지 않고 오히려 뒤로 물러섰던 신운 진인이 한 걸음 크게 내딛는 것으로 우약연 앞에 이르렀다.

공중으로 크게 뛰어오른 건 아니나 신법의 운용 자체는 유명한 제운 종이었다. 그 움직임의 표홀함이 구름 위를 노니듯 자유롭고 꾸밈이 없다.

그리고 곧바로 쏟아진 십단금!

신운 진인의 수장이 면장(綿掌)의 동작을 한 채 파고들자 우약연이 갑자기 늘씬한 허리를 뒤로 뒤집으며 청룡등천도를 뻗어냈다. 장홍립의 점의십팔질이 비록 상당하나 신운 진인의 십단금만 못하다는 걸 본능적으로 알아본 것이다.

파팟!

신운 진인의 수장이 흡사 능숙한 가기(歌妓)가 현을 두드리고, 악사(樂士)가 연주를 하듯 청룡등천도의 도신을 두드렸다. 순간적으로 수장을 뒤집어 도첨과의 충돌을 피하고, 장심을 통해 부드럽고 강인한 기운을 침투시켰다.

이는 십단금에 속한 침투경의 요결 중 요결!

우약연의 손끝이 한차례 부르르 떨었다. 십단금으로 형성된 침투경에 타격을 받았기 때문이다.

하지만 그것도 잠시였다.

쉬악!

대기를 가르는 청룡등천도의 섬뜩한 소음과 함께 신운 진인이 다시 뒤로 물러섰다. 십단금으로도 청룡등천도에 이끌린 우약연을 막아내는 데는 역부족이었다.

그때 피를 한 사발 토해낸 후 비참한 얼굴로 수중의 반 토막 난 애검을 바라보고 있던 장홍립이 노성을 지르며 우약연에게 파고들었다.

"검이 있으면 사람도 있고, 검이 없으면 사람 역시 없다!"

장홍립의 입에서 터져 나온 노성은 화산파에 입문한 제자들이 처음으로 검을 받으며 전해 듣는 말이었다.

검을 대함에 있어 목숨과 같이 하라는 엄중한 가르침!

장홍립은 점의십팔질을 극한까지 펼치며 수중의 반검으로 무려 서른여섯 개나 되는 매화를 만들어냈다. 순식간에 사람 자체가 화려한 매화 송이에 파묻힌 것 같다. 그만큼 전력을 다했다는 뜻이었다.

그러나 우약연을 이끄는 청룡등천도는 본래 강한 기운을 뿜어내는 자에게 끌렸다. 장홍립이 목숨까지 걸고서 전력을 다하자 자연스레 신운 진인을 향하고 있던 도첨이 방향을 바꿨다.

쉬악!

장홍립이 만들어낸 매화검기들이 단숨에 양단되었다. 그리고 순간적으로 우약연의 신형이 쭈욱 늘어났다.

푸확!

장홍립의 오른쪽 어깨에서 피분수가 터져 나왔다. 본래 길이가 짧은 청룡등천도의 예기를 막아주던 장검이 반 토막되며 매화검법의 위력이 크게 감소했기에 벌어진 일.

"이런!"

가장 안전한 장소에 서서 두 명숙이 우약연을 합공하는 걸 지켜보고 있던 소진명의 입에서 나직한 신음이 흘러나왔다. 평소와 달리 좀 느긋하게 상황 대처를 하다가 장홍립이 팔을 잘리는 중상을 당하자 아차한 심정이 된 것이다.

'무당파와 화산파의 빼어난 절학을 하나라도 더 보고 싶은 욕심에 실수했다. 하지만 저 마교의 신녀도 대단하구나. 아무리 청룡등천도를

들었다. 하나 신운 진인과 장 대협이 합공을 했는데도 제압할 수 없을 줄이야!'

내심 혀를 찬 소진명이 재빨리 품에서 화섭자 하나를 꺼내 하늘로 집어 던졌다. 그가 혹시나 해서 은자림에서 데려온 다른 고수들에게 보내는 신호였다.

화르륵!

소진명이 하늘로 집어 던진 화섭자는 공중에서 몇 차례 회전을 일으키며 화륜(火輪)을 만들고는 바닥에 떨어졌다.

은자림에서 뒤늦게 나선 십여 명의 고수들에겐 그것만으로 충분했다. 그들은 제일 먼저 외원으로 달려간 자들의 면면을 알기에 서로를 돌아보며 놀란 표정을 지어 보였다.

무당파의 신운 진인, 화산파의 고검 장홍립, 개방의 풍개 지화자.

지금 모여 있는 십여 명 역시 정파 내에 내로라하는 면면들이긴 하나 앞에 언급된 세 사람보다 낫다고 할 만한 사람들은 없었다. 대부분 그들과 비교해 볼 때 조금 떨어지거나 손색이 있는 무공을 지닌 자들이었다.

그런데 소진명은 그런 삼 인과 함께하고서도 하늘에 지원 요청을 하는 화륜을 만들어냈다.

이는 오늘 밤 무림맹의 담을 뛰어넘은 자가 초절정 이상의 고수임을 뜻했다. 몇몇 사이에서 웅성거림이 터져 나오는 것도 무리는 아니었다.

그때 모여 있던 자들 중 최연장자이자 가장 고강한 무공을 지닌 사천당가(四川唐家)의 독심무정(毒心無情) 당문호가 무심냉막한 표정을 흩트리지 않고 말했다.

"본래 무림맹은 언제나 구파일방이 주도하곤 했소이다. 한데, 실제로 어려움을 겪고 보니 우리들에게 도움을 요청하는구려. 그들이 머리 숙여 도움을 요청한 이상 조금쯤 번거로움을 참는 것도 군자가 취할 도리일 것이오."

"당 대협의 말이 지극히 옳소이다! 비록 그동안 구파일방이 무림맹을 제 것인 양 전횡한 것이 마음에 들진 않지만, 저리 머리를 숙이고 나온 이상 도움을 주긴 줘야 할 것이오."

"그렇소이다!"

"맞는 말씀입니다!"

당문호의 말에 찬동을 보인 건 당가와 마찬가지로 칠대세가에 속한 고수들이었다. 그들은 평소 구파일방 위주의 무림맹 정책에 꽤나 불만이 많았는데, 당문호가 이를 지적하자 당연히 동조할 수밖에 없었다.

물론 은자림에서 나온 고수들이 칠대세가의 인물들만 있는 것은 아니었다. 구파일방 중 화산파가 맹주로 있는 오악검파의 인물들 역시 몇 명 있었다.

그들은 본래 구파일방과 칠대세가에 비해 문파의 세가 조금 손색이 있었는데, 이 같은 때에도 특별히 목소리를 높이진 않았다.

어차피 무림맹 내에서 구파일방과 칠대세가 간에 벌어지는 암투 따윈 이골이 날 만큼 지켜봐 왔다. 뭐라고 자기들끼리 떠들어대든 그리 큰 관심은 없었다.

오악검파 중 형산파의 제일고수인 형산무적검 운진형은 좋은 기회를 잡았다는 듯 떠들어대는 당문호와 칠대세가 무리를 지그시 바라보다 갑자기 신형을 돌려세웠다. 까마귀 노는 곳에 그다지 끼고 싶은 생각이 없었기 때문이다.

당문호가 그런 운진형을 불러 세웠다.

"운 현제, 어딜 그리 급하게 가려는 것인가?"

'허허, 언제부터 내가 당문호 저자의 동생이 되었다지?

내심 어이없는 웃음을 터뜨린 운진형이 당문호에게 슬쩍 칼날 같은 시선을 던지며 말했다.

"무림맹의 담을 뛰어넘은 악도가 있다면, 그자와 호응하는 다른 세력이 없으리란 보장이 없을 테지요."

"하면?"

"본인은 지금부터 무림맹 외원 밖을 순찰해 볼 작정입니다."

"운 현제가 그리할 것까지야……."

"그럼, 당 선배와 다른 분들에게 악적의 처분은 맡기도록 하지요."

운진형은 만류의 말을 던진 당문호와 다른 고수들에게 정중한 포권을 해 보인 후 신형을 날렸다. 더 이상 그들과 말을 섞고 싶은 생각이 없었기 때문이다.

그 모습을 본 당문호의 입가가 슬쩍 치켜 올라갔다. 그러자 그의 주변에 모여 있던 칠대세가 고수들이 기다렸다는 듯 저마다 떠들어대기 시작했다.

"당 대협, 운진형 저자가 정말 겁이 없군요. 오악검파 중 손꼽히는 고수라 주변에서 치켜세워 주니 이젠 칠대세가마저 우습게 보이는 모양입니다!"

"그러게 말입니다. 기껏 당 대협께서 생각해 줬거늘."

"훙, 그게 다 오악검파의 맹주인 화산파의 위세에 기댄 호가호위(狐假虎威)가 아니겠소이까?"

남은 오악검파 고수들의 얼굴에 슬쩍 분노의 기색이 떠올랐으나 항변하는 이는 아무도 없었다. 운진형을 제외하고 누구도 당문호를 비롯한 칠대세가 고수들과 어깨를 나란히 할 수 있는 자가 없었기 때문이다.

'우리도 운 대협의 뒤나 따라갈 것을……'

오악검파 고수들이 서로를 바라보며 고개를 절레절레 흔들었고, 그때 다시 방금 전과 동일한 화륜이 하늘을 수놓았다. 더 이상 시간 끌지 말고 지원에 나서기를 촉구하는 소진명의 뜻이었다.

'소 군사가 급했군, 저리 재촉을 해대다니.'

내심 눈에 이채를 발한 당문호가 주변의 고수들에게 눈짓을 해 보인 후 앞장서서 신형을 날렸다. 조금 신경 쓰였던 운진형이 빠진 이상 고수들을 이끌 사람은 자신밖엔 없다는 판단을 내린 것이다.

'아이쿠, 저걸 어쩐다냐! 저걸! 어쩌다가 일이 이렇게 되었어……!'

지화자는 우약연의 청룡등천도에 장홍립이 팔이 잘리자 안색을 와락 일그러뜨렸다.

그 역시 소진명과 마찬가지였다.

우약연이 비록 삼룡무대 전체와 맞붙어 우세를 점하긴 했으나 설마 했다.

왜 그렇지 않겠는가.

신운 진인과 장홍립의 합공을 이길 만한 고수는 강호 전체를 통틀어 봐도 그리 많지 않았다. 지화자가 잠시 상황을 지켜보기로 마음먹은 것도 절대 무리는 아니었다.

한데, 우약연은 단숨에 그 같은 지화자의 꿈과 기대를 배반했다.

그녀는 단숨에 신운 진인과 장홍립의 검을 두 조각 냈을뿐더러, 십 단금과 점의십팔질 모두를 제압했다.

신운 진인이 뒤로 물러서고 장홍립은 팔이 잘렸다.

어떻게든 추소산을 위해 우약연의 퇴로를 만들어주고자 무림맹으로 달려온 지화자로선 울상이 되지 않을 수 없는 상황이었다.

잠시간의 방심이 일을 최악의 상황으로 만들었다.

그때 소진명이 하늘로 화섭자를 집어 던졌다. 지화자는 소진명의 의중을 대번에 눈치 채곤 안절부절못하게 되었다. 자신이 더 이상 시간을 지체해선 안 된다는 걸 깨달은 것이다.

'끄응, 곧 은자림에서 놀고 있던 다른 놈팡이들이 몰려올 것이고, 무림에서의 체면조차 잊고 집단으로 저 마교 신녀 계집애한테 달려들 테니 이 일을 어쩔꼬?'

지화자는 본래 생각보다 행동이 빠른 사람이다.

그는 빠르게 염두를 굴리던 중 불쑥 취팔선보를 펼치며 우약연에게 신형을 날렸다.

휘익.

지화자의 쌍수가 대뜸 개방비전의 용음십이수를 펼쳐 냈다. 다른 누구보다 자신의 손으로 우약연을 제압하는 편이 최선이란 판단이었다.

그러나 그가 잠시 깜빡한 일이 있었다.

쉬악!

우약연은 무당의 신운 진인과 화산의 장홍립, 양대검호를 패퇴시킨 청룡등천도를 이번엔 지화자에게 내뻗었다.

대기를 가르는 섬뜩한 기음.

자신의 용음십이수의 공력이 삽시간에 갈기갈기 찢기는 걸 느낀 지화자가 화들짝 놀랐다. 그는 비로소 자신이 아무 생각 없이 저지른 일이 무언지를 깨달았다.

'이런 정신이 나간 늙은 거지를 봤나! 이 늙은 거지가 무슨 하늘을 뒤덮는 재주가 있다고 신운과 장홍립, 두 사람의 합공을 물리친 여아를 제압하겠다고 나섰더란 말인가! 그동안 투왕 육지견, 그 빌어먹을 도둑 녀석과 함께하다 보니 머리가 크게 이상해졌구나!'

지화자는 자신의 노망기를 크게 의심하며 재빨리 취팔선보를 펼쳤다.

아예 상대조차 하려 하지 않는 신속한 후퇴.

섬뜩한 예기를 품고 파고든 청룡등천도가 헛되이 대기를 갈랐다. 전적으로 도주만을 염두에 둔 지화자의 취팔선보를 능가할 만한 빠름이란 무림 전체를 통틀어도 그리 많지 않다. 적어도 천하제일 경공대가라 불리는 투왕 육지견 정도는 있어야 가능할 일이다.

그러자 우약연은 굳이 지화자에게 이 도째를 날리려 하지 않았다. 처음부터 그에게서 특별히 강한 살기를 느끼지 못한 데다 먼저 상대한 신운 진인과 장홍립보다 기운이 강하지도 않았기 때문이다.

스슥.

우약연의 십형분신보가 순간적인 가속을 보였다.

그녀는 신운 진인과 장홍립을 제압한 데 이어 지화자까지 물러서게 한 여세를 몰아 백마사의 내원으로 신형을 날렸다. 애초부터 목표로 삼았던 불심당의 가장 강한 기운을 찾아가기 위함이었다.

소진명이 그 같은 의중을 바로 알아챘다.

'역시 저 마교 요녀의 목표는 맹주님이었는가!'

눈 깊은 곳에서 서늘한 기운을 일으킨 소진명이 다시 화섭자를 공중으로 집어 던진 후 삼룡무대에게 명을 내렸다.

"삼룡무대는 지금 당장 차륜삼룡진의 대망포룡(大網捕龍)을 전개토
록 하라!"

은자림의 초절정고수들이 연달아 성명절기를 펼치고도 우약연에게
일패도지하는 모습을 경이의 시선으로 지켜보던 삼룡무대의 대주들이
일제히 복명했다.

"존명!"

무림맹의 군사인 소진명이 후일 또다시 정마대전이 벌어질 시 광천
존 우대승을 상대하기 위해 고안한 차륜삼룡진의 대망포룡이 첫선을
보였다.

상대는 우습게도 우대승의 하나밖에 없는 딸이었다.

*　　　*　　　*

광천존 우대승은 강구량, 여신유 등과 헤어진 후 곧바로 발길을 낙
양으로 돌렸다.

이유는 자명했다. 자신을 강구량 등과 만나도록 유도한 음모자의 행
적을 찾기 위함이었다.

'혈천마교! 처음엔 음산파의 귀면사신 경일소로 하여금 본 교를 침
범케 하고 다음엔 약연이와 패천도문 간에 분쟁을 야기시켰다. 게다가
이번엔 본좌와 다른 삼존을 조우케 해 서로 상잔을 벌이게끔 유도했으
니, 이 모든 것은 다시 마도의 패권을 장악하겠다는 술책일 게 분명한
터! 지금 당장 뿌리를 캐어내어 말살하지 않는다면 후일의 재앙이 끝
이 없을 것이다!'

우대승은 낙양의 높다란 성루를 뛰어넘으며 굳은 결의를 다졌다. 혈

천마교를 무림의 역사에서 완전히 제명시키겠다고.

　오싹!
　낙양 모처의 고택에서 자신의 머릿속에서 흘러나온 암계의 결과를 열심히 기다리고 있던 추자량이 자신도 모르게 어깨를 가볍게 떨었다. 바람도 새 들어오지 않았는데, 왠지 모를 소름이 등줄기를 타고 흘러내렸기 때문이다.
　'으음, 감모가 오려 하니, 아이들을 불러서 화로에 불이라도 지펴야 하려는가?'
　평생을 머리로 살아와 일보백계란 별호까지 얻게 된 추자량. 그는 자신에 대한 자신감과 혈유에 대한 지나친 믿음에 안주한 탓에 점차 다가오고 있는 마신(魔神)의 그림자를 전혀 인식하지 못하고 있었다.

　파천황(破天荒)이라 해야 할까?
　추소산이 절세묵검이 본래의 모습을 찾으며 얻은 묵검신마 위일천의 내력은 비상식적일 정도로 강렬했다.
　삼존과 헤어진 후 위일천의 성명절학인 백색광검의 검의(劍意)를 이용해 완성한 광화를 연속적으로 몇 차례나 펼쳐 냈음에도 추소산은 흡사 지옥불에 내던져진 듯한 고통을 느꼈다. 태양과 같은 불덩이 중 작은 조각 몇 개를 떼어낸 정도나 다름이 없었다.
　만약 그가 일시지간에 깨달음을 얻어 내가 지고의 경지인 삼층도리를 완성치 못했다면 내부에서 치밀어 오른 열기를 견디지 못하고 한 줌의 재로 변했을지도 모른다. 그 정도로 위일천의 내력은 엄청났다.
　그러니 추소산이 가장 먼저 해야 할 일은 몸속에 파고든 위일천의 내력을 완전히 자신의 것으로 만들기 위해 운기행공 하는 것이었다.

전대 천하제일인의 내력을 자신의 것으로 만드는 것!

누구든 바라 마지않는 일일 터였다.

게다가 더욱 중요한 사실은 만약 그리하지 않는다면, 아무리 삼층도리를 완성한 그라 해도 결국 위일천의 내력이 폭주하는 걸 막을 수 없으리란 점이었다.

하지만 추소산은 그리하지 않았다.

그는 체내에 언제 폭발할지 모를 태양을 담은 채로 전력을 다해 추뢰보를 펼쳤다. 본색을 되찾은 절세묵검이 성천신도와 공명을 일으켰듯 청룡등천도의 행방 역시 감지해 냈기 때문이다.

우약연을 찾아야만 한다!

추소산은 그녀를 만난 후 특별히 뭔가를 어떻게 해야 한다고 생각한 것은 아니었다. 그냥 그리해야만 했다. 그것이 딱히 옳아서가 아니라 운명이라 느꼈다. 그의 뜨겁게 약동하는 피가 그렇게 부르짖고 있었다.

추소산의 추뢰보는 시간이 갈수록 빨라졌다. 이젠 투왕 육지견조차 더 이상 자신이 천하제일의 경공대가라 자부하진 못할 듯싶었다.

그렇게 꼬박 하루 반나절을 달렸다.

뜨겁게 대지를 달궈대던 태양이 자취를 감추고 밤하늘을 자신의 영역이라 주장하듯 달이 얼굴을 내밀었다. 어둠이되 어둠만이 아닌 시간이 찾아든 것이다.

문득 무섭도록 빠르게 이동하던 추소산의 눈앞에 백마사의 거대한 웅자가 모습을 드러냈다. 한때 반드시 찾으리라 마음먹었던 무림맹에 이런 식으로나마 도착할 수 있었다.

'대기가 크게 요동치고 있다!'

추소산은 감흥을 느낄 만한 여유를 갖지 못했다.

삼층도리를 완성한 덕분에 드넓게 확장된 그의 인식 영역 안으로 격하게 휘몰아치고 있는 대기의 울부짖음이 들려왔다. 이는 결코 평범치 않은 일이었다.

게다가 또 한 가지!

지잉!

추소산을 무림맹이 위치한 백마사까지 인도해 온 절세묵검이 여태까지완 비교조차 할 수 없을 정도로 큰 울음을 토해냈다. 청룡등천도가 근방에서 미쳐 날뛰고 있음을 확인시켜 주는 변화였다.

"우 소저……."

추소산의 입술을 타고 하얀 입김이 살짝 흘러나왔다. 그리고 절세묵검을 쥔 오른쪽 손을 중심으로 검붉게 회오리가 꿈틀대며 움직이기 시작했다.

묵검신마 위일천의 의념 그 자체.

즉, 지금 당장 추소산의 전신을 먹어치울 듯 으르렁거리고 있는 그의 생전 내력이 형상화된 모습이었다. 추소산은 지극한 고통을 느꼈다.

하지만 곧 추소산은 서슴없이 무림맹의 너른 대문을 향해 걸어가기 시작했다. 이곳까지 온 이상 이깟 고통 따위에 굴할 순 없는 일이었다.

끼이이익!

추소산이 손을 댄 순간, 무림맹의 대문은 어이없을 정도로 쉽사리 열렸다.

이유는 명약관화.

추소산의 수장을 통해 일어난 한 가닥 강맹한 내력이 두터운 통나무를 덧대어 만들어진 대문의 저편으로 파고들어 갔다. 그리고 대문을 단단히 막는 용도로 걸려진 걸쇠용 강철 고리를 끊어버렸다.

그 후 살짝 손바닥을 펴서 힘을 주자 대문이 힘없이 열린 것이다.

긴 설명과 달리 추소산은 이를 단숨에 끝냈다.

그의 확장된 인식 영역 안으로 파고드는 대기의 울부짖음이 갈수록 도를 더해가고 있었다. 평소보다 서두르고자 하는 마음이 드는 것도 무리는 아니었다.

그때였다.

활짝 열어젖혀진 대문 사이로 귀영처럼 파고든 추소산의 눈앞으로 몇 개의 불빛과 은빛 광채가 파고들어 왔다.

불빛은 우약연 때문에 내려진 경계 태세로 인한 것이었고, 은빛 광채는 강호의 유명한 암기 중 하나인 철수전(鐵手箭)이었다. 느닷없이 활짝 열린 대문을 보고 놀란 부근의 무사가 철수전으로 추소산을 공격한 것이다.

파팍!

철수전이 추소산의 눈앞에 이르러 갑자기 파란 불꽃을 일으키며 튕겨졌다.

현재 추소산의 반신을 휘감고 있는 검붉은 기파를 뚫지 못하고 그리되었다.

전대 천하제일인이 남긴 내력이란 범인이 상상하는 이상의 힘을 함유하고 있었다.

물론 철수전을 날린 무사가 그 같은 사실을 알 리 없다.

"호, 호신강기?"

무림맹의 무사라곤 하나 삼룡무대에 속한 선위무사도 아니다. 기껏해야 무림맹의 사대대문 중 하나를 지키는 하급 무사였다. 문지기였다. 무림을 호령하는 초절정고수들조차 함부로 사용치 않는 호신강기 따월 구경이라도 해봤을 리 없다.

무사의 외침은 어림짐작이었다. 이야기꾼의 얘기로나 들어봤던 사실을 자신도 모르게 내뱉은 것이다.

당연히 그 어림짐작에는 지금 한참 외원에서 하늘 같은 은자림 고수들과 삼룡무대 삼백 정예를 농락하고 있는 마녀와 관계된 마인일 거란 것 역시 포함되어 있었다.

주변을 환하게 밝히고 있는 횃불들 사이로 추소산이 기괴한 자신의 모습을 드러냈다. 호신강기만큼이나 무사로선 생경한 모습이었다.

'역시 마인이 분명하다!'

내심의 짐작을 확신으로 바꾼 무사가 다시 손에 철수전 하나를 거머쥐었다.

자연스레 부르르 떨리는 손끝.

기껏해야 삼류를 간신히 벗어난 검 실력보단 나을 것 같아 철수전을 들었으나 감히 호신강기를 사용하는 마인에게 던질 엄두가 나지 않는다.

무사는 극도의 고뇌 어린 표정으로 그냥 수중의 철수전을 만지작거릴 뿐이었다.

한데, 그때 하늘이 도왔음인지 무사를 제지하는 부드러운 목소리가 들려왔다.

"자네의 상대가 아닐세. 당장 뒤로 물러서시게."

전음입밀이다.

무사는 두 번 생각할 것도 없이 뒤로 신형을 물렸다. 여전히 철수전을 든 손은 떨리고 있었으나 마음 한 켠엔 크나큰 안도감이 깃들어 있었다.

눈앞의 귀신이나 다름없는 몰골을 한 마인에게 다시 철수전을 던지지 않아도 된다는 것만으로도 그는 기뻤다. 한 목숨을 다시 얻은 것이나 다름없다고 여겼다.

그때였다.

스스슥!

무사가 완전히 뒤로 물러서는 걸 기다리기 지루했는지 바람을 칼날과 같이 가르는 소리가 일더니, 주변을 환하게 밝히고 있던 불빛이 크게 흔들렸다.

푸른 그림자.

먼저 움직임을 보인 후 제대로 된 모습이 드러낸 자는 얼마 전 당문호 등을 떠나온 운진형이었다.

검.

그의 손에는 이미 찬연한 빛을 발산하고 있는 고검이 들려져 있었다. 형산무적검이란 별호에 걸맞은 기도를 뿜어내고 있음은 물론이었다.

그러나 운진형의 눈빛은 바람을 무색케 한 움직임과 달리 꽤나 진지했다. 무사에게 전음입밀로 경고를 한 이상으로 눈앞의 기괴한 기운으로 반신이 에워싸인 상대가 쉽지 않다는 생각이 들었기 때문이다.

'혹시 있을지 모를 양동작전을 대비하긴 했지만… 저런 괴인을 만나게 될 줄은 몰랐거늘…….'

운진형은 내심 눈살을 찌푸리며 수중에 들린 고검의 끝을 살짝 움직였다.

검기의 조정.

일시 운진형의 고검으로부터 일어난 매서운 검기가 추소산을 압박하듯 에워싸 갔다. 일단 제압한 연후에 자초지종을 캐묻겠다는 심산이었다.

하지만 날카로운 검기가 막 추소산의 반신을 에워싼 기운 앞에 도착했을 때였다.

스으.

추소산이 다시 움직임을 보였다.

단 일 보 만에 삼 장이 넘는 거리를 주파하는 놀라운 속도.

추뢰보와 하나가 된 추소산이 운진형이 일으킨 검기를 농락하듯 단숨에 파고들어 왔다.

운진형으로선 당황할 수밖에 없는 상황.

절정의 고수답게 운진형은 시의적절하게 변초를 일으켰다. 수중의 고검에 담겨 있던 검기를 폭발적으로 분화시킨 것이다.

파파파파팟!

수백 가닥이 넘게 분화된 검기가 지척까지 이른 추소산의 전신을 향해 쏟아졌다. 처음부터 추소산이 펼친 추뢰보의 상상 불허의 속도를 파악하고 있었던 것 같은 대응.

스륵.

문득 추소산의 검붉은 기파로 휘감겨 있던 반신이 움직임을 보였다.

검.

추소산은 검붉은 기파의 시작점이라 할 수 있는 절세묵검을 천천히 앞으로 밀어 넣었다. 눈앞에서 분화를 일으킨 운진형의 검기를 완전히 무시한 움직임이었다. 분명 그래 보였다.

한데, 놀라운 일이 벌어졌다.

“크헉!”

오히려 신형을 날려 뒤로 물러선 건 운진형이었다.

당연히 수백 개나 넘게 분화되었던 검기들은 씻은 듯 사라진 상태였다.

마치 환상 속에서 벌어진 일인 듯한 모습.

“자, 자네는…….”

운진형의 얼굴이 살짝 일그러졌다. 비로소 흑적색 기파에 휘감겨 있던 추소산의 본색을 눈치 챈 것이다.

추소산의 입술이 가볍게 움직였다.

“잠시 실례하겠소.”

“…….”

추소산이 한 말은 운진형을 향한 것이 아니었다. 회심에 찬 검초를 단숨에 파훼해 버린 자가 누구란 걸 안 순간 그는 이미 전의를 상실하고 있었다. 다시 추소산의 앞을 가로막아 설 엄두를 낼 수 있을 리 만무했다.

추소산이 운진형을 뒤로 물러서게 만들었을 때였다.

주변에서 일어난 소란에 놀란 무림맹의 일반 무사들이 손에 장창과 대도, 장검을 들고서 달려나왔다.

대충 삼십 명 정도.

삼룡무대에 속한 선위무사들과 비교하면 상대적으로 실력이 떨어지긴 하나 하나같이 한 수를 겸한 자들이었다. 그 숫자가 삼십여 명이라면 결코 쉽사리 볼 수 없다고 할 수 있었다.

당연히 추소산의 입에서 흘러나온 충고에 쉽사리 귀 기울일 만큼 녹록할 리 만무하다.

몰려든 무사들의 대장 격인 관일창(貫日槍) 관패가 구절창을 앞세운 채 달려들었다.

"으야합!"

하늘에 뜬 태양을 꿰뚫는다는 별호를 지닌 관패의 구절창이다. 우렁찬 기합과 함께 파고든 구절창의 창두가 날카로운 소성을 일으키며 똬리를 틀었다.

머리를 노리는 듯하나 실상은 가슴 전체를 노리는 일격.

문득 추소산의 절세묵검이 다시 움직였다.

치링!

관패의 구절창이 청명한 소리와 함께 산산조각났다. 그리고 흡사 모습을 감춘 거인에게라도 떠밀린 듯 바깥으로 나뒹굴어 버린 그의 엄청난 덩치.

입을 딱 벌린 관패를 뒤로하고 추소산이 천천히 걷기 시작하자 그의 앞을 두 겹 세 겹으로 에워싸고 있던 무사들이 좌악 갈라섰다. 추소산이 뿜어내는 기파에 대항치 못했을뿐더러, 그의 거침없는 움직임에 매료된 까닭이다.

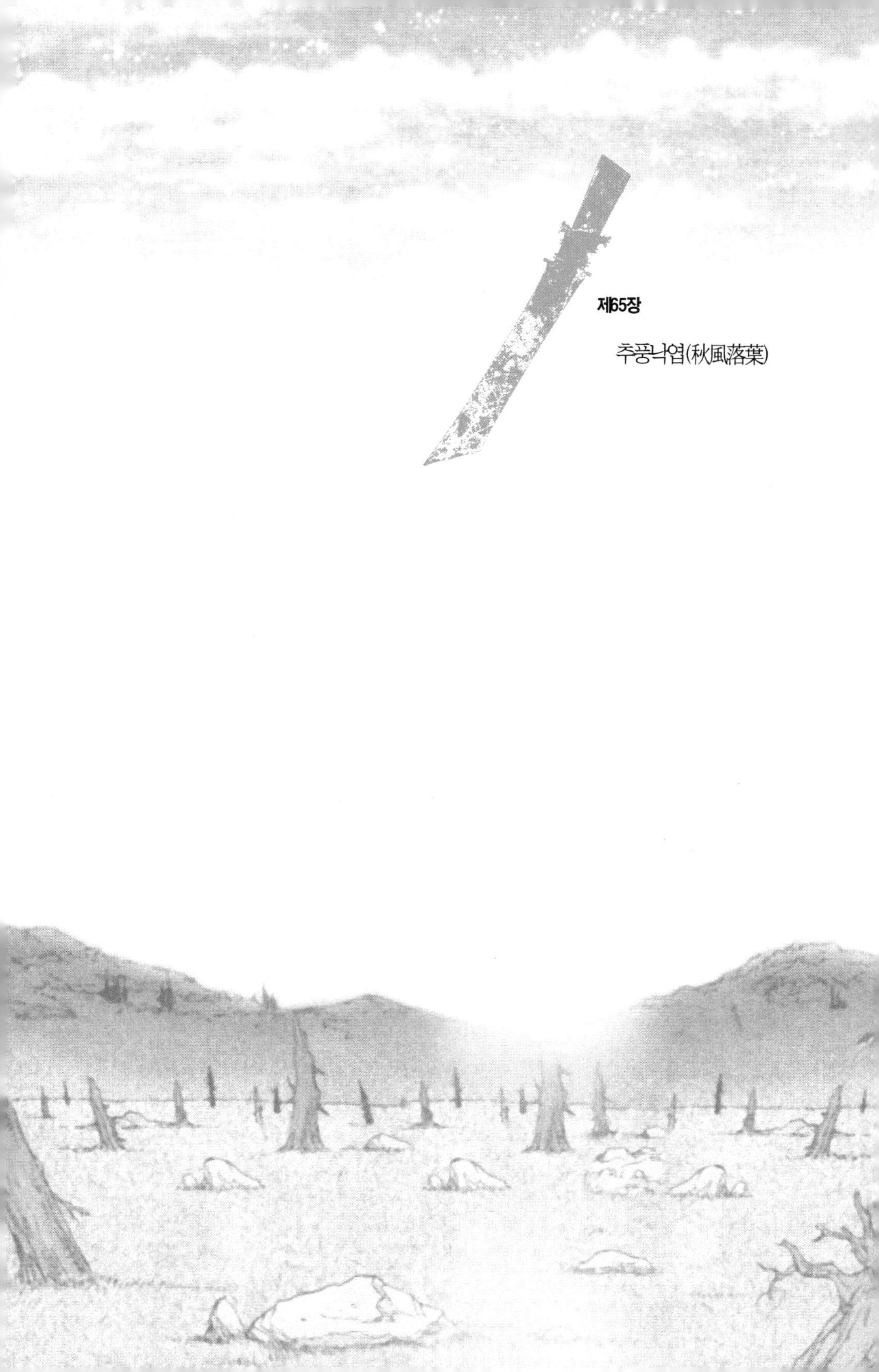

제65장

추풍낙엽(秋風落葉)

멀리 보이는 불빛.

무림맹이 들어선 백마사를 대낮처럼 밝히고 있는 불빛을 본 화무겸은 왠지 상서롭지 못하단 생각에 고개를 가로저었다.

'왜 이리 가슴이 두근거리는가? 이건 설마 영경 도장을 떠나온 것 때문은 아닐 테지?'

화무겸은 얼마 전까지 함께했던 영경을 떠올리며 입가에 우울한 미소를 만들어냈다.

처음 만났을 때부터 그녀에겐 좋은 감정을 지니고 있었다. 태어나 처음으로 한 명의 여인에게 진심으로 관심을 느끼게 된 것이다.

하지만 영경은 무당파의 도사였다.

결코 세속적인 정을 나눌 수 없는 처지였다.

그래서 화무겸은 그녀와 함께 동행하는 동안 자연스레 자신의 감정

을 억눌렀다. 혹시라도 자신의 일방적인 감정으로 인해 그녀의 청명에
누를 끼칠 것을 저어한 행동이었다. 그것이 군자로서 당연히 취해야
할 도리라 생각했다.

한데 갑자기 사조인 강구량을 만나게 되었고, 사태가 이상하게 꼬여
버렸다. 갑자기 무슨 생각이 들었는지 강구량이 자신과 영경에게 혼례
를 강요하기 시작한 것이다.

사조이자 장문인인 강구량의 명령은 절대적이었다. 화무겸으로선
결코 그 명을 거역할 수 없었다. 옳고 그름을 떠나 저항할 도리가 전혀
없다고 할 수 있었다.

영경 또한 마찬가지였다.

그녀가 어떤 식으로 거절을 하든 강구량이 억지를 부린다면 피할 도
리가 없었다. 정파 전체에서 강구량이 차지하고 있는 위치란 그만큼
절대적이었다. 그녀는 꼼짝없이 환속하여 화무겸에게 시집을 가야 할
판이었다.

그때 놀랍게도 강성연의 도움이 있었다.

그녀는 단지 화무겸이 영경과 혼인하는 꼴이 보기 싫다는 이유만으
로 조부인 강구량의 시선을 다른 쪽으로 끄는 역할을 맡았다. 스스로
납치당한 척 자작극을 벌여 화무겸과 영경으로 하여금 도망갈 틈을 만
들어준 것이다.

덕분에 화무겸은 지금 강구량 등으로부터 벗어나 무림맹의 휘황한
불빛이 손에 잡힐 듯 보이는 이곳에 도착해 있었다. 강구량이 강성연
과 영경을 붙잡는다 해도 설마 자신이 고검 장홍립을 위시한 화산제자
들이 득시글거리는 무림맹으로 도망갔으리라곤 생각하지 못하리란 판
단이었다.

"하아, 그렇다곤 해도 앞으로의 일이 걱정이구나. 사조님께서는 결
코 자신의 뜻을 포기하지 않으실 터인데……."

화무겸은 강구량의 선풍도골 같은 외형과는 전혀 다른 고집을 떠올
리며 다시 고개를 가로저었다. 절로 입가에 한숨이 머문다. 한데 그때
였다.

꿈틀!

화무겸의 귀가 살짝 움직임을 보였다. 무림맹 안쪽으로부터 흘러나
온 파공성과 기합성이 그 이유였다.

'무림맹에 무언가 문제가 발생한 것인가?

무림맹에는 앞서 언급했듯 장홍립과 많은 화산파 제자들이 있었다.
만약 문제가 발생했다면 화무겸으로선 결코 좌시할 수 없었다.

치잉!

재빨리 검을 빼 든 화무겸이 청운신법을 펼쳐 쏜살같이 무림맹으로
신형을 날렸다.

방금 전까지 번민에 가득 찼던 눈빛이 별빛과 같다.

*   *   *

콰득!

허리에 매달린 성천신도는 세상에 자신의 찬연한 도광을 내보일 기
회를 잡지 못했다.

아무렇게나 휘저어지는 수장.

우직하게 앞으로 움직이는 천마보(天魔步)의 당당함.

그 앞에 검은 복면에 검은 복장으로 무장한 암습자들은 추풍낙엽처

럼 이리저리 나뒹굴 뿐이다. 무인지경이라 해도 과언이 아닌 파죽지세
의 행보였다.

자연스레 공포가 흑의복면인들 사이를 감돌았다.

느닷없이 혈천마교의 낙양 비밀 분타로 쳐들어온 흑발흑염의 침입
자에게서 자신들로선 결코 감당해 낼 수 없는 압도적인 위세를 읽어냈
기 때문이다.

하지만 지금 이곳에 모인 흑의복면인들은 혈천마교 내에서도 충성
심이 대단히 높은 자들이었다. 무림맹이 바로 코앞인 낙양을 거점으로
한 비밀 분타 소속원들인 만큼 당연했다.

잠시 머뭇거렸을 뿐, 그들은 다시 침입자를 향해 달려들었다.

번뜩이는 검광과 도광.

꽤나 익숙한 동작으로 검과 도가 합벽진을 펼쳐 냈다. 게다가 스스
로의 목숨을 도외시한 동귀어진(同歸於盡)의 수법까지.

만약 상대가 일반적인 고수라거나 정파의 고지식한 방식에만 익숙
한 인사였다면 당황감을 금치 못했으리라!

그 정도의 공격이었다.

침입자의 압도적인 무력을 지켜본 후의 공격이었기에 자신들이 할
수 있는 최선을 쏟아낸 것이다.

그러나 오늘 혈천마교의 낙양 비밀 분타를 침입한 사람은 일반적인
고수가 아니며, 고지식한 정파의 방식 따윈 코웃음 치는 마인이다. 천
하가 그 이름만 들어도 벌벌 떠는 광천존 우대승이란 대마인이었다.

쾌득!

우대승이 다시 쌍수를 내저은 순간 정면에서 곧게 파고들던 네 개의
검이 박살 났고, 좌우 옆구리를 쓸 듯이 베어 들어온 두 개의 도가 날

아갔다.

단 쌍수 일초식 만에 벌어진 일!

사람인들 무사했을 턱이 없다.

파파파파팟!

우대승이 다시 천마보를 밟으며 이동한 것과 동시, 여섯 명 한 조의 합벽진을 이뤘던 자들의 몸에서 엄청난 양의 피화살이 터져 나왔다. 아예 사람 자체가 폭발을 일으킨 것이다.

그리고 또다시 우대승이 움직임을 보였다. 그를 중심으로 그 같은 합벽진 여섯 개가 톱니바퀴와 같은 움직임을 보이며 파고들어 오고 있었기 때문이다.

"허허……!"

추자량은 훤한 달빛 아래 펼쳐지고 있는 장대한 도살극을 바라보며 자신도 모르게 웃음을 터뜨렸다. 그리고 뭔가 감정이라 불릴 만한 어떤 것이 빠져 보이는 허탈한 표정이 뒤를 이었다.

'광천존 우대승이 이곳을 찾아올 때까지 혈유에게선 어떤 정보도 전달되지 않았다는 건 사냥이 끝나 개를 삶을 때가 되었다는 뜻인가?'

개란 다름 아닌 추자량 자신이었다.

삼존 중 가장 성격이 잔혹한 우대승이 직접 모습을 드러냈다.

설혹 지금부터 부지런히 도망을 간다 하더라도 오늘 밤 횡액을 면할 방법 따윈 전혀 없을 터였다.

그게 바로 한 걸음에 백 가지 계책을 생각해 낸다 알려진 추자량이 눈앞의 도살극을 보며 떠올린 단 하나의 결과였다. 혈유 지심원이 생각한 결과이기도 했을 테고 말이다.

　그런데 문득 추자량은 눈살을 가볍게 찡그렸다. 뭔가 마음속에 미진한 어떤 것이 남았기 때문이다.

　"하지만 이상하군. 혈유같이 자부심 높은 자가 어찌 고작 하수들이나 쓸 이대도강(오얏나무가 복숭아를 대신해 죽다)에 고육계(자신을 희생해 적을 안심시킨다) 따윌 강요했을꼬? 그자의 자부심이라면 어떤 희생을 치르더라도 날 살려놓고 잘난 척을 했어야 옳을 터인 것을… 설마……!"

　추자량은 혈유에 대해 생각을 집중하다 외눈을 부릅뜨며 자리에서 일어섰다. 무언가 굉장히 불안한 생각이 뇌리를 스쳐 갔기 때문이다.

　한데, 그때였다.

　갑자기 숨어 있던 곳에서 신형을 일으켜 세운 추자량을 향해 압도적인 기파가 파고들어 왔다.

　천하의 어떤 것이든 단숨에 거머쥐어 버릴 듯한 회오리바람.

　머릿속에 담은 지혜의 깊이에 한참이나 못 미치는 무력을 지닌 추자량으로선 버틸 수 있을 리 만무하다.

　움찔!

　거의 찰나에 가까울 정도를 버텼을 뿐, 추자량의 부실한 몸이 자신을 덮친 회오리바람에 휘말려 공중으로 솟아오르더니 쏜살같이 전장으로 딸려 들어갔다.

　"우와아악!"

　추자량의 딱 벌어진 입에서 계집아이처럼 잔망스런 비명이 터져 나왔다. 그의 평생에 이처럼 회오리바람에 휘말려 허공을 가로지르는 경험이 있었을 리 만무한 탓이었다.

　그때 우대승이 끝까지 자신을 향해 검날을 밀어 넣었던 흑의복면인을 끝장냈다. 흑의복면인의 뇌수를 손으로 박살 낸 우대승이 슬쩍 바닥에 진각을 일으켰다.

쿠웅!

바닥으로부터 터져 나온 기의 폭출!

막 추자량을 휘감아온 회오리바람이 우대승의 진각으로 일어난 기운과 융합되었다. 그러자 순간적으로 진공으로 변해 버린 우대승의 주변.

추자량이 네 활개를 친 그대로 공중에 떴다. 그리고 칠공으로부터 줄줄 흘러내리기 시작한 핏물.

입을 딱 벌린 그대로 추자량은 평생 경험하긴커녕 상상조차 하지 못했던 고통 속에 내동댕이쳐졌다.

체내의 핏물이 부글거리며 끓어올랐고 혈관이 폭발했다. 오장육부가 제자리를 이탈하고 근골 전체가 뒤틀리기 시작한 건 그 뒤의 일이었다.

“아… 아…….”

공중에 뜬 상태로 추자량은 붕어처럼 입만 뻐끔거렸다. 곧이라도 숨이 끊어질 것 같다.

그 모습을 무심히 바라보던 우대승이 다시 진각을 일으켰다.

쿠웅!

두 번째 진각은 진공 상태를 깨버렸다.

털푸덕!

곧장 바닥에 떨어져 내린 추자량의 전신에서 핏물이 펑펑 터져 나왔다.

즉사하지 않은 것이 신기할 정도의 모습이다.

추자량의 얼굴에 우대승의 발이 닿았다.

우직!

순간적으로 정신을 잃었던 추자량이 새로운 고통에 눈을 떴다. 그의 외눈 속에 파고든 건 마신처럼 보이는 우대승의 무심한 모습이었다.

"말하라!"

우대승은 딱 한마디를 던졌을 뿐이다. 그것이 자신에게 최후로 주어진 기회임을 추자량의 영활한 두뇌는 알아챘다. 그 정도쯤 읽어내지 못하고서 일보백계란 별호를 얻을 순 없었다.

'내게 이런 기회가 주어지리란 건 혈유도 몰랐을 것이다. 아니, 평소의 그라면 알았을 테지만, 몰랐다. 그건 역시 그에게 무언가 문제가 생겼기 때문일 테지? 이런 때를 노리는 건 천하를 놓고 쟁패를 한 모사가 취할 도리가 아닐 것이다.'

고통으로 머리가 이상해진 것인가?

추자량은 갑자기 자신을 도마뱀 꼬리 잘라내듯 내동댕이친 혈유가 보고 싶었다. 그의 앞에서 이죽거리며 이런 허접한 계책 따위나 낸 것에 대해 조소하며 마음껏 비웃어주고 싶었다.

"…우 교주가 지금 이 순간 이곳에 있다는 건 신녀 우약연이 죽은 목숨이란 뜻이지. 정파 놈들이 지금쯤 개 떼처럼 달려들고 있을 테니까 말야."

말을 끝낸 추자량의 입에서 흐릿한 비웃음이 흘러나왔다. 그가 혈유에게 지어 보이고 싶던 조소였다. 그러자 순간, 우대승의 발에 다시 힘이 들어갔다.

퍼석!

추자량의 얼굴이 함몰했다. 그는 다시 조소를 지어 보일 수 없는 몸이 되고 만 것이다.

'약연아……'

우대승의 시선이 자신도 모르게 낙양성 바깥에 위치한 백마사 쪽으로 향했다. 추자량의 조소 속에 숨겨진 뜻을 그는 본능적으로 간파해 낼 수 있었다. 부정이란 이름으로.

＊　　　＊　　　＊

저벅! 저벅!

추소산이 걸음을 옮길수록 반신을 휘감고 회오리치는 검붉은 기운은 점차 강해지고 있었다.

마귀와 같다.

추소산의 앞을 가로막다가 회오리치는 기파를 담은 절세묵검에 이리저리 튕겨 나간 무림맹 무사들의 한결같은 생각이었다.

무림 정의를 수호하는 자랑스런 무림맹.

그곳에 속한 무사로서 한낱 평범한 인간에게 압도당해 길을 열어줬다는 건 결코 용납할 수 없었다. 그런 식으로라도 변명거릴 만들어둬야만 한다.

어쨌든 추소산은 단숨에 앞을 가로막고 있던 수십 명의 무사들을 제치고 앞으로 나섰다. 그가 향하는 방향은 백마사 내원 앞에 위치한 외원 방면.

절세묵검이 거의 동일할 정도의 마기를 띤 청룡등천도가 있는 방향을 친절하게 가르쳐 주고 있었다. 청룡등천도가 있는 곳에 우약연이 있음은 자명한 사실이었다.

그렇게 추소산이 외원의 널찍한 공터 앞에 이르렀을 때였다.

월야에 펼쳐진 장대한 혈투.

무려 삼백여 명에 달하는 삼룡무대가 바깥을 철저하게 에워싼 가운데 십수 명이 넘는 절정고수들이 연수합격을 벌이고 있었다.

대상은 한 명의 절세미녀!

붉은 도막을 형성할 정도로 극쾌의 속도로 마기(魔器)로 변한 청룡등천도를 휘두르고 있는 우약연의 모습은 흡사 춤을 추고 있는 듯했다.

방위 전체를 아우르면서도 흐느적거리는 듯한 십형분신보와 벼락같이 쏟아내는 도격.

연수합격의 중간중간을 찔러 들어가는 예상외의 움직임은 절정고수들을 중심으로 한 소진(小陣)을 마음껏 뒤흔든다. 그 정도의 위력이 있었다.

그러다 일이 여의치 않자 뒤로 재빨리 물러선다.

꾸밈없다.

천연덕스럽고 능청맞다.

두 눈에 담긴 몽연이 그 같은 분위기를 환상적으로 만들었다. 눈앞의 광경이 결코 현실이 아닌 것처럼 보이게 꾸몄다.

하지만 추소산은 지금 이 순간 그녀와 마찬가지로 현실과 환상 사이에 발을 딛고 있는 자였다.

그는 극렬한 아름다움을 뿜어내고 있는 우약연 속에서 현실을 여지없이 꿰뚫어 봤다.

'그녀는… 지쳤다…….'

추소산의 생각대로였다.

연수합격을 하면서도 계속 우약연의 공격에 이리저리 밀려나느라 바쁘던 소진의 고수들 사이에서 득의에 찬 목소리들이 터져 나왔다.

"마녀의 발이 느려졌다!"

"도격의 속도 역시 이젠 절반 정도밖엔 안 된다!"

"마녀가 드디어 지쳤다!"

"그렇구나! 정말 그렇구나!"

소진을 이룬 채 연수합격에 나선 자들은 무림맹주의 명을 받은 소진명의 요청에 의해 은자림에서 나온 십육 명의 고수들이었다.

하나같이 무림 중에 이름이 드높은 명사들로 결코 남을 연수합격한다거나 할 만큼 얼굴이 두텁지 않고, 양심이 없는 자들이 아니었다.

하지만 우약연에게 연달아 좌절을 경험한 탓일까?

지금까지 그들은 철저할 정도로 연수합격에 전력을 다했고, 이제 비로소 원했던 결과를 눈앞에 두게 되었다.

서로에게 흐뭇한 눈짓까지 해가며 소리를 질러대는 목소리에는 열의와 기쁨이 가득했다. 더 이상 그들에게서 무림명숙이나 정파협사의 드높은 기개와 의기 따윈 찾아볼 수 없었다.

그때였다.

문득 하늘거리는 걸음으로 내원 쪽으로 빠져나가려던 우약연이 강한 검격을 당하고 뒤로 물러섰다. 여태까지 전혀 빈틈을 보이지 않았던 것과는 비교조차 되지 않는 가냘프고 힘아리가 느껴지지 않는 모습이다.

기다리고 기다렸던 기회였다.

우약연을 제압할 때가 되었다는 판단을 내린 두 명의 은자림 고수가 앞으로 튀어나왔다.

쾌검무쌍(快劍無雙) 종리무성.

파검무자(破劍武者) 위지심원.

구파일방에 맞먹는 칠대세가에 속한 두 고수의 연수합격은 흡사 십 년을 하루같이 호흡을 맞춘 것처럼 정확했다. 절정에 이른 검객인 그들이 무려 반 시진이 넘게 다른 은자림 고수들과 연수합격을 한 탓에 벌어진 일이었다.

웬만한 초절정고수라 해도 막기가 어려울 듯한 합공.

이미 크게 지쳐 버린 우약연이 막을 수 있을 리 만무하다.

하지만 그녀에겐 아직 청룡등천도가 있었다.

스웃.

우약연의 휘청거리던 신형이 갑자기 가벼운 떨림을 보였다. 그리고 횡으로 아무렇게나 휘둘러진 청룡등천도.

결과는 주변에서 소진을 이루고 있던 은자림 고수들로 하여금 당혹감을 감추지 못하게 만들었다.

차창! 창!

두 개의 귀를 울리는 금속성과 함께 의기양양 우약연을 공격해 들어갔던 종리무성과 위지심원이 뒤로 물러섰다. 그들의 수중에 들려져 있던 검이 이미 절반 이상 잘려 나갔음은 두말하면 잔소리였다.

가장 먼저 우약연을 공격한 탓에 권장으로 소진의 한 축을 담당하고 있던 신운 진인과 장홍립이 연달아 목청을 높였다.

"어허, 내 그렇게 그 요망스런 칼날을 조심하라 일렀거늘!"

"두 사람 모두 우리 두 사람이 이미 청룡등천도에 의해 병기를 잃은 것을 알고 있었을 터인데, 어찌 그리 분별없는 행동들을 하셨단 말이오!"

검을 잃은 두 사람을 대한 칠대세가 고수들의 태도와 말속에는 사뭇 조소가 담겨져 있었다.

절정에 이른 무인으로서 자신의 애병을 잃은 것에 대해 한심하다는 반응들이었다. 설마하니 우약연이 이 정도로 강하리라고 예상치 못했기 때문이다.

두 사람의 심사가 꼬인 건 당연했다.

어쩔 수 없이 소진에 끼어 우약연에 대한 합공에 나서긴 했으나 마음속 깊숙한 곳에서 가시가 삐죽 튀어나왔다. 종리무성과 위지심원이 역시 검을 잃자 기다렸다는 듯 한마디씩을 던진 것도 무리는 아니었다.

종리무성과 위지심원의 얼굴이 벌겋게 변했다.

그들은 우약연에게 병기를 잃은 것보다 신운 진인과 장흥립에게 한소리 들은 것에 더 큰 모욕감을 느꼈다. 자신들의 검을 잘라내긴 했으되 눈앞의 우약연은 금방이라도 쓰러질 듯 휘청거리고 있었기 때문이다.

이를 놓칠 소진명이 아니다.

그는 소진의 바깥을 에워싼 삼룡무대의 대망포룡에 자신의 몸을 숨긴 채 냉정한 시선으로 우약연을 지켜보다 목소리를 높였다.

"마녀의 내력이 이미 크게 고갈되었소이다! 내상 역시 심상치 않은 듯 보이니 지금이야말로 공격할 때올시다!"

슬쩍 신운 진인과 장흥립을 노려보던 종리무성과 위지심원의 얼굴에 화색이 돌았다.

소진명은 지금 당장 합공을 할 때임을 일러준 것이지만, 그들은 달리 받아들였다.

자신들의 공격을 받아낸 우약연은 큰 내상을 입었고, 신운 진인과 장홍립 때는 그렇지 못했다. 두 상황이 모두 일치하지만 다른 점이 하나 있었다.

그게 그들에겐 중요했다.

'무당과 화산과는 다르다! 마교의 마녀는 비록 우리의 검을 부러뜨렸지만 내상을 입었다!'

'저 금방이라도 쓰러질 듯 휘청거리는 모습을 봐라! 무당과 화산이 검을 부러뜨린 것과는 다르다!'

방금 전까지 꽤나 벌겋던 종리무성과 위지심원의 얼굴이 많이 안정되었다. 대신 그들은 가시 돋친 말을 쏟아냈던 신운 진인과 장홍립에게 슬쩍 조소를 던졌다.

"위지 대협, 우리의 검은 비록 마병의 위력에 부러졌지만 마녀에겐 커다란 타격을 입혔으니 되었소이다."

"그렇소이다. 만약 저 마녀가 우리의 검을 부러뜨리고도 아무렇지 않았다면 결코 낯을 들고 다니지 못할 뻔했소이다."

"다행이지요! 다행스런 일이고말고요!"

"아무렴, 그렇지요."

종리무성과 위지심원, 그들은 가장 차사하면서도 멋진 복수를 했다.

꿈틀!

움찔!

신운 진인과 장홍립의 이마와 볼살에 슬쩍 실핏줄이 튀어나왔다. 그들의 칠대세가에 대한 마음속의 응어리가 좀 더 깊어졌음은 물론이었다.

그때 은자림 고수들의 파벌 싸움을 보다 못한 소진명이 목청을 조금 더 돋웠다.

"아아, 저 강한 마교의 마녀를 어떤 문파 분들이 있어 제압할 수 있을지 모르겠소이다. 만약 저 마녀를 제압할 수만 있다면 청룡등천도의 주인 역시 자연적으로 가려질 터인데……."

'청룡등천도의 주인? 그야 당연히 칠대세가에서 차지해야지!'

'마교의 마녀를 제압한 영예와 청룡등천도를 칠대세가 녀석들에게 빼앗길 순 없다!'

'이번 기회에 마교의 마녀를 제압하고 청룡등천도를 차지할 수 있다면 오악검파 역시 구파일방이나 칠대세가와 어깨를 나란히 할 수 있을 것이다!'

세 파벌로 나뉘어 있던 은자림 고수들의 두 눈에서 탐욕스런 광채가 일었다. 소진명이 교묘히 말끝을 흐림으로써 청룡등천도를 우약연을 제압한 자에게 주겠다는 어림짐작을 불러일으켰기 때문이다.

파팟!

파파파팟!

잠시 정체되었던 소진의 움직임이 극렬할 정도로 강한 기세를 뿜어내기 시작했다. 우약연은 파랗게 질린 얼굴을 달빛 아래 그대로 드러낸 채 오직 수중의 청룡등천도에 의지할 따름이었다.

'아미타불! 마교의 신녀도 제법이지만, 은자림의 노땅들도 참으로 여전하구나! 어찌 무림맹의 한가운데까지 마교의 인물이 찾아든 이때까지도 서로에 대한 질시를 버리지 못한단 말인고!'

무림맹주 고엽신승이 좌선하고 있던 불심당을 떠나온 것은 군사이자 오른팔이라 할 수 있는 소진명이 하늘에 두 번째 화륜을 만들어내고 얼마 지나지 않아서였다.

　삼백이란 인원만으로도 대단한 삼룡무대 전체를 희롱한 것만도 놀라웠다. 충분히 고엽신승이 앞으로 있을 귀찮음을 무릅쓰고 은자림의 말 많은 고수들에게 맹주령을 내릴 만한 가치가 있었다.

　한데 놀랍게도 소진명을 따라나선 구파일방의 절정고수들 중 세 명이 감당해 내지 못했다. 소진명이 하늘에 만들어낸 두 번째 화륜의 의미는 분명 그러했다.

　그렇다면 당금 무림의 절대자인 삼존을 제외하곤 결코 자신의 앞을 내주지 않는 고엽신승이라 해도 불심당에 가만히 앉아만 있긴 곤란하다.

　무림맹주란 직위란 그렇게 녹록치가 않다. 뭔가 해야 할 땐 반드시 나서야만 하는 자리였다.

　고엽신승은 불심당을 떠나 외원이 내려다보이는 대웅전(大雄殿)의 처마 뒤에 몸을 숨겼다. 소진명이 만들어낸 내외의 대진세에 갇힌 우약연이 어찌 고군분투를 벌이다 붙잡히는지를 구경하기 위함이었다.

　그는 우약연이 혹시라도 목숨의 위협을 받게 되면 얼른 나서서 막을 요량이었다. 불제자 특유의 자비심 때문이 아니라 공식적으로 마교라 부르는 신성천교와의 전면전을 원치 않아서였다. 처음에는 분명 그랬다.

　고엽신승은 얼마 지나지 않아 입을 가볍게 벌려야만 했다.

　강하다!

　우약연은 능히 무림 네 번째 고수라 자처할 수 있는 고엽신승이 보기에 터무니없을 정도로 강했다.

　손에 들린 청룡등천도를 감안한다 해도 그녀는 무려 삼백 명이나 되는 삼룡무대의 대진과 그 안의 십육 명 은자림 고수의 소진을 맞아 전혀 밀리지 않았다. 아니, 한동안은 오히려 그들을 밀어붙이기까지 했다.

이는 고엽신승 본인이라 해도 자신할 수 없는 무위였다. 절대지경 급이었다.

그러니 천하를 통틀어도 삼존을 제외한다면 불가능한 일이라 할 수 있었다.

그렇다면 삼존에 버금가는 네 번째 고수가 등장한 것인가? 무림맹주 고엽신승이 다섯 번째로 밀린 것인가?

고엽신승은 진지하게 진세 안에 갇힌 우약연의 모습을 살펴본 후 천천히 고개를 가로저었다.

아니다!

그것이 고엽신승이 내린 판단이었다.

마기에 물든 청룡등천도를 손에 쥔 우약연.

그녀가 보인 무위는 대단했다. 분명 절대지경에 올랐다고 할 수 있었다. 만약 지금 당장 고엽신승 스스로 맞상대한다 해도 이길 자신이 없었다.

그만큼 강한 기운을 뭉클뭉클 일으켰다.

하지만 그 같은 무력을 지닌 그녀가 지금 소진명이 만든 진세에 갇혀서 아무런 힘도 쓰지 못하고 있었다. 지금은 제멋대로 날뛰는 듯 보이나 얼마 지나지 않아 분명 그리될 터였다. 청룡등천도가 뿜어내는 마기에 정신이 팔린 탓에 제대로 된 움직임을 보이지 못했기 때문이다.

그런 상대에게 질 고엽신승이 아니다. 그는 여전히 천하에서 네 번째로 강한 고수였다.

고엽신승은 그 같은 점을 간파하고 마음을 살짝 놓았다. 진짜 여유로운 마음으로 우약연과 소진명이 펼친 진세 간의 대결을 구경할 수 있게 되었다.

한데 그런 고엽신승이 못마땅했던 것일까?

소진을 이룬 채 우약연을 압박하던 은자림 고수들은 계파별로 나뉜 채로 제대로 된 합공을 펼치지 못했다.

워낙 하나같이 초절정을 바라보는 고수들이기에 연수합격에 별다른 틈은 보이지 않았으나 단지 무난한 정도였다. 고엽신승의 예상처럼 단숨에 우약연을 제압하진 못했다.

사실 못했다기보다는 안 했다고 함이 더 옳을 터였다. 그런 한심한 짓거리들을 하고 있었다.

그러니 고엽신승이 지금 혀를 차는 것도 무리는 아니었다. 그는 진심으로 점차 마고일장에 도고일척이 되어가는 무림이 걱정스러웠다.

무림의 절대자들이라 할 수 있는 삼존이 천하의 안위와 정세보다는 스스로의 무공 수련에 미친 자들인 데 반해 그는 이렇게 많은 근심과 걱정을 사서 하고 있었다. 무림맹주란 직위가 본래 그러했다.

그렇게 눈앞의 싸움이 슬슬 끝나가기 시작했다.

고엽신승은 이제야 간신히 끝에 이른 듯한 싸움을 바라보며 연신 혀를 찼다. 지금 그가 할 수 있는 일이 그런 것밖엔 없었다.

'허어, 근데 이 무슨……?'

갑자기 우약연과 은자림 고수들 쪽만을 주시하고 있던 고엽신승의 시선이 한쪽으로 이동했다.

느닷없다고 해야 할까?

우약연이 기력을 잃으며 후끈 열기가 달아오른 외원의 진세 바깥에서 한 떼의 사람들이 모습을 드러냈다.

그들의 정체는 운진형과 한 떼의 무림맹 무사들, 그들을 단 한 수로 밀어내고 겁에 질리게 만든 추소산이었다.

고엽신승은 무리의 맨 앞에 선 추소산의 반신으로부터 뿜어져 나오는 기괴한 기파를 지그시 바라봤다. 그것이야말로 그로 하여금 눈앞의 매우 흥미로운 싸움의 결말로부터 시선을 떼게 만든 원흉이었기 때문이다.

번뜩!

고엽신승의 심유한 두 눈에 신광이 일었다.

'엄청난 기세!'

천천히 걸어오던 추소산이 지축을 가볍게 찼다. 그리고 흑적색 기파 속에 숨겨져 있던 절세묵검이 용틀임했다. 그는 그것으로 그치지 않고 그대로 삼룡무대가 촘촘한 그물처럼 형성하고 있던 대망포룡의 진세를 향해 뛰어들었다.

고엽신승은 두 눈에 신광을 드러냈을뿐더러 숨어 있던 자리를 박차고 일어서기까지 했다.

그는 그럴 수밖에 없었다.

스아아!

추소산은 망설이지 않았다.

무림맹의 동쪽 대문 안으로 들어설 때처럼 남들에 대한 배려 역시 잠시 잊기로 했다. 지금이야말로 자신의 전력을 다 펼쳐야 할 때임을 그의 본능이 소리치고 있었다. 외면할 까닭 따위 전혀 없었다.

이제는 거의 그의 손과 하나가 된 듯 보이는 절세묵검이 극도의 은밀함을 뿌리며 움직였다. 하나의 살아 있는 생명체처럼 보이는 반신의 강력한 기파가 없다면 아예 검초를 뿌렸는지도 알아보지 못할 정도였다.

압도적이고 예상을 깬 등장과 비교하면 사람들로 하여금 의아함을 자아내게 만드는 검초!

대진의 외곽을 이루고 있던 삼룡무대의 선위무사들의 얼굴에 미묘한 안도의 기색이 떠올랐다. 눈앞의 미약한 검기를 뿌리는 검초로 어찌 감히 진세를 꿰뚫을 수 있겠냐는 생각에 마음을 푹 놓게 된 것이다.

그러나 추소산이 펼친 검초는 풍림화산의 두 번째인 은림이었다.

지존검법 후 사초 중 가장 은밀하며 변화가 막심한 검초.

추소산과 두 번이나 검을 섞은 바 있던 운진형이 자신도 모르게 소리쳤다.

"결코 쉽게 봐서는 안 될 것이오!"

'뭘?'

선위무사들 중 몇이 운진형을 알아보고 잠시 시선을 흩트렸다. 형산무적검이란 별호가 주는 압박감과 함께 추소산이 뿜어내는 기이한 박력에 마음이 흔들린 때문이다.

그때 검초의 궤적이나 흔적조차 보이지 않고 추소산이 진세 속으로 파고들었다.

처음 움직일 때의 느릿느릿하던 모습은 간데없는 순간적 가속력!

따따따따따따땅!

진세의 외곽을 거대한 뱀이 똬리를 튼 것처럼 에워싸고 있던 선위무사들의 손에서 연신 병장기가 솟아올랐다.

막강한 진세 속에 몸을 숨기고 있었음에도 불구하고 추소산의 은림이 만들어낸 변화를 전혀 막아낼 수 없었다. 진세 자체가 만들어낸 반

진력을 추소산의 반신에서 뿜어내고 있는 기파가 압도했기에 벌어진
일이었다.

"이런!"

"와악!"

추소산의 뒤를 엉거주춤 쫓아왔던 운진형과 무사들의 입에서 나지
막한 탄식이 터져 나왔다.

평생 본 적이 없는 신위!

입을 딱 벌리고 안색을 딱딱하게 굳힐 수밖에 없었다. 그게 그들이
할 수 있는 전부였다.

은림과 정면으로 맞닥뜨린 삼룡무대의 선위무사들은 기가 막혔다.
그들은 그저 눈앞에서 벌어진 어이없는 검초의 위력에 멱을 따인 돼지
처럼 탄성인지 괴성인지 모를 소리를 마구 질러댈 뿐이었다.

그리고 그때였다.

진세의 외곽을 은림으로 완벽하리만치 뒤흔들어 버린 추소산의 절
세묵검이 또 다른 변화를 일으켰다.

은밀함이 극에 이르렀던 은림과는 완전히 대조적인 검초, 광화가 펼
쳐진 것이다.

일시 검붉은 기파에 뒤덮여 있던 절세묵검이 중천의 태양처럼 환하
게 타올랐다.

야천을 꿰뚫는 황금빛 검형!

삼룡무대가 형성하고 있던 대망포룡의 진세가 일순 두 쪽으로 갈라
졌다. 태양처럼 밝게 빛나는 황금빛 검형이 천지를 양단하는 듯한 기
세와 함께 열기를 뿜어내며 진세 자체를 양단해 버렸다.

번쩍!

태양이 폭발했는가!

대망포룡의 진세를 유지하고 있던 삼룡무대의 선위무사들은 두 눈을 찢어질 듯 부릅떴다. 그들은 하늘로 승천하는 용을 붙잡고 있던 자신들의 천라지망이 산산조각나는 듯한 착각에 사로잡혔다.

그들에겐 태양의 폭발과도 같은 위력을 함유한 광화의 광채가 천지를 양단하는 환상만이 보였다.

그게 전부였다.

하지만 실제론 지금 엄청난 기파에 휩싸인 절세묵검은 추소산이 창안한 지존검법의 풍림화산 중 광화의 변화를 격한 방식으로 풀어내고 있었다.

검기에 검기를 중첩시켜 검강 이상의 파괴력을 형성한 것도 모자라 또다시 연환을 일으켰다.

검강의 연환!

상상을 초월하는 초고속의 검초, 광화가 태양의 폭발과도 같은 위력을 만들어낸 지극히 단순한 원리였다. 이론이었다.

문제는… 당세에 어느 누구도 따라 할 수 없는 원리였고 이론이 현실상에 모습을 드러냈다는 점이었다. 누구도 생각하지 못한 방법으로 말이다.

순식간에 궤멸되어 버린 대망포룡의 진세.

간발의 차로 태양의 폭발과도 같은 광화의 검력을 피해낸 소진명의 전신이 부르르 떨렸다.

전율!

평생을 지모로 보낸 소진명이나 또한 그는 검을 연마한 무인이었다.

지난바 무공이 절정에 이른 후 더 이상 진전을 보이지 않은 탓에 지모 쪽에 초점을 맞추긴 했으되, 결코 무인의 마음가짐을 잊어본 적이 없다.

어느새 허리에 매달려 있던 검갑을 빠져나와 있는 고검.

그 끝에 서늘한 기운을 뿜어내며 매달려 있는 한 가닥 맑은 검기가 이를 조용히 대변한다. 소진명이 지금 이 순간만큼은 무림맹의 군사가 아니라 한 사람의 무인이라는 것을.

하지만 그게 전부였다.

소진명은 본능적으로 빼 든 검끝에 검기까지 형성시킨 채 석상처럼 굳어버렸다.

은림에 이어진 광화의 압도적인 위세!

평생 본 바가 없는 광검(光劍)의 극한에 손가락 하나 까딱할 수 없는 충격을 받았다.

천천히 자신의 앞을 지나쳐 가는 추소산.

소진명은 막을 엄두조차 낼 수 없었다. 목소리를 높이려 했으나 갈라져서 쇳소리가 날 뿐 목소리로 변해 흘러나오진 않는다. 지모로 가득했던 머릿속 역시 하얗게 질려 버렸다.

뚜벅! 뚜벅! 뚜벅!

추소산은 자신이 펼친 광화로 인해 일시지간 만들어진 길을 천천히 걸어갔다.

주변에는 엉덩방아를 찧고 아무렇게나 널브러져 있는 선위무사들투성이.

추소산의 앞을 가로막는 자는 아무도 없었다. 그는 무림맹의 대문을 통과했을 때와 다름없이 무인지경인 양, 방금 전까지 하늘로 승천하는 용조차 포획할 듯 삼엄했던 진세의 중앙으로 향했다.

우웅!

그에 맞춰 또다시 울부짖기 시작한 절세묵검!

검명이 인 순간 주인의 기력을 모조리 빨아 먹어버린 청룡등천도 역시 진한 혈광을 뿌린다.

서로가 서로를 알아본달까?

절세묵검과 청룡등천도는 무시무시한 기세로 서로를 끌어당겼다.

각자가 넘치도록 가진 마기를 폭출시키고, 흡철석(吸鐵石)처럼 강하게 상대방을 갈구한다. 누가 먼저라고 할 것 없이 동시에 그리했다.

그리고 그때였다.

광화일검에 박살 난 대망포룡의 안쪽에서 소진을 형성하고 있던 은자림 고수들 중 몇이 소리를 질러댔다. 추소산의 광화를 직접 목도하지 못한 소수의 몇 명이었다.

"감히 마녀에게 동조를 하다니, 용납 못할 일!"

"마도에 이어 마검까지 등장했구나! 마도를 제압했는데 마검인들 어려울까?"

"마인이여, 당장 물러서렷다!"

소진을 흩트린 채 추소산에게 나선 자들은 칠대세가 계보의 수장이라 할 수 있는 당문호와 그를 따르는 종리무성, 위지심원의 세 명이었다. 우연찮게도 그들은 추소산이 진세를 파괴할 때 우약연 쪽에 정신이 팔려 광화의 무지막지한 위력을 파악치 못한 것이다.

'저런 미친 녀석들을 봤나! 저런 말도 안 되는 검기를 가진 녀석에게 달려들다니!'

'으음, 오늘 당가를 비롯한 칠대세가 녀석들이 심한 재앙을 만나게 되었구나!'

'허허, 이럴 때는 그냥 뒤로 물러서 있는 것이 나을 것을……'

그동안 은자림에서 당문호가 중심이 된 칠대세가 측 인사들이 계파를 형성하는 걸 크게 마땅치 않게 생각하고 있던 구파일방과 오악검파 측 고수들이 크게 눈살을 찌푸렸다.

내심 혀를 차는 건 기본이고, 더러는 살짝 흥분한 탓에 떠오른 얼굴의 홍조를 슬며시 숨긴다. 갑자기 사건이 무척이나 흥미진진해졌기 때문이다.

물론 느닷없이 앞으로 나선 당문호 등 삼 인을 바라보는 나머지 칠대세가 측 고수들은 안절부절못한다.

그들은 다행스럽게도 추소산이 펼친 광화의 위력을 똑똑히 지켜볼 수 있었다. 말릴 새도 없이 불쑥 앞에 나선 삼 인이 지금 막 지옥유부로 가는 마차에 올라탔음을 눈치 채지 못했을 리 없다.

태양이 폭발하는 것만 같았다.

일생 다시 보기 힘든 놀라운 위세였다.

한데, 하필이면 칠대세가 측 고수들만 그같이 엄청난 광경을 보지 못했을 줄이야!

그들은 진심으로 애도를 표하는 한편 내심 재빨리 준비를 했다. 아무리 생각해도 자신들 전부가 달려들지 않고서는 추소산의 놀라운 검초를 상대할 수 없으리란 판단하에 합공을 떠올린 것이다.

'당 대협의 암기 수법이 이미 노화순청(爐火純靑)에 이르렀다고 들었지만, 그 같은 검기를 가진 자에겐 역부족이다. 부끄럽지만, 지금은 그런 걸 따질 때가 아니다.'

'혹시라도 저 마인이 마녀를 구하러 온 것이라면 반드시 합공해서 화근을 애초에 없애 버려야 한다, 무림의 안녕과 평화를 위해서.'

'우리까지 한꺼번에 나선다면 구파일방과 오악검파 측 인사들도 반드시 나설 것이다. 그래도 명색이 같은 정파에 속한 자들이니까.'

하나같이 평소 같으면 결코 뇌리 속에 떠올리지 않았을 구구하고 너저분한 생각들이다.

혹여 누구라도 그 같은 말을 지금 입 밖에 담는다면 평생 다른 정파인들로부터 경멸의 눈초리를 받을 게 뻔했다. 이곳은 정파의 성지이자 상징인 무림맹의 안마당이기 때문이다.

칠대세가 고수들은 약속이라도 한 듯 입을 굳게 다물었다. 그들은 서로 시선을 나눈 채로 묵묵히 합공에 나설 준비를 할 뿐이었다.

산전수전을 다 겪은 고수들다운 기민하고 재빠른 대응.

내심 방관하기로 마음을 먹고 있던 나머지 은자림 고수들의 얼굴에 망설임의 기색이 스쳐 갔다.

그들은 칠대세가 고수들의 행동 속에서 자신들에 대한 믿음을 읽을 수 있었다.

같은 정파인으로서 기대에 부응치 않을 수 없다는 생각이 자연스레 일어났다. 그게 망설임의 이유였다. 이런 경우, 여태까지 아옹다옹 세력을 다퉜던 것과는 별개로 힘을 합치는 게 정파의 오랜 관습이었기 때문이다.

'합공… 인가……?'

'우리들이 일제히 합공에 나선다면 물론 가능성이 있다!'

'하지만 그렇게 되면 모양새가 영…….'

뒤에 남은 은자림 고수들이 연신 인상을 써댔다. 어쩔 수 없이 칠대세가 고수들을 쫓아 합공에 나서야 된다는 걸 알지만 영 기분이 나빴다. 뒷맛이 쓴 선택이었다.

바로 그때였다.

당문호와 기세 등등하게 나섰던 두 사람.

종리무성과 위지심원이 여전히 반신 전체로 괴이한 흑적색의 기파를 뿜어내고 있던 추소산에게 달려들었다. 노련한 고수답게 광화를 보지 않았음에도 함께 합공을 하는 걸 선택했다.

흡사 한 쌍인 듯 보이는 수중의 파검에 검기를 일으킨 채 추소산에게 파고드는 양대고수의 입가에 슬쩍 미소가 떠올랐다. 괴이한 등장과 달리 추소산이 별 볼일 없는 실력을 지녔다는 생각이 두 사람의 뇌리를 스쳤다.

'검기가 지척에 이를 때까지 꼼짝도 안 하다니!'

'생각보다 형편없는 실력이었구나! 괜스레 합공에 나섰어!'

뒤에 남은 당문호 역시 합공에 나선 두 사람과 비슷한 생각이었다. 아니, 그는 오히려 추소산이 너무 일찍 제압당할 것을 걱정했다. 별것도 아닌 애송이를 합공하러 나선 것을 다른 자들에게 지적받을 것을 저어한 것이다.

그러나 그는 곧 생각을 고쳐먹어야만 했다.

파팟! 팟!

흑적색 기파 속에 갇혀 있던 절세묵검이 흐릿한 검영을 만들어낸 순간, 종리무성과 위지심원의 신형이 팅겨지듯 뒤로 물러섰다.

반짝!

하늘로 솟아오른 두 개의 파검이 주변을 가득 메운 횃불을 반사시켰다.

종상벽하.

추소산이 시의 적절히 펼쳐 낸 지존검법의 일 초식이 만들어낸 결과였다.

'강하다!'

당문호의 눈이 매처럼 매섭게 변했다. 이제야말로 자신이 나서야 할 때임을 직감한 것이다.

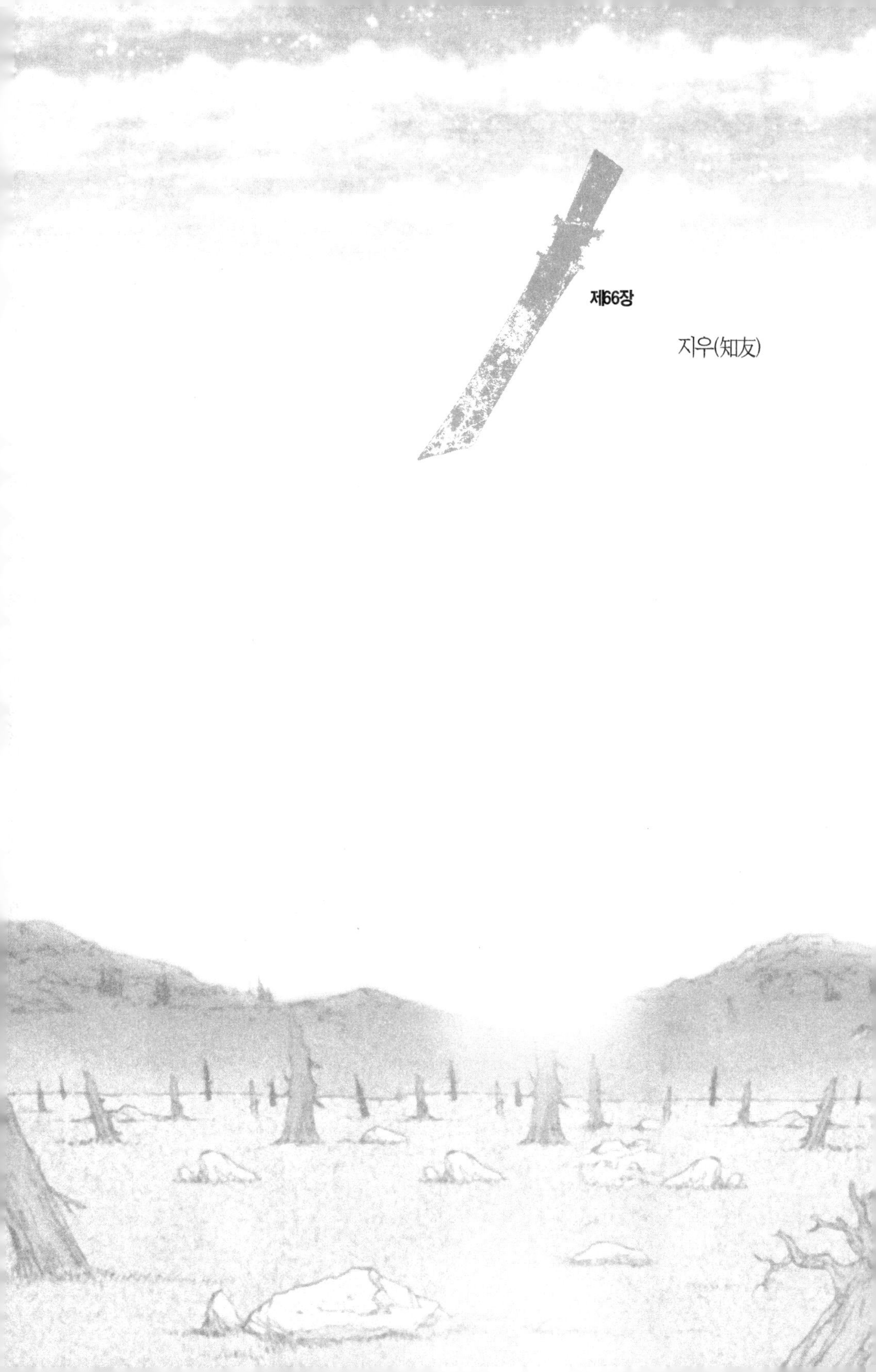

제66장

지우(知友)

"두 분은 비켜주시오!"

당문호의 목소리는 결코 크지 않았다. 그러나 은자림에 기거하는 칠대세가 고수들 중 수장이 내뱉은 말이었다.

도대체 어떻게 자신들이 검을 놓쳤는지조차 이해하지 못하고 있던 종리무성과 위지심원이 이를 악문 채 좌우로 물러섰다. 당문호가 암기를 펼칠 것임을 알고 있었기 때문이다.

시시시시싯!

당문호는 망설이거나 시간을 끌지 않았다.

종리무성과 위지심원이 물러서는 것과 동시에 그는 당가가 자랑하는 칠대암기 중 하나인 우모침(牛毛針)을 쏟아냈다.

일수에 백 개!

웬만한 절정고수들조차 쉽사리 피해낼 수 없는 숫자. 게다가 소털처럼 가늘고 가벼워 주변의 불빛만으론 형태조차 파악이 불가능하다.

'이놈! 적어도 뒤로 한참은 물러나야 할 것이다! 그러면 나는 네놈이 그리한 순간 회선표(回旋鏢)와 천폭탄(千爆彈)으로 승부를 볼 것이다!'

당문호는 자신의 예상에 확신을 가졌다.

밤중에 거리조차 가깝다. 설사 암기와 독을 다루는 것이 이미 경지에 올랐다고 자부하는 당문호라 해도 이만큼의 우모침을 만났다면 신법을 펼쳐 멀찍이 물러서는 것밖엔 도리가 없다. 추소산이라고 다를 리 만무하다.

그때 추소산의 절세묵검이 또다시 움직였다.

사사삭!

어둠 중에 움직인 절세묵검은 별다른 검기를 일으키지 않았다. 은밀하기가 주변을 에워싸고 있는 밤의 정막이나 다름없었다. 뭉클거리며 주변의 대기를 흔들고 있던 흑적색의 기파만 없다면 아예 어떤 움직임을 보였는지조차 알 수 없었을 것 같다.

당문호는 자신도 모르게 입을 가볍게 벌렸다.

그의 손을 떠난 백 개의 우모침.

대낮의 따가운 햇살 아래서도 간신히 형태만을 파악할 수 있을 정도로 가느다란 세침들이 갑자기 미쳤다. 목표로 했던 추소산의 바로 코앞에서 빙글빙글 회전을 일으키더니, 흡철이라도 된 것처럼 한데 합쳐지기 시작한 것이다.

도저히 이해할 수 없는 상황.

당문호는 일단 생각을 하지 않기로 했다. 일단 강적인 추소산을 제압하는 것이 우선이었다. 이미 그의 쌍수는 미리 준비하고 있던 회선표와 천폭탄을 쏟아내고 있었다.

쉐리리리릭!

피피피피핑!

회선표와 시전자의 화후에 따라 다양한 회전을 일으키며 적을 공격한다. 직선이 아닌 곡선의 공격은 대단히 막기가 힘들어 당가의 암기에 익숙지 않은 자들은 고수라 해도 단숨에 당하고 만다.

또한 천폭탄은 겉보기에는 평범한 철환처럼 보이나 그 속에는 각기 백여 개나 되는 독침이 숨겨져 있다. 만약 누군가 천폭탄에 어떤 충격이라도 준다면 폭발과 함께 독침들이 사방으로 튀어나가 주변을 쓸어버린다.

당연히 둘 다 우모침과 마찬가지로 당가의 칠대암기.

위력 면에선 우모침보다 한 수 위라 알려진 흉악한 암기 둘이 동시에 추소산을 노렸다. 계획이 조금 틀어졌다 해도 당문호가 자신의 능력을 크게 탓할 만한 일은 아니었다.

그러나 추소산이 우모침을 막아낸 건 풍림화산 중 두 번째인 은림이었다. 그에게 일검경혼 백검비천이란 별호를 선사한 검초에 폭발할 듯한 내력이 더해졌으니 위력이 예전과 같을 리 만무했다.

슉!

추소산이 한 걸음 앞으로 떼어낸 것과 동시였다.

아직 여력을 남기고 있던 은림의 은밀한 검기가 회선표와 천폭탄 역시 여지없이 휘감아버렸다. 마치 눈에 보이지 않는 하늘의 성긴 그물 속에 갇혀 버리고 만 형상.

"이런 말도 안 되는 일이!"

당문호가 놀라긴 조금 일렀다.

은림을 끝낸 추소산의 절세묵검이 다시 앞으로 곧게 뻗어 나왔다.

종상벽하.

또다시 펼쳐진 종상벽하의 검로를 쫓아 허공에 다닥다닥 붙어서 구형상을 이루고 있던 우모침과 회선표, 천폭탄 등이 폭발하듯 당문호 쪽으로 쏟아졌다.

또다시 벌어진 예상 밖의 일.

당문호는 너무 크게 놀란 나머지 방금 전 벌어진 입을 닫을 새도 없이 소맷자락을 휘젓고는 황급히 신형을 뒤로 뒤집었다. 애초에 당가의 칠대암기를 피해내는 방법 중 그가 알고 있는 건 그게 전부였기 때문이다.

휘릭!

당가의 삼대고수 중 세간의 평가답게 당문호의 경공은 빼어났다. 전혀 예상치 못한 반격을 당했음에도 불구하고 몸의 운신이 가볍고 빠르다.

하지만 칠대암기 중 세 개가 동시에 공격해 들어왔다.

그것도 지척지간.

아무리 암기에 능한 당문호라 해도 모조리 피해낸다는 건 무리였다.

"크으!"

단숨에 신형을 뒤집으며 오 장여를 물러선 당문호의 입에서 나직한 신음이 흘러나왔다.

흔들리는 불빛 사이로 드러난 그의 소맷자락에는 가장 먼저 파고든 우모침과 폭발한 천폭탄에서 튀어나온 독침이 빽빽하다. 암기의 명인답게 단지 소매만으로 우모침과 독침을 막아냈을뿐더러, 대다수의 천폭탄을 회수하는 신기를 발휘했음이다.

그러나 당문호를 노린 암기는 그것으로 끝이 아니었다.

그가 우모침과 천폭탄에 집중한 새 미묘한 회전을 일으키며 파고든 회선표 하나가 어깨에 틀어박혔다.

당가의 칠대암기에 독이 없을 리 만무한 터.

'제기랄, 회선표에 칠해놓은 독은 칠보단장(七步斷腸)이다! 빨리 손을 쓰지 않으면 죽는다!'

칠보단장.

일곱 걸음을 걷기 전에 장을 끊는 고통과 함께 죽는다고 알려진 당가비전의 극독이다.

그만큼 독의 침투가 빠르단 뜻이니, 비록 해약을 지닌 당문호라 하나 마음이 다급해지지 않을 수 없었다.

그는 어깨에 박힌 회선표를 뽑아낼 새도 없이 침들이 수북이 박힌 소매 속에서 몇 개의 단환를 꺼내 입 안에 털어 넣었다. 어떤 강력한 독이라 해도 일각 이상 독기의 침투를 지연시키는 당가비전의 해독영단을 복용한 것이다.

일패도지(一敗塗地)!

종리무성과 위지심원에 이어 당문호 역시 추소산의 일검을 막아내는 데 실패했다.

신기라 할 수 있는 청룡등천도의 힘을 빌린 우약연 때와 비교해도 결코 못하지 않은 신위에 나머지 은자림 고수들의 낯빛이 딱딱하게 굳었다.

스스로를 반추해 볼 때 추소산의 일검을 막아낼 자신이 없다는 점이 긴장을 고조시켰다. 방금 전까지 확고부동하게 마음 먹고 있던 합공을 실행에 옮기는 게 조금 늦춰진 이유였다.

추소산이 이 같은 기회를 놓칠 리 없었다.

스으.

극상의 추뢰보는 그림자조차 허용하지 않는다. 그만큼 빨랐다. 특히 그것이 무림맹 외원처럼 한정된 공간이라면 순간적인 속도는 이형환위를 뛰어넘는다.

"엇!"

진짜 눈 깜빡할 새였다. 은자림 고수들은 두 눈을 빤히 뜬 채 추소산이 자신들의 포위를 뚫고 우약연에게 다가서는 걸 허용했다.

굴욕!

잠시 얼이 빠졌던 은자림 고수들의 얼굴이 제각기 심각한 형상을 만들어냈다. 평생 이 같은 꼴을 어찌 그들 중 누구 한 명이라도 당해본 적이 있으랴.

사사사사삭!

누가 선동을 하거나 명령을 내린 것이 아니다. 은자림 고수들은 자발적으로 다시 포위망을 구축했다. 우약연과 함께 추소산마저 소진 속에 가둬 버린 것이다.

추소산은 진이 형성되는 걸 그냥 내버려 뒀다. 지금의 그에게 은자림 고수들의 포진 따위는 관심 밖이었다. 아예 안중에도 두지 않았다.

"우 소저……."

추소산은 한 조각 살랑이는 미풍에도 쓰러져 버릴 듯 위태위태 서 있는 우약연에게 시선을 던졌다. 그녀를 불렀다.

머엉!

우약연은 청룡등천도로 추소산의 가슴을 찌를 때와 달라진 것이 없었다. 밤새 계속된 은자림 고수들과 삼룡무대의 합공에 기운이 완전히 고갈된 것이 다를 뿐이었다.

아니, 한 가지 달라진 것이 있다.

마기를 잔뜩 머금은 청룡등천도!

여태까지 줄곧 무림맹주인 고엽신승이 있는 방향으로 향하고 있던 마도의 도첨이 천천히 추소산 쪽으로 향했다. 그의 반신으로부터 쏟아져 나오고 있는 묵검신마 위일천의 진원지기에 영향을 받은 변화였다.

추소산에게 이 같은 일은 처음이 아니다. 이미 우약연을 뒤쫓던 중 한 번 경험한 바 있다.

"미안."

추소산의 절세묵검이 번개가 무색한 빠르기로 공간을 갈랐다.

번뜩.

이미 몸 안의 진원지기 자체가 고갈될 정도로 내력이 소진된 우약연이다. 추소산의 일검인들 막아낼 수 있을 리 없다.

게다가 또 한 가지!

그녀를 여태까지 초인적으로 이끌었던 청룡등천도가 이번엔 전혀 힘을 발휘하지 못했다.

고래 삼국 시대로부터 전해져 온 강력한 주술.

저주에 찬 원념이 눌렸다.

과거 천하를 평정했던 묵검신마 위일천의 원정이 깃든 절세묵검이 지닌 극마지기를 감히 범할 수 없었다. 무림육대병기보의 서열, 그것은 결코 허투루 정해진 것이 아니었던 것이다.

쩡!

우약연과 혼연일체를 이루고 있던 청룡등천도가 신기에 어울리지 않는 둔탁한 소리를 냈다. 여태까지처럼 상대 병기를 두 동강 내기는커녕 바들거리며 몸까지 떤다. 절세묵검과 충돌한 순간, 마기가 절반

쯤이나 흩어져 버렸다.

그래도 천 년을 이어온 원념은 무섭다.

절대로 제물이자 숙주인 우약연을 놓아주려 하진 않는다.

"아악!"

우약연이 호구가 찢어진 것도 개의치 않고 추소산에게 도를 휘둘렀다. 몸 안에 남아 있던 한 방울의 내력까지 모조리 끌어와 날린 일격이었다.

스륵.

추소산은 추뢰보를 펼쳐 우약연의 공격을 간단히 피해냈다. 그리고 슬쩍 손을 내민다. 솔개가 병아리를 낚아채듯 우약연의 허리를 끌어안은 것이다.

"아!"

우약연은 추소산의 품에 안긴 채 가볍게 몸을 흔들었다. 이미 체내의 내력 자체가 완전히 고갈된 그녀가 할 수 있는 최선의 저항이었다.

"우 소저… 아무리 그래 봤자 다신 뇌주지 않을 거요!"

"……."

추소산의 무뚝뚝한 한마디에 우약연이 몸부림을 멈췄다. 청룡등천도의 마기가 절반 이상 흩어진 탓에 조금이나마 이지가 돌아왔다. 귓전을 때린 사내의 목소리와 체취가 결코 낯설지 않음을 알 수 있었다.

추소산은 그 짧은 순간을 이용해 다시 수중의 절세묵검을 휘둘렀다.

모든 사건의 주범.

청룡등천도를 없애야만 했다.

한데, 그때였다.

완벽하게 포진을 하는 데 주력하느라 추소산과 우약연의 사랑싸움(?)

을 지켜보고만 있던 은자림 고수들이 갑자기 벌 떼처럼 공격을 시작해
왔다.

'청룡등천도 같은 기병을 없애게 놔둘 순 없다!'

'저 마인이 청룡등천도와 마녀에게 신경을 빼앗겼을 때 공격해야만
한다!'

'역시 저 녀석은 마녀와 한패거리였다! 오늘 이 자리에서 없애 버리
지 않는다면 후환이 무궁하리라!'

각기 다른 생각을 가졌으나 목적이 합치했다. 우약연을 한 팔로 끌
어안은 추소산을 공격하는 은자림 고수들의 위세는 가히 폭발적이었
다. 우약연을 포위한 채 기력을 소모시키는 지구전을 펼칠 때와는 전
혀 양상 자체가 달랐다.

도강과 검강!

그에 더한 권경과 암경!

십여 명의 정파제일고수가 펼쳐 낸 절학들은 추소산뿐 아니라 우약
연까지 노렸다. 이젠 완전히 탈진해 버린 우약연을 함께 공격함으로써
강적 추소산의 정신을 흩뜨리려는 의도였다.

'이런 비열한 늙은 것들! 더러운 녀석들! 쪽팔리는 것도 모르는 자들
같으니라고!'

뒤늦게 추소산을 쫓아온 운진형과 더불어 공격에 끼지 않은 지화자
가 펄쩍펄쩍 뛰며 속으로 화를 냈다. 누가 보든 추소산과 우약연은 이
번 한 번의 공격에 죽음을 면키 어려울 듯 보였기 때문이다.

하지만 그는 지금 추소산과 우약연을 합공하고 있는 은자림 고수들
과 같은 정파인이었다.

아무리 추소산에 대한 마음이 크다곤 하나 지금 그들의 앞을 가로막

고 나설 수는 없었다. 그저 속으로 생각할 수 있는 모든 종류의 욕설을 퍼부어댈 뿐이었다.

그때 상황이 변했다.

번쩍!

추소산을 합공해 들어간 은자림 고수들 전체를 뒤덮는 황금빛 광채가 터져 나왔다.

광화!

삼룡무대가 펼치고 있던 대망포룡의 진세를 단숨에 무력화시켜 버린 태양의 폭발은 이번에도 여지없이 그 위력을 발휘했다. 무림 최절정에 위치해 있던 십여 명의 은자림 고수의 합공 역시 무용지물이었다. 그들은 흡사 추풍낙엽처럼 사방으로 튕겨져 날아가 버렸다.

"저! 저! 저!"

지화자가 언제 펄쩍거리며 뛰었냐는 듯 노안을 부들거리며 떨었다. 어느새 그 뒤에 다가서 있던 운진형 역시 놀라기는 마찬가지.

'상상조차 할 수 없구나!'

평생 검을 연마해 온 운진형이었다. 하지만 그는 아예 추소산이 펼친 광화가 어떤 원리에 의해 펼쳐진 것인지조차 감을 잡을 수 없었다. 그저 두 눈을 부릅뜬 채 조금이라도 더 검의 움직임을 보려 노력할 뿐이었다.

그때 추소산이 연속적으로 펼친 광화의 영향으로 조금 흑적색 기파가 가신 절세묵검을 바닥으로 내려뜨렸다. 주변을 둘러보는 시선이 오연하다.

"이 여인의 신변, 내가 맡도록 하겠소!"

"……."

당당한 선포였다.

일시 무림맹의 외원이 고요 속에 파묻혔다.

거의 유일하게 몸이 온전한 채인 지화자와 운진형은 침만 꿀깍거리고 있을 뿐이었다. 그러나 세상에 지화자나 운진형 같은 사람들만 있는 건 아니었다.

무림맹주 고엽신승.

추소산이 등장한 순간부터 두 눈에 형형한 안광을 일으키고 있던 그는 어느새 숨어 있던 처마 위에서 신형을 날려 군사 소진명 앞에 이르렀다. 일단 광화의 위력을 정면으로 대한 후 정신이 반쯤 나간 소진명부터 챙긴 후 참혹한 학살극을 막으려는 의도였다.

파팟!

소진명의 뇌호혈과 청명혈에 슬쩍 내력을 주입해 기혈을 안정시킨 고엽신승이 슬쩍 신형을 앞으로 띄워 올렸다.

연대구품(蓮臺九品).

무림에서 가장 유명한 소림칠십이절기 중 하나를 공중에서 펼쳐 보인 고엽신승이 사자후(獅子吼) 공력을 담아 소리쳤다.

"아미타불! 묵검신마의 후계자는 조금만 더 손에 사정을 둬주시게나!"

'묵검신마의 후계자?'

추소산은 우약연을 한 팔로 끌어안은 채 눈살을 가볍게 찌푸렸다. 고엽신승이 터뜨린 사자후 속에 담긴 파사지기(破邪之氣)로 인해 여전히 그의 반신을 물들이고 있던 흑적색 기파가 영향을 받았다.

간신히 절세묵검 속에 억눌러 놨던 묵검신마 위일천의 진원지기!

그 가공지경의 기운이 둑 터진 물처럼 거세게 체내로 파고들어 왔다. 온몸이 가죽 공처럼 부풀어 오르는 듯했다. 여태까지 머릿속 한 켠을 차지하고 앉은 위일천의 괴이한 중얼거림을 참아내던 것과는 비교조차 되지 않는 고통이다.

그러나 이곳은 무림맹의 한복판!

품 안에는 목숨보다 중한 여인이 있었다. 온몸이 산산조각난다 할지라도 약한 모습을 보일 수는 없었다.

꾸욱!

수중의 절세묵검에 한차례 힘을 준 추소산이 오연하게 공중에서 극도로 화려한 동작과 함께 떨어져 내리는 고엽신승을 바라봤다.

때마침 불어온 한줄기 바람.

추소산과 우약연, 한 쌍의 머리를 쓰다듬듯 스치고 떠나니 그 모습이 지극히 아름답다. 한 쌍의 원앙이 따로 없어 보인다. 전혀 무림 정의의 상징인 무림맹을 뒤집어 버린 흉수들이라곤 생각할 수 없다.

슥!

소리 한 점 없이 바닥에 떨어져 내린 고엽신승 역시 그 같은 생각을 잠시 떠올렸다. 그리고 내심 고개를 가로저어 보였다.

범상치 않은 마기를 뿜어내는 고검.

태양의 폭발과도 같던 검초의 위력.

이는 고엽신승에게 이제는 전설이나 다름없는 얘기가 된 전대 천하제일인이자 무적마인의 신마절기를 떠올리게 했다.

백색광검.

묵검신마 위일천 이후 어느 누구도 재현하지 못한 광세절학의 그림자를 고엽신승은 추소산의 광화에서 찾아냈다. 견식과 무공이 극히 높은 그이기에 가능한 일이었다.

'하지만 내 알기로 묵검신마의 백색광검은 그야말로 마검의 극치라 할 만큼 살기가 강하다. 한 번 펼쳐지면 반드시 주변에 시체의 산을 쌓는다고 들었거늘, 어찌 이런 결과가 벌어졌단 말인고?'

고엽신승이 잠시 동안 싸움에 끼어들지 않은 건 압도적인 마기를 뿜어내며 등장한 추소산에게서 꽤나 묘한 점을 발견했기 때문이다.

삼백에 가까운 삼룡무대가 펼친 대망포룡의 진세.

십여 명의 은자림 고수의 합공.

이 모두를 추소산은 압도적으로 물리쳤다. 당연히 수많은 사상자가 발생했어야 하건만 현실은 사뭇 달랐다.

주변에 온갖 꼴불견을 연출하며 나자빠져 있는 자들 중 어느 누구도 목숨을 잃지 않았을뿐더러 치명적인 중상조차 입지 않았다. 우연히 그런 일이 발생했다곤 생각하기 힘든 결과였다.

그렇다면 결론은 하나밖에 없다.

내심 염두를 굴린 고엽신승이 추소산에게 정중하게 합장해 보였다.

"선재! 선재! 묵검신마의 후계자가 손에 사정을 둬준 점, 참으로 감사하게 생각하는 바이네. 하지만 당년 묵검신마 시주와 혈천마교는 참으로 많은 악행을 저질렀다네. 전대의 일로 후대를 핍박하는 건 본시 도리가 아니나 이곳이 무림맹이니 한마디 변명쯤은 있어야 할 것일세."

"……."

고엽신승은 다시 사자후를 일으키지 않았다. 이미 자신의 사자후 화후로는 추소산의 반신을 덮고 있는 흑적색의 기파를 제압할 수 없음을 알았기 때문이다.

그 점이 추소산에겐 크게 도움이 되었다.

그도 그럴 것이 다시 고엽신승의 사자후가 터져 나왔다면 체내로 파고든 묵검신마 위일천의 진원지기가 완전히 폭주하는 걸 막는 건 거의 불가능했다. 설마하니 가죽 공처럼 변한 몸이 뻥 하고 터지진 않겠지만, 주화입마는 피하기 힘들었을 터다.

그래도 고엽신승의 한 가닥 선의가 깃든 권유에 대한 답을 내놓기란 무리였다. 입을 여는 것도 힘들 정도로 몸 안의 기운들이 미쳐 날뛰고 있었다.

현재 외원에서 몸이 성한 몇 안 되는 사람 중 한 명인 지화자가 다시 펄쩍거리기 시작했다. 실제 그랬다는 게 아니라 거의 그러기 직전이었다.

당연하다.

고엽신승이 소림의 연대구품을 펼치며 떨어져 내리자 지화자는 언제 불안과 초조, 번뇌의 바다 속을 헤맸냐는 듯 내심 지화자 좋구나를 외쳤다. 개방에 든 이후 한참 동안 고생하다 처음으로 잔칫집으로 구걸을 가게 되었을 때와 거의 맞먹을 정도의 환호성이었다.

'우헤헤헷, 신승이 달리 신승이라던가! 천하에 삼존이 있으나 무림맹의 신승도 그리 떨어지진 않는다더니, 이렇게 중요한 순간에 제 몫을 하는구나!'

도사는 말코, 승려는 땡중.

서슴지 않고 천하의 모든 도사와 승려들을 정당치 못한 방법으로 구걸하는 거지라 평하던 지화자였다. 당연히 고엽신승 또한 평소 그저 허울뿐인 맹주라고 뒤에서 몰래 폄하하곤 했다. 종종 헐뜯었다.

그가 보기에 고엽신승은 무림맹에 꾹 눌러앉아 은자림의 각파 고수들과 소일하는 걸로 하루를 때우는 할 일 없는 사람이었다. 항상 바삐 움직이며 협행을 쌓는 개방 방주 협개 나원경과 비교해 보면 더욱 그런 점이 두드러졌다.

그래서 나원경이야말로 다음 대 무림맹주에 더할 나위 없이 어울린다고 홀로 생각하곤 했다. 나이를 잔뜩 먹은 주제에 지나치게 건강한 고엽신승에 대한 폄하와 헐뜯음은 그런 마음의 반영이었다.

하지만 지금은 사정이 다르다. 평소와 같은 마음일 수 없었다.

갑작스레 추소산이 등장한 직후 지화자는 크게 당황한 채 허둥대기만 했다. 우약연 한 명도 생각처럼 쉽게 손을 쓸 수 없었다. 하물며 괴이한 기운을 일으키는 추소산까지 가세하자 일시 어찌해야 할 줄을 모르게 되었다.

파국은 이미 눈앞까지 닥쳐와 있었다.

눈곱 낀 눈을 껌뻑거리며 바라볼 수밖에 없었다. 반드시 그렇게 되리라 생각했다.

한데, 뜻밖에도 추소산은 은자림 고수들의 몰염치한 합공을 가볍게 물리쳤다. 아무리 두 눈을 꿈뻑거리며 봐도 도저히 이해할 수 없는 엄청난 검초로 은자림 고수들을 배 뒤집은 개구리처럼 만들어 버렸다.

이제 지화자는 다른 걱정을 하게 되었다.

참으로 간사한 게 사람의 마음이라더니, 추소산이 위기를 벗어난 것은 좋으나 같이 늙어가는 처지인 은자림 고수들의 비참한 모습이 안타깝다. 슬쩍 둘러보기에 죽은 자들은 없어 보이나 추소산이 다시 검을 휘두른다면 단 한 명도 살아남지 못할 것 같았다.

그래서 어쩔 수 없이 염치불구하고 추소산에게 달려가 그동안의 친분을 팔려고 했다. 자신이 도움을 주려 했는데 오히려 사정을 해야만 할 판이었다.

그러니 느닷없이 고엽신승이 멋지게 연대구품까지 펼치며 추소산의 앞에 나선 걸 보고 지화자의 얼굴이 확 풀려 버린 건 무리가 아니었다.

삼존을 제외한 최강의 고수!

정파의 구름처럼 많은 고수들을 이끄는 무림맹주인 고엽신승은 지화자조차 인정하지 않을 수 없을 만큼 최고의 인망과 협상력을 가진 사람이었다.

그 정도가 되지 않고는 결코 무림맹의 말 많고 탈 많은 고수들을 모조리 복속시킬 수가 없었다. 정치란 무력만 높다고 할 수 있는 게 아니었기 때문이다.

지화자는 고엽신승이 잔뜩 꼬여 버린 추소산과 정파무림맹 간의 관계를 풀어줄 것을 기대했다.

그리만 되면 다신 뒤에서 몰래 고엽신승을 험담하고 헐뜯지 않으리라 꼬옥 마음먹었다. 그의 입에서 묵검신마가 언급되기 전까진 그랬다.

'묵검신마! 묵검신마라니! 저 아무것도 하는 일 없이 무림맹에서 시간이나 죽이는 늙은 땡중이 누굴 죽이려고 그런 헛소릴 하는 거냐!'

지화자는 얼른 추소산이 고엽신승의 말을 부인하라고 속으로 소리쳤다.

묵검신마 위일천의 후계자!

정사마를 통틀어 절대 용납할 수 없는 무림공적이었다. 지화자조차 추소산이 고엽신승의 말을 부인하지 않는다면 목숨을 걸고 도전을 해야만 했다. 그만큼 묵검신마 위일천과 혈천마교가 전날 천하무림에 뿌린 피의 양은 엄청났고, 원한은 깊고도 깊었다.

"설마 추 소협이 묵검신마 위일천의 백색광검을 얻었을 줄이야! 그가 그렇게 강했던 것도 무리는 아니었구나!"

운진형이 나직한 탄성을 터뜨렸다. 그러자 지화자가 갑자기 신형을 획 하고 돌려세웠다. 운진형을 한차례 째려봐 주기 위함이었다.

"……."

운진형이 의아한 표정을 지으며 입을 다물었다. 그 역시 추소산에겐 꽤나 호감을 지니고 있는 터였다. 모든 일이 확실해질 때까진 추소산을 무림공적으로 몰고 싶진 않았다.

슉!

고엽신승은 추소산에게 충분한 시간을 줬다고 생각했다. 대답을 원했으나 듣지 못하자 무력을 사용해서라도 얻어야만 하겠다는 판단을 내렸다.

바람도 없는데 황색 승포 자락이 펄럭인다.

금강부동신법(金剛不動身法)과 함께 펼쳐진 건 노한 용의 움직임과 같은 용조수(龍爪手)였다.

흡사 하늘에서 벼락이 떨어져 내리는 듯한 맹렬한 기세!

사부 단양에게 소림칠십이절기에 대해서 귀에 못이 박히도록 묘사를 들은 바 있는 추소산의 눈에 이채가 떠올랐다.

맨 처음 펼친 연대구품만 해도 놀라웠는데, 우약연의 십형분신보에 버금갈 정도로 은밀한 금강부동신법과 용조수의 결합은 소름 끼칠 정도였다. 묵검신마 위일천의 진원지기를 제어하느라 입조차 열지 못하는 현 상황을 감안하면 악몽을 만난 것이나 다름없었다.

그러나 추소산에겐 추뢰보가 있었다.

스슥.

용조수가 막 마지막 변화를 일으키며 내리꽂힌 것과 동시였다. 추소산은 우약연을 안은 채 귀신같이 뒤로 물러섰다. 금강부동신법조차 추뢰보의 움직임을 쫓는 데 실패한 것이다.

'좋은 신법!'

이미 추소산의 놀라운 검법을 본 바 있는 고엽신승은 놀라지 않았다. 오히려 묵검신마의 후계자라면 이 정도 실력을 가진 것이 당연하다 생각했다. 처음부터 전력을 다 발휘한 것도 아니었다.

스으.

좀 더 빨라진 금강부동신법.

고엽신승의 용조수가 다시 추소산을 노렸다. 처음에는 하늘에서 떨어지는 벼락같더니, 이제는 매섭기가 한겨울 삭풍과 같다. 뭐가 됐든 한 번 잡아채기만 하면 갈기갈기 찢어버릴 게 분명했다.

콰콰콰콰콰콱!

결코 일반적인 조공(爪功)이 내는 소리 따위완 어울리지 않는 괴음이 대기를 마구 찢어댔다.

그러나 그 속에 추소산이나 우약연의 몸이 찢기는 소리는 포함되어 있지 않았다.

고엽신승은 더욱 신법의 속도를 높였음에도 추소산을 낚아채는 데 실패했다. 한 팔에 우약연을 안은 채 뒤를 향해 신형을 날리고 있는 추소산을 정면에서 달려들고도 따르지 못하는 황당한 꼴을 당한 것이다.

'으음, 묵검신마의 백색광검이 광세절학이란 건 알고 있었지만, 경공마저 이리 대단할 줄은 몰랐구나. 내가 전력을 다했는데도 따르지 못할 줄이야……'

고엽신승은 속마음이나마 추소산이 지금 자신을 바라보는 채로 달아나고 있다는 걸 언급하지 못했다. 다만 입을 꾹 다문 채 두 눈에 담긴 신광을 더욱 짙게 할 뿐이었다.

한데, 그때였다.

갑자기 극도에 이른 경공의 새 지평을 보여주고 있던 두 사람 사이로 하얀 인영 하나가 뛰어들었다. 얼마 전 강구량의 강요 혼례를 피해 무림맹 부근에 이른 화무겸이었다.

슥!

고엽신승은 지난번 정파 비무대회의 우승자인 화무겸을 당연히 안다. 그가 자신을 향해 뛰어들자 무언가 중요한 일이 벌어졌다는 생각이 들었으나 신형을 멈출 생각 따윈 없었다. 아무리 급하고 중요한 일이라 해도 묵검신마의 후계자를 붙잡는 것보다 우선할 순 없다는 판단이었다.

휘익.

고엽신승은 일별도 없이 화무겸을 지나쳤다. 그러자 화무겸이 얼른 그 뒤를 쫓으며 목청을 높여 소리쳤다.

"맹주님! 추소산 소협은 무림에 보기 드문 협행을 한 사람입니다! 어찌 이리 핍박하시는 겁니까!"

'응? 추소산?'

고엽신승은 추소산에 대해 꽤나 자세히 알고 있었다. 전날 정파 비무대회의 마지막 날 무림맹을 찾아온 협개 나원경으로부터 그의 협행을 들은 후 줄곧 관심을 갖고 지켜봐 왔기 때문이다.

물론 그가 아는 건 추소산이란 이름과 혈문과의 싸움에서 얻게 된 일검경혼 백검비천이란 별호, 몇 가지 무림 중을 떠도는 믿기 어려운이야기들이 대부분이었다. 그만큼 그에 대한 정보는 불확실한 것들이 많았다.

하지만 한 가지 확실한 것이 있었다. 추소산이 무림에 출도한 지 얼마 되지 않아 유수의 명문정파조차 하지 못했던 협행을 한 협객이란 점이었다.

협객!

정파에 속한 인물이라면 누구라도 그리 불리길 원한다. 실제로 몇몇 안면이 두터운 자들은 서로를 대협이라 부르며 얼굴에 금칠을 하곤 한다.

그만큼 정파와 협은 결코 서로 떼려야 뗄 수 없는 불가분의 관계였다. 다른 마교나 사파와 분명히 구별될 수 있는 유일무이한 점이었다.

그래서 가끔 협객 추소산의 이름이 들려올 때마다 내심 즐거워하곤 했는데, 어찌 그런 자가 하필이면 묵검신마의 후계자일 수 있단 말인가!

고엽신승이 바로 코앞에서 여전히 신형을 뒤로 날리고 있는 추소산을 바라봤다.

어느새 반신을 덮고 있던 흑적색 기파는 자취를 감췄다.

흔적도 남지 않았다.

이는 오늘 밤 연속적으로 광화를 펼친 데다 고엽신승의 사자후에 묵검신마 위일천의 진원지기가 체내로 몽땅 흡수되었기 때문이다. 더 이상 마기 따윈 눈을 씻고 찾아봐도 보이지 않는다.

추소산의 본색.

눈빛은 정명하고 태도는 늠연하다. 결코 마두의 본색은 아니었다. 고엽신승이 전해 들은 협객의 모습 그대로였다.

'허허, 바람을 타고 들려온 소문과 내 안목을 믿어야 하는가?'

이미 답을 알고 있는 질문이다.

슥!

고엽신승이 신형을 갑자기 멈춰 세웠다. 무림맹주의 직권으로 추소산을 놔주고, 화무겸에게 방금 전에 한 말의 진실에 대해 확인해 보기 위함이었다.

추소산이 이 같은 고엽신승의 내심을 읽지 못할 리 없다.

그는 우약연을 안은 채 신형을 한차례 뒤집었다. 더 이상 고엽신승이 쫓지 않는다면 이런 불편한 자세를 유지할 필요가 없다.

한데, 그때였다.

시시시시싯!

대기를 흔드는 미묘한 소리!

'암기!'

추소산은 귓전을 때린 소리보다는 대기 흐름의 변화로 급변한 상황을 파악했다. 하지만 눈으로 목격한 게 아니다. 정확한 상황 판단을 하기란 쉽지 않았다.

스으!

추소산은 최선의 방법을 선택했다. 우약연을 끌어안아 자신의 몸을 방패로 삼은 채 절세묵검을 뒤로 뻗어 검기를 쏟아내는 것이었다.

하지만 늦었달까?

추소산의 품에 안긴 우약연의 입에서 가냘픈 신음이 흘러나왔다.

"으음."

우약연의 어깨에는 이미 소털처럼 가는 독침이 박혀 있었다. 얼마 전 가까스로 중독에서 벗어난 당문호가 칠대암기 중 최후로 남겨놨던 천리비산(千里飛散)으로 암습을 감행한 까닭이다.

추소산은 엄지와 검지에 내력을 모아 독침을 뽑아냈다. 그리고 내력을 담뿍 담은 점혈.

우약연이 완전히 정신을 잃고 축 늘어졌다.

슥!

추소산은 우약연을 어깨에 들쳐 멨다. 사지(死地)를 뚫고 나가기 위해선 그 편이 편하단 판단이었다.

물론 그전에 해야 할 일이 남았다.

지잉!

절세묵검이 추소산의 마음을 대변하듯 격한 울음을 토해냈다. 대혈전의 전주곡을 예고하는 울부짖음이다. 그때 추소산의 귓전을 때린 섬뜩한 파육음!

재빨리 신형을 돌려세운 추소산의 눈가에 가벼운 경련이 일었다.

파육음의 정체, 그것은 어느새 신형을 날려 추소산의 앞을 가로막아선 화무겸이 십수 개나 되는 독침이 박힌 자신의 왼팔을 잘라내는 소리였다.

"화 형……."

화무겸은 여전히 추소산을 등진 채였다.

"삼 년 전의 약속… 기억하고 있었소이까?"

"물론."

"그때부터 나는 추 형을 지기로 생각했소이다."

추소산의 표정이 변했다.

"비검교우. 우린 그날 이미 검으로 정을 나눴으니, 지기라 해도 무방할 것이오."

“…….”

창백하게 질린 얼굴을 한 채 화무겸이 입가에 강인한 미소를 만들어 냈다. 추소산의 대답이야말로 그가 지난 삼 년여간 기다려 왔던 것이었다.

추소산은 그런 화무겸의 얼굴을 잠시 바라보다 두 눈을 살짝 감았다. 그리고 다시 돌려진 신형.

마음속 깊숙한 곳에서 일어났던 살기.

폭발하기 직전의 활화산과 같던 분노.

모두를 공(空)으로 돌려 버린 추소산이 무림맹을 떠나갔다, 한 사람의 지기를 가슴속 깊숙한 곳에 간직한 채.

고엽신승은 뒤늦게 화무겸에게 다가왔다.

번개와 같은 탄지신통(彈指神通)!

화무겸의 왼팔이 있던 부위가 금세 지혈되었다. 고엽신승이 탄지신통 속에 아낌없이 내력을 퍼부은 덕분이었다.

그렇다면 당문호는?

그는 추소산이 전력으로 쏟아낸 검기에 점혈당한 채 어느새 달려온 지화자와 운진형에게 제압되어 바닥에 비참하게 쓰러져 있었다. 그의 무림에서의 위치를 생각하면 평생의 굴욕이라 할 만했다.

“지화자! 운진형! 감히 날 둘이서 합공하다니! 당가와 칠대세가의 복수가 두렵지 않은가!”

“시끄럽고!”

화가 나서 마구 떠들어대는 당문호의 입을 지화자는 한 점의 망설임도 없이 더러운 발바닥으로 짓눌렀다. 사정없이 밟아대고 비틀어

버렸다.

자존심이 하늘을 찌르는 당문호라 해도 이러면 대책이 없다.

안면을 얻어맞는 고통은 둘째 치고 다른 은자림 고수들 앞에서 심할 정도로 쪽이 팔린다. 이유야 어찌 됐든 앞으로 무림맹에서 행세하긴 글렀다.

"내, 내 품속에 해약이 있소!"

"해약?"

지화자가 당문호의 얼굴을 다시 한차례 발로 밟고서 재빨리 그의 품을 뒤졌다.

그럴싸한 자기 병 몇 개가 굴러 나왔다.

지화자가 눈짓을 해 보이자 당문호가 쌍코피를 줄줄 흘리며 자기 병 중 하나를 짚어줬다. 어쨌든 더 이상 지화자에게 복날의 동네 똥개처럼 두들겨 맞고 싶진 않았다.

그러나 지화자가 찾아낸 해약은 전혀 소용이 없었다.

천리비사에 중독된 두 사람.

화무겸은 이미 팔을 잘랐고, 우약연은 추소산과 함께 무림맹을 떠나갔다. 추소산의 무섭게 발전한 무공과 경공을 감안하면 이제 와서 지화자가 뒤를 쫓는다 해도 따라잡는 건 무리였다.

'제기랄, 어쩌다가 일이 이렇게 됐는가…….'

지화자가 내심 욕설을 터뜨리곤 화무겸에게 다가가 수중의 해약을 내밀었다.

"화 소협, 당가의 독은 지독하기로 유명하네. 혹시 모르니 이걸 복용하도록 하게나."

"감사합니다."

화무겸은 사양치 않고 해약을 받아 입 안으로 삼켰다. 천리비사에 당하자마자 바로 왼팔을 끊어낸 단호함과 완고함과는 그다지 어울리지 않는 모습이다.

지화자가 갑자기 불끈 화가 치밀어 소리쳤다.

"이런 빌어먹을! 그렇게 해약을 먹어서 치료하면 될 것을 어째 이런 멍청한 짓을 저질렀단 말인가! 왜 팔을 잘라!"

화무겸이 입가에 가벼운 미소를 만들어냈다.

"화산의 제자는 결코 남의 억압에 굴복치 않고 물러서지 않습니다."

"그렇지만 여긴 무림맹이잖은가! 무림 정의의 상징인 무림맹!"

"……."

화무겸은 대답치 않았다. 대신 그의 심중을 대변하듯 무림맹 저편으로부터 무심한 목소리가 들려왔다.

"오늘 이곳은 무림맹답지 못했네. 무겸이는 그것을 알기에 해약을 원치 않고 팔을 잘라낸 것일세."

'이 목소리는…….'

지화자가 놀라 고개를 돌렸다. 그때 어느새 주변에 널브러져 있는 은자림 고수들을 치료하느라 여념이 없던 고엽신승이 근처로 다가와 침중한 목소리를 냈다.

"강 장문인, 왔으면 빨리 이곳으로 오시게나."

제67장
질러야 할 땐 질러야만 한다!

　검신존 강구량.

　천하가 인정하는 검의 절대자이자 정파제일의 고수.

　그의 등장은 한차례 거대한 지진이 지나간 무림맹에 또 다른 여진을 야기시켰다. 평소 검의 연마에 골몰하느라 무림맹의 일에 무관심했던 그가 지금 이 순간 모습을 드러내리라곤 상상치도 못했던 일이기 때문이다.

　특히 추소산에게 당한 검기점혈과 연이어진 지화자의 구타에 심신이 피폐할 대로 피폐해진 당문호는 안색이 창백하게 질렸다. 자신이 펼친 천리비사 때문에 화산파의 후기지수인 화무겸이 팔을 잘라 버린 것이 바로 조금 전의 일이다. 바짝 긴장하지 않을 도리가 없다.

　그때 무림맹주 고엽신승의 재촉에도 불구하고 미동조차 하지 않고 있던 강구량의 무심한 목소리가 들려왔다.

“신승의 명을 어찌 이 강 모가 따르지 않으리오. 하나 애석하게도 지금은 때가 아니니 후일 만나 차 한잔을 나누리다.”

“강 장문인, 설마…….”

“아직은 때가 아니오!”

단호한 말로 고엽신승의 말을 끊은 강구량이 갑자기 하늘로 신형을 띄워 올렸다.

대붕비상(大鵬飛翔).

한 마리 붕새처럼 하늘 끝까지 솟아오른 강구량이 단숨에 무림맹으로부터 모습을 감춰 버렸다. 마치 한차례 꿈이라도 꾼 것 같은 등장과 퇴장이었다.

“허!”

지화자가 나직이 혀를 차곤 팽 하고 바닥에 코를 풀어버렸다. 평소 꽤나 우의가 돈독했던 강구량이 자신을 완전히 개무시해 버리자 기분이 썩 좋지 못했다.

그러나 고엽신승은 슬쩍 시선을 아래로 떨구며 고심 어린 표정이 된 지화자의 얼굴을 정확히 파악해 냈다. 대충 강구량의 말과 태도로 어림짐작했던 일이 사실일 수도 있다는 생각이 든다.

'하긴 만약 그 같은 일이 아니라면 어찌 무림맹주의 지위조차 아랑곳하지 않던 강 장문인이 화산을 내려왔을꼬? 어쩌면 묵검신마의 백색 광검과 흡사한 무공을 펼치는 신성이 나타난 것보다 더 무서운 일이 목전에 도달한 것일지도 모르겠구나!'

고엽신승의 시선이 문득 천하를 오연히 내려다보며 빛을 뿌리고 있는 달을 향했다.

구름 한 점 없어 더욱 맑아 보이는 달빛.

세상 사람들이 지들끼리 수군대는 것과는 달리 천기를 읽지 못하는 고엽신승의 눈엔 특별히 혈난의 기운 따윈 전혀 보이지 않는다.

무림맹을 떠난 강구량은 단숨에 수백 장을 이동했다.

어느새 입가에 매달린 휘파람 소리.

삐이이익!

맑고 강인한 휘파람 소리가 대기 전체로 울려 퍼진다. 누군가를 강요하듯 부르는 소리다.

강구량의 강요는 성공을 거뒀다.

우우우우!

휘파람 소리에 어울리듯 강렬하면서도 패도적인 마성의 목소리가 들려왔다.

이 정도의 패도를 일으킬 수 있을 만한 사람이 많을 리 없다.

강구량이 알고 있는 사람 또한 단 한 사람뿐이다.

광천존 우대승.

"나는 여기 있다!"

강구량의 외침에 혈천마교의 낙양 비밀 거점을 쑥대밭으로 만든 후 무림맹으로 향하던 우대승이 답해온다.

"나야말로 여기 있다!"

"알고 있으니 나한테 와라!"

"싫다! 네가 와라!"

"이놈! 감히 내 말을 거절하겠다는 것이냐! 지금 내 말을 듣지 않는다면 크게 후회할 것이다!"

"너야말로 내 말을 거절할 수 없을 것이다! 나는 지금 무림맹으로 향하고 있다!"

아이들 싸움이 따로 없다.

평생 동안 서로를 향해 경쟁 의식을 높여왔던 두 사람은 급속도로 거리를 좁혀가는 내내 소리를 고래고래 질러댔다. 땡깡을 부리듯 고집을 부려댔다.

천하무림인들이 보면 일제히 어이를 상실할 만한 일!

물론 아무도 보는 이가 없기에 부릴 수 있는 일이었다. 두 사람은 끝까지 떠들고 상대방을 강박하는 걸 포기하지 않고서 순식간에 얼굴을 마주 대는 위치에 이르렀다.

슈악!

스악!

어찌나 신법의 속도를 높였던지 절대고수답지 않은 광포한 소리와 함께 두 사람은 공중에서 떨어져 내렸다.

강구량의 휘파람을 듣자마자 우대승은 성천신도를 빼 들었다. 이곳이 정파의 성지인 무림맹에서 얼마 떨어지지 않은 장소였기 때문이다.

광채를 번뜩이고 있는 성천신도!

우윳빛으로 반짝이는 신성천교의 신기에 슬쩍 시선을 던진 강구량의 입술꼬리가 오름새를 보였다.

"허허, 이 자리에서 바로 두 번째 정마대전을 벌이자는 것인가?"

"못할 것도 없겠지."

우대승의 얼굴에는 단호함과 고집이 동시에 깃들어 있다. 전날 추소산 앞에서 조우했을 때와는 상황이 많이 다르다. 진짜 결심을 굳힌 것 같다.

'역시 마교의 신녀 때문인가?

강구량은 지그시 우대승을 바라보곤 입가에 맺혀 있던 조소를 지워 버렸다.

싸우자면 못 싸울 것도 없다.

평생의 대적과 여한이 남지 않을 정도로 싸운 후 죽는 것이 여태까지 그가 검을 손에서 놓지 않은 이유였다. 어쩌면 가장 바라 마지않는 일일지도 모른다.

하지만 강구량은 정파제일인이었다. 마도제일인인 우대승과 목숨을 걸고 싸우기 위해선 반드시 전제되어야만 할 조건이 있었다.

무림 평화!

지금 우대승을 죽인다 해도 절대 얻을 수 없는 것이었다. 강구량으로선 마음 한 켠에 주저함이 없을 수 없다.

"지난번에 말했다시피 혈천마교가 다시 준동하기 시작한 이때 우리가 싸우는 건 멍청한 짓이네."

"알고 있다."

"안다? 그래도 무림맹으로 살기등등 달려온 건 진정 그들의 의도대로 미친 칼춤을 춰보겠다는 뜻인가?"

"방금 전까진 그럴 작정이었지."

강구량의 눈에 이채가 떠올랐다.

"지금은 아니다?"

"아니지. 강 늙은이 자네가 이곳으로 냉큼 달려왔다는 건 본좌가 걱정했던 일이 일어나지 않았다는 뜻일 테니까."

"신녀가 그리 걱정이 되었던가?"

"내 딸이니까."

서로를 마음 깊숙이 인정하는 사이가 아니라면 감히 내보일 수 없는 비밀이다.

문득 눈앞의 대마인에게 묘한 감동을 느낀 강구량이 마음을 바꿔 먹었다. 일단 한차례 싸워본 후 하려던 말을 미리 꺼낸 것이다.

"신녀는 지금 무림맹에 없네."

"스스로 떠나갔는가?"

"믿을 만한 놈이 데려갔네."

"믿을 만한 놈이란 건 절세묵검을 든 녀석을 말하는 것인가?"

"그놈 말고 다른 놈도 있던가?"

이 말을 할 때의 강구량의 얼굴빛은 가히 좋지 못했다. 내심 손녀 사위로 점찍었던 추소산을 우대승에게 빼앗겼다는 생각이 들었기 때문이다.

우대승 또한 기분이 좋지 않기는 마찬가지다.

도둑놈!

딸을 가진 아비들에게 있어 사위 후보감들은 절대 그 범주를 넘지 못한다.

게다가 이번에 나타난 도둑놈은 감히 장인인 자신에게 달라붙어 딸을 달라는 말도 하지 않은 나쁜 놈이다. 야반도주하듯 둘이서 무림맹을 떠났다니, 기분이 썩 좋을 리 없다.

'이 녀석, 약연이에게 손가락 하나라도 댄다면 내 결코 용서치 않으리라!'

우웅!

우대승의 심중을 반영하듯 수중에 쥔 성천신도가 가벼운 울음을 토해냈다. 강구량이 보기엔 기쁨을 참지 못해 손을 떠는 것처럼 보인다.

'이런 나잇값도 못하는 마두 녀석 같으니! 좋아 죽는구나, 좋아 죽어!'

내심 혀를 찬 강구량이 말했다.

"그런데 어째서 이리 늦은 것인가? 신녀의 목표가 무림맹이란 건 조금만 생각해도 알 수 있는 것이었거늘?"

"감히 우리를 만나게 해 상잔케 하려 했던 겁대가리 상실한 녀석들을 좀 손봐줘야 했으니까."

"혈천마교의 잔당들이 있는 곳을 파악해 낸 것인가?"

"그리 어렵지 않은 일이었지."

강구량은 우대승이 어째서 그리 어렵지 않았는지를 대충 짐작할 수 있었다.

폭력과 협박.

보통 사람 이상의 힘을 가진 무림인으로선 가장 보편타당하게 사용할 수 있는 방법이다.

하지만 무림 정의의 상징인 무림맹이 바로 코앞에 있다.

정파인들이 그 같은 방법을 사용한다는 건 무척이나 어려웠다. 극악무도한 마도인인 우대승에겐 전혀 어렵지 않은 일이었겠지만 말이다.

나름대로의 방법으로 납득하는 얼굴이 된 강구량에게 우대승이 말했다.

"무림맹은 어찌 됐는가?"

"꽤나 많이 당했지."

"본 교에 복수할 작정인가?"

"그보다는 혈천마교의 준동을 막는 것이 우선이지 않겠는가?"

"동의하네."

우대승의 대답이 떨어진 순간 강구량 역시 미미하게 고개를 끄덕여 보였다.

혈천마교!

과거 천하를 피로 혈세했던 자들이 상대라면 정과 마를 떠나 손을 잡을 만한 가치가 충분했다. 정파로선 과거의 전철을 밟지 않기 위함이고, 신성천교로선 마도의 맹주 지위를 위협받을 만한 세력의 등장을 원치 않았기 때문이다.

*   *   *

무림맹.

무림맹주가 기거하는 불심당 안에는 현 무림을 이끄는 절대자들이 둘러앉아 있었다.

무림맹주 고엽신승과 군사 약수선생 소진명, 무당파 장문인 신무 진인(神武眞人), 개방 방주 협개 나원경, 사천당가 가주 경천암왕(驚天暗王) 당심독 등등…….

십여 명이 넘는 인물들 중 천하에 세력이 널리 알려진 가문이나 문파의 수장이 아닌 자는 아무도 없었다. 이곳이 무림맹이고 맹주의 거처인 불심당이라 해도 결코 모이기가 쉽지 않은 면면들이었다.

자연스레 조성된 긴장감.

좌중을 둘러보며 내심 시선이 자신에게 집중되기를 기다리고 있던 소진명이 나직한 헛기침과 함께 입을 열었다.

"험험, 바쁘신 와중임에도 맹주령에 임해 신속히 무림맹으로 달려와 주신 점 진심으로 감사하게 생각하는 바입니다. 먼저 제 소개를 드리자면……."

"누가 천하에 무림맹 군사인 약수선생을 모를까? 사안이 시급하니 본론으로 넘어감이 옳을 것이오.”

감히 천하에 무림맹 군사인 소진명의 말을 중간에서 끊은 건 당가 가주 당심독이었다.

그는 한 달여 전 벌어진 무림맹의 혈사에서 당숙부이자 가문의 장로를 맡고 있는 독심무정 당문호가 치욕을 당한 것으로 인해 무척이나 기분이 언짢았다. 이미 이번 무림맹행에서 잔뜩 화를 낼 준비를 하고 있던 터라 말투가 꽤나 거칠었다.

그러나 소진명이 달리 정파제일의 지낭이라 불리는 게 아니다.

그는 지그시 당심독을 한차례 바라본 후 입가에 슬쩍 미소를 담았다. 어차피 당가에서 어떤 식으로든 불쾌감을 표하리란 건 이미 예상하고 있었던 일이다. 곧바로 화를 내서 일을 더 크게 만들 생각 따윈 전혀 없었다.

“그럼 당가주의 요청에 따라 바로 본론으로 들어가겠습니다. 잠시 이번 사태에 대한 설명을 할 터이니, 잠시만 사견을 접어주시기 바랍니다.”

말투는 꽤나 점잖지만, 실상은 일단 입 닥치고 들으라는 뜻이었다. 당심독의 얼굴이 슬쩍 일그러졌으나 더 이상 뭐라 하진 못했다. 주변에 모인 타 파 수장들의 안색이 사뭇 진지해서 말싸움 따윌 허용할 만한 분위기가 아니었기 때문이다.

한참 동안 소진명의 설명이 이어졌다.

그는 근래 들어 무림맹이 있는 낙양을 중심으로 벌어진 일련의 이해할 수 없는 사건들을 천천히 나열했다. 듣는 이들로 하여금 객관적으로 사태 파악을 하게 하기 위함이었다.

물론 여기에는 의도가 숨겨져 있었다.

　화산파 장문인 검신존 강구량과 무림맹주 고엽신승 간에 암묵적으로 맺어진 교감에 더해 가장 먼저 무림맹을 찾은 무당파 장문인 신무진인과 개방 방주 나원경이 합세했다. 타 문파들에겐 결정을 따르도록 분위기만 몰아가면 될 터였다. 그게 정해진 각본이었다.

　소진명의 나열식 설명이 끝나자 나원경이 자리에서 일어섰다. 미리 정한 대로 이제부터는 그가 설명을 이을 차례였다.

　"앞서 약수선생의 설명이 뜻하는 바는 자명하외다! 전날 천하를 피바다로 만들었던 저주받을 혈천마교가 다시 세상에 등장한 것이오!"

　"으음, 혈천마교……."

　"역시 그들이란 말인가!"

　무림맹에 모이기 전까진 전혀 혈천마교의 준동에 대해 알지 못했던 문파 주인들 사이에서 작은 술렁거림이 일었다.

　혈천마교의 재등장!

　그들이 어떤 방식으로 과거 무림 역사상 유일무이한 천하정복을 달성했는지를 기억하는바, 이 정도 술렁임이 이는 건 당연했다.

　아무리 이곳에 모인 자들이 당금 천하무림을 주도하는 자들이라곤 하나 혈천마교의 피의 행로와 묵검신마 위일천의 파괴적인 마공에 두려움과 공포를 느끼지 않을 순 없었다.

　그때 당심독이 안색을 차갑게 굳힌 채 말했다.

　"그렇다면 전날 무림맹을 쑥대밭으로 만든 두 연놈들 역시 혈천마교의 주구가 분명하겠군. 어쩐지 젊은 나이에 어찌 그리 엄청난 무공을 지녔을까 궁금했거늘, 다 그만한 이유가 있었던 것이군."

　"어허, 고작해야 이십여 세밖에 안 되는 남녀의 무공이 그리 높다니, 아무리 속성으로 마공을 연마했다 하나 무서운 일이군, 무서운 일이야.”

“본래 혈천마교 놈들은 마도 중에서도 가장 편벽괴이하다 알려져 있소이다. 그 같은 마공을 연마하기 위해서 얼마나 많은 인명을 살상했을지 상상조차 되지 않소이다.”

당심독의 단언적인 말에 몇몇 칠대세가 가주들이 호응을 보였다. 무림에서 벌어지는 굵직한 일엔 반드시 함께 행동하는 칠대세가 특유의 단합이 다시 나타난 것이다.

탁!

계속되려던 칠대세가의 목소리는 자단목으로 된 탁자 위로 떨어진 나원경의 손바닥으로 인해 차단되었다.

족히 반 치가량 찍힌 손바닥 자국.

내공을 일으키지 않았음에도 나원경의 손바닥 자국은 누구라도 확연히 알아볼 수 있을 정도로 선명했다. 마치 뛰어난 목공이 온갖 정성을 다 기울여 파낸 것만 같다.

‘협개가 근 백여 년간 개방에서 배출해 낸 최고의 고수라더니, 그 말이 사실이구나!’

‘삼존 이후의 무림은 개방의 협개가 이끌 것이라고 하더니, 이미 무공이 등봉조극(登峰造極)의 경지이질 않은가!’

‘으음, 대단하군! 분명 내력을 끌어올린 것 같지는 않은데. 설마 개방의 절학인 강룡십팔장을 대성한 것인가?’

오늘 불심당 안에 모인 사람들은 모두 일파 지주거나 이에 필적하는 위치다. 무공과 안목이 높은 만큼 나원경의 본신 실력이 세상에서 전하는 것보다 뛰어나다는 걸 단숨에 알아봤다.

곧 장내가 진정되었다.

나원경은 어느새 두 눈에 형형한 안광을 담고서 좌중을 둘러봤다.

위엄이 넘치는 모습.

"여러분들은 무언가 큰 오해를 하고 있소이다. 방금 전 소 군사가 언급한 사항 중 무림맹을 침입한 두 남녀에 대한 건은 이미 본인과 개방의 많은 형제들이 세세한 사정을 알아본 바 있소이다."

서두를 뗀 나원경이 그동안 추소산이 무림에 출도한 이후의 일을 천천히 설명했다.

정파에 속했다 하나 쉽사리 행할 수 없는 협행!

나원경의 말속에서 추소산은 묵묵히 자신의 의지를 관철하며 협의 길을 걸어갔고, 전인미답의 무공 성취를 보였다. 한 명의 협객이 어떻게 천하에 나타났는지를 명확하게 드러낸 것이다.

이는 나원경이 추소산의 협행에 대해 들었을 때부터 하나하나 조사한 것들이었다. 개방이란 강호 최대의 정보 조직이 조사했을뿐더러 협개 나원경이 보증을 하고 나섰으니, 방금 전 목소리를 높였던 당심독을 비롯한 칠대세가 가주들조차 뭐라 반박하긴 힘들었다.

반론은 다른 곳에서 나왔다.

멀리 새외의 곤륜산맥에 자리 잡고 있는 곤륜파(崑崙派).

구파일방 중 가장 신비하다 알려진 곤륜파의 장문인인 벽안검성(碧眼劍聖) 태진자(太眞子)는 특유의 푸른 눈을 찌푸려 보이며 의문을 제기했다.

"일검경혼 백검비천! 강호에 참으로 오랜만에 멋진 협객이 나타났구려! 이는 참으로 경사스런 일이올시다. 하지만 그 멋진 협객이 애석하게도 마교의 요녀에게 홀렸으니, 전날의 협명도 이젠 헛된 것이 되지 않았겠소이까?"

'곤륜파는 정파의 대문파 중 유일하게 마교와 근접해 있는 곳이다. 마교의 신녀에 대해 안 좋은 감정을 갖고 있는 것도 당연한 일일 터.'

내심 태진자가 반론을 제기한 까닭에 대해 염두를 굴린 나원경이 정중한 표정으로 포권을 해 보였다.

"곤륜파는 드높은 기상으로 강대한 마교의 코앞에서 정파의 의기를 지키고 있는 곳! 나 모가 먼저 진인께 경의를 표하는 바이올시다!"

"과분한 말씀! 새외의 산속에 처박혀 있는 빈도의 귀에도 개방에 대협객 한 명이 나왔다는 소문은 들려온 지 오래였던 즉. 나 방주는 빈도의 얼굴에 지나친 금칠을 하진 말아주시기 바라오."

"진인께서 별말씀을!"

나직이 웃으며 포권을 푼 나원경이 첨언하듯 추소산의 협행에 우약연이 가담한 일과 청룡등천도에 씌인 태평도의 주박에 대해 설명했다.

그는 무림맹에 도착한 후 지화자를 통해 그 같은 저간의 사정에 대해 전해 듣고서 오늘 반드시 추소산과 우약연, 두 남녀를 옹호하겠다고 마음을 굳힌 터였다.

태진자가 눈살을 가볍게 찌푸려 보였다.

"참으로 기괴하고 신비로운 일이구려. 무림육대병기보 중 이대신도에 그 같은 전대의 비밀이 숨겨져 있었다니. 하지만 어찌 무도한 마교의 신녀가 그 같은 협행을 했을꼬? 혹시 마교의 신녀가 추소산이란 소협과 정을 통한 것이외까?"

"그 점까진 모르겠소이다. 하지만 중요한 점은 그 두 남녀가 꽤나 많은 사람들을 구했고, 무림맹에 침범하는 중죄를 범했지만 인명을 크게 상케 하지 않았다는 겁니다."

"나 방주, 그렇다고 아주 인명 피해가 없었던 것도 아니지 않소이까!"

다시 당심독이 나섰다. 그는 나원경의 의도를 짐작한 듯 눈빛이 사 뭇 날카로웠다.

"본인 역시 그들이 아주 죄가 없다고 말하려는 건 아니올시다. 하지 만 죄의 경중을 볼 때 그들을 무림공적으로 모는 건 도리가 아니라고 생각할 뿐이오."

"하!"

나직이 탄성을 터뜨린 당심독이 좌중을 둘러본 후 목소리를 높였다.

"무림맹을 침범해서 분탕질을 친 자를 무림공적으로 삼지 않겠다니! 마교의 인물을 무림공적으로 삼지 않겠다니! 도대체 언제부터 우리 정 파에서 이리 황당한 말을 하게 되었단 말이오? 이 당 모는 당최 납득할 수가 없구려!"

"옳소! 옳아!"

"바로 그렇소이다!"

다시 칠대세가 가주들 중 몇이 동조의 목소리를 높였다. 지금이야말 로 나원경을 궁지로 몰고 회의의 주도권을 빼앗아올 절호의 기회라 여 긴 것이다.

문득 꿔다 놓은 보릿자루처럼 상석의 한자리를 차지하고 있던 무림 맹주 고엽신승이 중얼거렸다.

"허헛, 이것 참! 이러다가는 어쩌면 혈천마교와 싸움을 하기도 전에 마교와 정마대전을 벌여야 할지도 모르겠는걸? 마교에서 신녀의 지위 는 거의 교주에 버금간다고 하던데……."

'헛!'

'헉!'

당심독과 칠대세가 가주들이 얼른 입을 다물었다. 고엽신승이 중얼 거린 말의 의미를 바로 눈치 챘기 때문이다.

불심당에 모인 나머지 사람들 역시 바보는 아니다.

논의에 끼어들었던 사람이든 아니든 간에 방금 전까지 나눴던 말의 결론을 내는 것이 무척이나 의미없는 일임을 눈치 챘다. 이미 무림맹 내부에선 이 사안에 대한 결론을 잠정적으로 내리고 있었던 것이다.

장내가 삽시간에 조용해졌다. 누구 하나 말을 꺼내지 못하고 눈치를 살피기 시작했다.

'으득! 협행으로 인해 명망이 드높고 엄청난 무공을 지닌 추소산이 란 녀석은 말할 것도 없고, 실제로 무림맹에 난입해 인명 피해를 낸 마 교 신녀 우약연은 그 위치와 현 무림 정세로 인해 쉽게 대할 수 없다. 자칫 그들을 무림공적으로 몬다면 대란이 날 수도 있을 테니까. 하지 만 내 듣기로 마교의 신녀는 이미 은자림 고수들의 합공에 기진맥진한 상태에서 본 가의 천리비산의 독에 중독되었다고 했다. 해약조차 얻지 못하고 떠났으니, 무림공적으로 몰지 않더라도 목숨을 구할 순 없을 것 이다.'

내심 이를 갈며 염두를 굴린 당심독이 자신에게 시선을 던지는 나머 지 칠대세가 가주들에게 미미하게 고개를 끄덕여 보였다. 이번 사안은 양보하자는 의미였다.

*   *   *

무림맹을 떠난 추소산은 바람같이 달려서 낙양성으로 숨어들었다.

나무를 숨길 때는 산에, 사람을 숨길 때는 도시로.

꽤나 오래된 격언이지만, 여전히 따를 만한 가치가 있었다. 특히 천리비산의 극독에 중독된 우약연을 빨리 해독시켜야 하는 추소산으로선 다른 선택이 있을 수 없었다.

추소산은 낙양의 드넓게 뻗어 있는 시가지를 바람같이 달리다가 객점 하나를 발견하고 얼른 뛰어들었다.

낙양제일객점(洛陽第一客店).

아마도 낙양성 내를 둘러보면 대번에 네댓 개 정도는 찾아낼 수 있을 만큼 평범한 이름이다. 어디든 첫째니 원조니 하는 말을 쓰고 싶어서 기를 쓰는 건 객점과 음식점들의 공통된 특징이니 말이다.

물론 추소산이 무턱대고 아무 객점이나 찾아들었을 리 만무하다. 그는 객점의 문과 간판을 면밀히 살피곤 자신의 예상대로 이곳이 강북하오문의 낙양 지부임을 확인했다.

삼경의 중턱을 넘은 시각.

객점이 여지껏 문을 열고 있을 리 없다. 추소산은 주변에 소란이 이는 걸 방지하기 위해 문에 손을 댄 채 한차례 밀었다. 내가중수법을 이용한 발경을 토해낸 것이다.

파직!

두툼한 나무를 덧대어서 만들어진 객점의 문이 힘없이 부서졌다.

슥!

추소산은 지체없이 안으로 들었다. 그러자 너른 객점 바닥에 탁자를 갖다 붙여놓고 잠들어 있던 점소이 하나가 눈을 비비며 몸을 일으킨다.

뭐가 뭔지 영문을 모르겠다는 표정.

추소산이 재빨리 소지와 식지, 엄지손가락을 곧추 펴 보이곤 세 바퀴 동그라미를 그려냈다. 고수가 아니면 알아보기 힘들 정도로 빠르고 순식간에 펼쳐진 동작이다.

그러나 눈만 껌뻑이고 있던 점소이의 눈에 일순 작은 안광이 스쳐 지나갔다.

"강남 하오문?"

"방이 하나 필요하오."

"비밀 방이겠지요? 얼마나 계실 작정이시오?"

"사흘."

점소이가 얼른 고개를 끄덕이곤 탁자에서 재빨리 뛰어내렸다. 그리고 잽싸게 부서진 문을 수리하니, 삽시간에 추소산의 흔적은 낙양제일객점에서 자취를 감춰 버렸다.

'역시 강북 하오문 최고라는 낙양 지부의 파수꾼다운 모습이군. 상황 파악이 빠르고 행동이 신속해!'

파수꾼이란 하오문의 각 지부의 문 앞을 지키는 자들을 말한다. 보통 그 지부에서 가장 머리 회전이 빠르고 상황 판단이 빠른 인재들을 세운다. 그들의 판단에 의해 지부 자체의 생존이 결정되는 때가 많기 때문이다.

그 후의 일은 일사천리였다.

어느새 파수꾼의 소식을 접한 객점 안에서 낙양 지부의 총책임자가 모습을 드러냈고, 곧 겉으로 드러나지 않는 비밀 거처로 안내했다. 추소산이 만들어 보인 수결이 하오문 부문주인 백수빈에게서 전해진 것이었으니 당연한 일이었다.

스륵!

우약연을 침상 위에 눕힌 추소산의 얼굴이 진지해졌다. 여지껏 머릿속에서 열심히 떠들어대고 있는 묵검신마 위일천의 쨍알거림.

그 속에서 추소산은 극독의 해독법을 열심히 강구했다.

필요하면 뭐든지 이용한다!

강호의 최하류층인 하오문도들과 함께하며 얻은 버릇이다. 전대 천하제일인의 살짝 정신 나간 영혼의 파편이라 한들 이용해 먹지 못할 까닭은 없다.

'그런 방법이 있었군!'

추소산의 입가에 흐릿한 미소가 떠올랐다. 우약연이 독침을 맞은 후 내내 굳어 있던 얼굴이 처음으로 밝아졌다. 마음의 근심을 이제야 조금이나마 덜게 된 것이다.

추소산은 망설이지 않았다.

사사사삭!

재빨리 우약연의 상의를 벗겨낸 후 치료를 시작했다.

*   *   *

일 년 후.

무림맹습격사건에 연계된 일명 삼존지쟁(三尊之爭), 무림암운(武林暗雲)이라 명명된 대사건은 새로운 무림 판세가 구축되는 시발점이 되었다.

마치 무림이 크게 뒤흔들리길 기다리고라도 있었던 것일까?

이후 천하에 다시 등장한 혈천마교는 무서운 기세로 중원 각문 각파와 세력전을 벌이기 시작했다. 다시 한 번 핏빛 하늘의 깃발을 천하에 드리우고서 공격적인 세력 확장에 나선 것이다.

오랜 세월 침묵했던 만큼 혈천마교는 무서웠다.

그들이 공을 들여 투입시킨 간자들로 인해 내외로 강적을 맞은 제문파들은 힘 한 번 써보지 못하고 혈천마교에 무릎을 꿇곤 했다. 지속적으로 간자들로부터 문파 내부 정보를 취합하여 정확한 약점을 파악하고 있었던 혈천마교인지라 웬만한 중소문파들을 흡수합병하는 건 꽤나 손쉬운 일이었다.

게다가 과거와 달라진 사실 하나!

혈천마교는 결코 과거 최초로 무림정복을 달성하고도 실패한 전철을 밟지 않기 위해 완전히 새로운 모습을 보였다.

그들은 혈유가 세운 무림정복계획대로 철저히 세력 확장에 힘쓸 뿐 피로 무림을 혈세하지 않았다. 강력한 힘은 보여주되 지나친 공포감을 조성하여 반대 세력의 결집을 야기시키지 않는 지혜로운 행보를 보였다.

전형적인 당근과 채찍!

혈천마교는 삼존지쟁 이후 서로 간에 대치 국면을 유지하느라 정신이 없던 신성천교와 화산파를 비롯한 오악검파, 강남의 패천도문 등의 영역을 야금야금 먹어 들어왔다. 그 역시 간자들의 활약이 대단했음은 두말할 것도 없는 사실이었다.

혼란기!

천하무림의 식견있는 인사들은 불안한 시선으로 곧 몰아닥칠 대폭풍에 몸을 떨었다. 그동안 세 개의 세력이 균형을 이루고 있던 무림이 수없이 많은 피를 양산해 낼 날이 곧 임박하리란 예감 때문이었다.

마천각.

당금 천하무림의 패권을 노리는 네 번째 세력으로 거듭난 혈천마교의 지배자인 대존주 마천작 염무적이 기거하는 곳.

얼마 전 중원에 세워진 혈천마교의 총거점을 떠나온 혈유가 염무적의 앞에 부복해 있었다. 모종의 일을 허가받기 위해 세력 확장에 눈코 뜰 새 없이 바쁜 와중임에도 대존주 염무적을 보러 온 것이다.

가장 유력한 차기 대존주 후보!

이를 알고나 있는 듯 부복한 혈유의 얼굴엔 특유의 세상을 조롱하는 듯한 표정이 담겨져 있었다. 아무리 자신이 모시는 상관 앞이라 해도 공손한 표정을 지어 보이는 건 힘든 것 같다.

백호피가 통째로 덮여져 있는 태사의.

그곳에 몸 전체를 묻고 있는 염무적은 이제 서른쯤밖엔 되어 보이지 않았다. 얼마 전까지 사십대 정도로 보였던 걸 생각하면, 그동안 무공은 연마하지 않고 주안공에만 집중한 게 아닌가 하는 의혹마저 일게 만든다.

그러나 세상에서 눈앞의 염무적의 대단함을 가장 잘 알고 있는 사람은 혈유였다.

그는 어찌 보면 외가의 차력사나 이, 삼류의 무사같이 보이는 염무적의 무공이 과거보다 더욱 발전했음을 알 수 있었다. 어떻게 그런 일이 가능한지는 알 수 없으나 염무적은 또 한차례 자신의 한계를 뛰어넘은 게 분명했다.

'어쩌면 내가 그동안 천하를 뛰어다니며 행했던 일들은 전혀 쓸모없는 것이었을지도 모르겠군. 대존주의 무위는 이미 삼존을 뛰어넘었다.'

내심 천하무림인들 중 누구 하나 수긍치 않을 말을 중얼거린 혈유가 부복한 자세 그대로 폭탄발언을 했다.

"위대한 혈천의 주인이시여! 간청하건대 부디 십대사왕을 이끌 대사왕을 속하에게 주시길 청합니다!"

"……."

염무적은 잠시 대답하지 않고 눈앞의 혈유를 지그시 내려다봤다.

그가 청한 말의 의미!

그것은 다름 아닌 곧 폐관을 끝마치고 나올 헌원무진을 활인강시로 만들겠다는 뜻이었다.

십대사왕을 이끌 대사왕 정도 되는 신체를 가진 자란 천하를 몽땅 뒤져도 몇 없고 그중 한 명이 헌원무진이었다. 그는 사실 염무적이 밖에서 사사로이 얻은 아들로 굉장히 훌륭한 무골을 물려받았다.

그 같은 사실을 모를 리 없는 혈유가 이 같은 청을 넣은 이유를 생각하느라 염무적은 침묵했다. 현재 계획대로 천하무림정복계획이 순조롭게 진행되고 있기에 더욱 의혹은 클 수밖에 없었다.

꿈틀!

오랜 침묵 끝에 눈살을 가볍게 찌푸려 보인 염무적이 입을 열었다.

"어차피 후대 대존주의 자리는 혈유, 너의 것이다. 여태까지 이어져 온 본 교의 전통대로 본좌는 후계자를 핏줄로 잇게 하진 않을 것이다."

차기 대권에 대한 약속.

혈유는 염무적의 이와 같은 자신감의 배경이 무언지를 잘 알고 있었다.

반로환동.

시간이 갈수록 젊어져 가는 염무적에게 차기 대권이란 무척 머나먼 미래의 일이었다. 적어도 앞으로 삼십 년이나 사십 년 동안은 언급조차 할 만하지 않을 터였다.

그래서일까?

혈유의 입가에 항시 머물러 있던 조소가 살짝 심해졌다.

"대존주의 말씀 참으로 감사합니다만, 지금 속하의 머릿속엔 본 교의 천하정복계획밖엔 없습니다. 그 이후의 일은 다른 사람과 의논을 하심이 옳을 줄로 압니다."

"혈유 자네 설마……."

갑자기 염무적이 장대한 몸집을 감싸고 있던 태사의에서 튕겨지듯 상체를 앞으로 숙였다.

그와 동시.

거미줄처럼 뻗어 나온 기파가 부복해 있던 혈유를 칭칭 감더니 염무적 쪽으로 사정없이 당겨왔다.

휘익.

거미줄에 걸린 파리처럼 혈유가 염무적의 코앞까지 도달했다. 염무적은 지체없이 손을 뻗어 혈유의 전신 혈도를 손가락으로 두드려 갔다.

뭔가를 탐색하려는 듯한 행동.

염무적의 굵직한 입술이 갑자기 가벼운 떨림을 보였다. 이미 혈유의 전신 혈도를 더듬고 있던 손가락은 행동을 멈췄다. 원하던 걸 얻었기 때문이다.

"혈유, 언제부터 이리 되었느냐?"

"일 년 전에야 제 머릿속에 작은 혹이 자라고 있다는 걸 알았습니다. 이미 대라신선이나 편작, 화타가 부활한다 해도 고칠 수 없는 지경이라고 하더군요."

"으음."

염무적이 나직한 신음과 함께 기파를 움직여 혈유를 바닥에 내려주었다. 그리고 흘러나온 말.

"…철저한 네가 알아본 거니 틀림이 없겠지. 그래서 십대사왕의 위력을 두 배로 증폭시킬 대사왕이 필요한 것이더냐?"

"예, 여태까지와 같은 긴 시간을 요하는 천하무림정복대계는 포기할 수밖에 없게 되었습니다. 그러니 이젠 질러야겠지요."

"지른다… 질러야 할 땐 질러야만 하는 것인가……."

염무적은 혈유가 한 말을 되새김질하곤 잠시 침묵을 지켰다.

혈육의 포기.

아무리 천하정복을 위해서라곤 하나 쉽게 결정할 수 있는 일이 아니다. 하지만 혈유는 믿고 있었다, 자신이 모신 주군이 대를 위해 소를 희생하길 주저치 않는 사람이라는 것을.

그의 믿음은 결실을 맺었다.

슉!

염무적은 아무런 말 없이 혈유에게 손짓을 해 보였다. 언제나와 마찬가지로 알아서 하라는 뜻이었다.

"존명!"

혈유는 언제나와 마찬가지로 극상의 예를 취한 후 자리에서 일어섰다. 드디어 그가 세운 천하무림정복계획의 가장 큰 축이 될 대사왕을 손에 넣을 수 있게 됐다. 입가에 잔혹한 미소가 떠오름을 감추긴 쉽지 않았다.

쿠르르르르릉!

기나긴 폐관의 끝을 알리는 기관음 소리를 들으며 헌원무진은 온몸으로 패기를 분출해 냈다.

드디어 때가 왔다!

칠흑과도 같은 어둠과 배고픔, 무학의 단계를 뛰어넘기 위한 고독한 투쟁을 끝내고 다시 천하로 나가 자신의 이름을 알릴 때가 온 것이었다.

'신녀 우약연… 네년을 먼저 가진 후 추소산, 그 버러지만도 못한 녀석을 갈기갈기 찢어줄 것이다!'

헌원무진은 자신있었다.

폐관을 통해 얻은 성취와 혈천마교의 힘이라면 세상에서 못할 것이 없다는 자신이었다. 그 같은 기대가 없었다면 결코 지난 일 년여의 지옥보다 못한 생활을 참을 수 없었으리라!

한데 기관음이 끝나고 눈앞이 환해졌을 때였다.

느닷없이 두 눈으로 파고들어 온 강렬한 햇살을 헌원무진은 얼른 손바닥을 펴서 막아냈다. 자칫 지난 일 년 동안 어둠에 적응되었던 눈이 햇빛에 멀어버리는 것을 방지하기 위함이었다.

그 짧은 순간의 방심.

그것이 헌원무진의 운명을 절벽 끝으로 밀어 떨어뜨렸다.

촤촤촤촤촤촤악!

동혈 밖으로 나섰던 헌원무진의 전후좌우 네 방향에서 반투명한 형태의 그물이 떨어져 내렸다.

보검으로도 끊을 수 없다고 알려진 천잠사로 된 그물.

헌원무진의 무공이 한 단계 더 상승했다 한들 막을 수 있을 리 만무하다. 그는 삽시간에 그물에 에워싸였다. 완벽하게 제압을 당한 것이다.

"크윽! 큭! 이게 무슨!"

온몸을 옥죄어오는 천잠 그물에 저항하며 소리를 고래고래 질러대던 헌원무진의 배후로 그림자 하나가 떨어져 내렸다.

번뜩이는 삼목(三目)!

사신혈의 혈주인 삼목독마 지심경의 수장이 맹렬한 기운을 담고서 헌원무진의 명문혈을 때렸다.

콰득!

헌원무진의 입에서 피화살이 토해져 나왔다.

그와 동시였다. 황급히 뒤로 물러서는 지심경의 얼굴엔 놀란 기색이 가득했다. 헌원무진의 명문혈을 때린 그의 수장은 처참하게 뭉그러져 있었다.

"크으, 과연 대사왕의 자질!"

"우왁!"

헌원무진이 마지막 남은 힘을 모조리 일으켜서 천잠 그물 두 개를 찢어버렸다.

괴력!

그때 그의 좌우 옆구리를 노리며 여덟 개의 검이 파고들었다.

사신혈의 자랑인 팔장로의 사신팔검진(蛇神八劍陣)!

양 옆구리에 여덟 개의 독검을 맞은 헌원무진이 마지막 천잠 그물을 뇌둔 채 바닥에 쓰러졌다. 묘강 사신혈의 전력이 다 투입되어서야 그를 제압하는 데 성공한 것이다.

멀찍이 떨어진 곳에 서 있던 혈유가 천천히 걸어나왔다.

"쯔쯧, 본 교의 천하제패를 위해 십대사왕을 이끄는 대사왕이 되는 건 꽤나 영광스런 일인 것을. 소존주에게 이리 과격한 수단을 사용해

야만 하다니, 참으로 안타까운 일이 아닌가. 본시 말이 통하는 상대였
다면 좋게 협조를 부탁할 수도 있었을 터인데.”
　“…….”
　지심경과 사신혈의 팔장로가 잠시 멍청한 표정으로 혈유를 바라봤
다. 가끔 그가 하는 말은 무척이나 이해하기가 힘들다. 지금 역시 마찬
가지였다.
　“그럼 빨리 대사왕을 만들고 십대사왕을 출동시켜서 천하무림을 정
복하도록 합시다! 나에겐 그리 시간이 많이 남지 않았으니까요!”
　독려의 말을 마친 혈유가 가볍게 손뼉을 쳤다.
　마치 어디 놀러 가자고 말하는 투다.

제68장

풍림화산(風林火山)은 완성되고

　대사왕과 십대사왕의 출현!

　혈유가 심혈을 기울여 얻은 역천 강시들의 위력은 천하를 무자비하게 뒤흔들었다.

　일반 무사나 고수들과는 품격이 다른 존재들.

　여태까지 천하무림의 질서 자체를 양어깨에 떠메고 있던 절정 급 고수들이 대사왕과 십대사왕에 의해 무더기로 목숨을 잃는 사태가 이어진 것이다.

　형산파의 형산무적검 운진형을 비롯한 오악검파의 고수 십여 명과 구파일방의 고수 삼십여 명, 칠대세가의 이십여 명까지…….

　대사왕과 십대사왕은 철저하게 정파무림맹의 고수만을 노렸다. 무림맹 내부에서 마교와 혈천마교, 강남의 패천도문 간의 연계에 대한 우려와 의심의 목소리 흘러나온 건 당연했다.

갑자기 정파무림맹의 영역을 무차별적으로 공격하는 혈천마교가 마교와 패천도문과는 아예 분쟁을 끊은 것이 이 같은 의견에 힘을 실어 줬다.

그리고 그와 때를 같이해서 느닷없이 혈천마교에서 천하를 향해 포고문을 발했다.

북방으로 밀려나 서러움을 당하고 있던 신성천교의 형제들이여! 우리 혈천마교와 그대들 신성천교는 모두 중원을 장악하고 있는 포악한 위선의 무리에 항거하는 형제들일지니! 지금 당장 궐기하여 정파라 자처하는 중원의 구파일방, 오악검파, 칠대세가를 모조리 쓸어버리자!

어찌 보면 꽤나 치졸한 계략이었다.

특히 '북방으로 밀려나 서러움을 당하고' 부분에서는 신성천교의 성세를 아는 자라면 실소를 터뜨릴 만했다. 하지만 이 치졸한 계략이 정파에 준 영향은 참으로 놀라웠다.

대의명분!

정파의 수많은 문파들을 하나로 결집시킬 수 있는 전가의 보도였다. 세상 물정을 모르는 몇몇 문파에서 치졸한 계략에 발맞춰 춤을 췄고, 몇몇 소수의 현실론자에 의해 고개를 들고 있던 마교, 패천도문과의 연계에 의한 대혈천마교 분쇄론은 단숨에 힘을 잃었다.

결국 정파무림맹은 여태까지 주적으로 삼고 있던 마교는 물론이거니와 정사 중간인 패천도문과도 거리를 둘 수밖에 없는 상황이 되었다. 치졸한 계략에 따라 춤을 추는 꼭두각시 꼴이 되고 만 셈이다.

그러자 기다렸다는 듯 혈천마교의 대사왕과 십대사왕은 더욱 기승을 부리기 시작했고, 정파의 시선은 일제히 화산의 검신존 강구량에게로 향하게 됐다. 믿음직스럽지 못한 무림맹보다는 정파제일인이 나서서 혈겁을 종식시켜 주기를 바라기 시작한 것이다.

*　　　*　　　*

청연장.

꽃 피고 새 우는 계절.

천하무림에 몰아닥친 광풍마저 봄날의 따뜻함과 평안함을 빼앗아 가진 못했다.

지난 일 년간 하오문의 산서 분타가 된 청연장에서 숨어 지낸 한 쌍의 남녀가 있으니, 추소산과 우약연이었다.

청룡등천도에 걸려 있던 주박에 홀린 채 당가의 독침에 중독된 우약연은 한동안 백치 상태가 되었다.

추소산의 머릿속에 들어앉은 묵검신마 위일천에게서 알아낸 해독 방법 중 상당 부분은 꽤나 부정확했다. 그녀의 치료에 문제가 발생한 건 어쩔 수 없는 일이었다.

그때 거짓말처럼 투왕 육지견이 추소산을 찾아왔다.

우연히 지나가던 길에 들렀을 뿐이다!

육지견의 속이 뻔히 들여다보이는 거짓말이었다. 그는 백치가 된 우약연을 한차례 살피곤 곧장 네 필의 준마가 끄는 마차를 준비해 왔다. 애초부터 추소산과 우약연을 낙양에서 탈출시킬 계획을 세워놨던 것임이 분명하다.

추소산은 의형인 육지견의 호의를 거절할 수 없었다. 언제나 그랬듯 그가 내린 결정이 지극히 옳다는 걸 알고 있었기에 기꺼이 자신과 우약연의 몸을 의탁했다.

그렇게 도착한 청연장에서 보낸 일 년간, 우약연은 눈에 띌 정도로 병세가 호전되었다.

백치나 다름없던 그녀는 이제 과거와 같은 맑은 눈빛을 되찾았고, 건강 역시 많이 좋아졌다. 여전히 무공을 회복하진 못했으나 일상생활엔 전혀 지장이 없었다. 추소산의 지극한 간병이 낳은 기적이었다.

쪼로롱!

이름 모를 새 한 마리가 처마 위에 앉았다가 급하게 날아올랐다. 살랑거리는 봄바람에 살짝 바람이라도 인 것 같다.

"하아!"

우약연이 삽시간에 하늘 저편으로 사라져 버린 새가 남긴 자취를 눈으로 좇으며 입김 한 조각을 토해냈다. 봄이 왔다곤 하나 아직 살짝살짝 날아드는 바람 중 매서운 기운을 품은 것 또한 없지는 않다.

그녀의 뒤에 그림자처럼 서 있던 추소산이 얼른 장포를 벗었다.

스륵!

우약연은 어느새 자신의 어깨를 덮어온 장포의 따뜻함에 고개를 살짝 옆으로 돌렸다. 어느새 그녀의 입가에는 살포시 미소가 내려앉아 있었다.

"추 대가, 어찌 또 옷을 벗어주십니까?"

"약연이 추워 보여서."

"저… 이렇게 옷을 많이 껴입었는걸요."

확실히 어깨에 장포를 걸친 우약연의 복장은 봄임에도 불구하고 꽤나 두터웠다. 무공을 상실한 이후 체력이 많이 약해진 그녀의 건강을 염려한 주변 사람들이 행한 만행이었다.

"하하!"

추소산이 우약연의 이마에 송골거리며 맺힌 땀 한 방울을 보고 멋쩍은 웃음을 터뜨렸다. 옷을 잔뜩 껴입어 땀까지 흘리는 사람한테 다시 장포를 덮어줬으니 곤란한 표정으로 웃어 보인 것도 이해가 간다.

추소산이 손을 뻗어 우약연의 어깨에 걸쳐져 있던 장포를 거둬들이려 했다. 그러나 그는 뜻을 이루지 못했다. 우약연이 장포 자락을 살짝 붙잡고 놓지 않았기 때문이다.

"잠시만……."

"약연?"

"…잠시만 그냥 제게 빌려주십시오."

추소산이 장포에서 손을 떼어냈다. 우약연이 원하는데 못할 일이란 게 있을 리 없다.

한데 그때였다.

청연장의 너른 정원 저편에서 종종걸음으로 뛰어오는 두 명의 소녀가 보였다. 그녀들은 지난 일 년간 병든 우약연을 근처에서 지성으로 보살핀 소령과 백교로 평소같이 까불거리며 모습을 드러냈다.

"약연 언니! 약연 언니!"

"소산 대가! 소산 대가!"

두 비슷한 또래의 소녀는 추소산과 우약연을 발견하곤 크게 소리 지르며 달려오는 속도를 높였다. 필시 뭔가 떠들어댈 만한 일이라도 생겼음이 분명하다.

풀썩!

건강, 그 자체인 소령이 속도를 높이자 그녀에게 뒤떨어지지 않기 위해 기를 쓰던 백교가 발을 헛딛고 바닥에 엎어졌다. 앞으로 달려나가던 자세 그대로 엎어진 것인지라 꽤나 아파 보인다.

"어머!"

우약연이 깜짝 놀라 엎어진 백교 쪽으로 뛰어가려 했다. 물론 마음만 그러했다.

앞으로 나서려는 그녀의 어깨를 살짝 손으로 누른 추소산이 바람같이 신형을 앞으로 날렸다.

스으.

추소산은 단숨에 소령을 뒤로 제치고 백교 앞에 이르렀다. 그리고 손을 내밀자 바닥에 얼굴을 박았던 백교의 작은 몸이 자연스레 위로 딸려 올라왔다. 추소산이 일으킨 기파가 부드러운 봄바람처럼 그녀를 일으켜 세운 것이다.

"아아……."

백교의 흙투성이가 된 얼굴이 살짝 붉어졌다. 추소산이 직접 달려와 몸을 일으켜 준 것이 기쁘긴 하나 꽤나 부끄럽다. 하지만 귀면사신 경일소가 강신한 부작용으로 무공을 상실한 그녀로선 몸부림조차 칠 기력이 없다.

툭툭!

추소산은 백교의 옷에 묻은 흙을 털어준 후 부드럽게 꾸짖었다.

"이 녀석! 그러게 어찌 그리 험하게 달려온 것이냐?"

"그, 그게……."

"훗, 그래도 크게 다친 곳이 없으니 됐다."

추소산은 한차례 가볍게 웃곤 손을 내밀어 백교의 머리를 쓰다듬어 줬다. 그녀가 자신과 같이 무공을 잃은 우약연을 친언니처럼 대하는 것이 항상 고마웠다.

그때 소령이 느닷없이 자신의 곁을 스쳐 지나간 추소산을 쫓아 달려왔다. 그를 발견하고 속도를 높였던 때보다 배는 빠르게 돌아온 것이다.

와락!

소령이 뒤에서 추소산을 덮쳤다.

그가 백교한테만 친절한 것이 꽤나 마음에 들지 않은 듯했다. 추소산의 등에 매달린 그녀의 손에는 살짝 억센 기운이 담겨져 있었다.

"히힝, 소산 대가! 어째서 백교한테만 그렇게 잘해주시는 거예요!"

"인석, 무겁다!"

추소산은 한차례 신형을 흔드는 것만으로 소령의 억센 기운이 깃든 양손으로부터 벗어났다. 백교와 소령의 중간에 꼭 낀 자세를 풀고 귀신같이 옆으로 빠져나간 것이다.

백교는 눈을 한차례 깜빡였고, 소령은 커다란 두 눈에 눈물을 그렁하게 매달았다.

지난 일 년여간의 은거 동안 묵검신마 위일천의 진원지기와 괴공이학을 모조리 흡수한 추소산의 무공은 신출귀몰(神出鬼沒)의 경지에 이르렀다.

이젠 무공이 웬만큼 대단한 사람이라 해도 그가 오고 가는 걸 알지 못할 정도였다. 하물며 백교나 소령같이 무공의 수준이 높지 않은 소녀들로선 그의 은밀한 행사를 두 눈으로 보고도 이해할 수 없는 게 당연하다.

소령이 이리저리 추소산의 행적을 찾다가 눈물을 방울방울 쏟아내며 소리쳤다.

“소령이는 무겁지 않아요! 살찌지 않았다고요!”

백교가 염장을 지르듯 한마디 던졌다.

“소령이 너, 간밤에 배고프다고 밀전병을 다섯 개나 몰래 훔쳐 먹었잖아!”

“이익, 백교, 너!”

“게다가 너, 요 근래 가슴 쪽에 꽤나 살이 붙었더라. 살찌지 않았다고 주장하기엔 좀 무리가 있는 것 같아.”

“……”

소령의 입이 딱 벌어졌다.

설마하니 백교가 추소산 앞에서 자신의 은밀한 비밀까지 까발릴 줄은 몰랐다. 갑자기 허를 찔리게 되자 생기발랄한 그녀지만 일시 어쩔 줄을 모르게 되었다.

“우아앙, 이 나쁜 년!”

백교를 향해 발을 굴러 보인 소령이 뒤도 돌아보지 않고 왔던 곳으로 달려갔다. 아마도 한동안 추소산을 보러 오진 못할 듯싶다.

백교가 고소하단 표정으로 소령이 뛰어간 방향을 바라보다 어느새 추소산 곁에 다가선 우약연 쪽으로 종종걸음쳐 왔다. 언니처럼 여기는 그녀에게 자신이 이룬 쾌거를 자랑하고 싶었기 때문이다.

“약연 언니, 방금 전에 제가 찰거머리 같은 소령이를 소산 대가한테서 떼어냈어요!”

“후후, 그랬니?”

“헤헤, 아마도 고 계집애, 한동안은 소산 대가와 약연 언니 앞에 얼굴도 들이밀지 못할 거예요.”

“글쎄. 내 생각엔 내일쯤이면 다시 아무렇지도 않은 얼굴을 하고 올

것 같다만……."

"아니에요. 이번엔 꽤나 호되게 창피를 당했으니까 좀 오래갈 거에요."

"기대하마."

우약연이 미미하게 고개를 끄덕여 보이곤 백교의 머리를 쓰다듬어 줬다.

'소산 대가도 내 머리를 쓰다듬어 줬는데…….'

백교가 다시 얼굴을 붉혔다.

소령이가 추소산에게 치댄다고 창피를 줘서 쫓아낸 주제에 자신 또한 크게 다르지 않다는 생각이 들었다. 그러다 그녀가 자신의 머리를 주먹으로 때렸다.

따악!

얼굴을 가볍게 일그러뜨린 백교가 얼른 우약연에게서 벗어나 몇 보 떨어진 곳에 서 있던 추소산에게 다가갔다. 그에게 급하게 전할 말이 있었다.

'여 소저는 내가 패천도문에 청룡등천도를 돌려준 후 청연장을 찾지 않은 지 꽤나 오래되었다. 갑자기 이곳을 다시 찾은 건 무슨 이유에선가?'

추소산은 백교의 전언을 들은 후 빠르게 청연장의 중심인 사계정으로 향했다. 그를 만나기 위해 패천도문의 소문주인 여연경이 방문했기 때문이다.

근래 들어 혈천마교의 등장으로 흉험해진 강호 정세.

강남을 중심으로 세력을 형성한 패천도문 역시 평화 속에 안주하기란 쉽지 않을 터였다. 그러한 때에 여연경이 멀리 산서성에 위치한 청연장을 찾았다는 건 뭔가 중요한 일이 발생했다는 뜻이었다.

사계정 안에는 백수빈 대신 청연장의 전권을 맡은 대령과 남장을 그럴듯하게 차려입은 여연경이 마주 앉아 있었다. 추소산은 멀리서도 두 여인의 안색이 크게 밝지 않은 걸 확인한 후 훌쩍 신형을 날렸다.

스슥.

추소산은 한걸음에 십 장을 뛰어넘어 사계정 안으로 뛰어들었다.

한참 대령에게 뭔가를 설명하고 있던 여연경이 벌떡 자리에서 일어섰다. 이렇게 갑작스레 추소산이 사계정 안으로 뛰어들리라곤 생각조차 못했다. 무척이나 오랜만의 만남에 긴장하지 않을 수 없다.

"추, 추 소협……."

자신도 모르게 떨려 나오는 목소리에 여연경이 사르륵 안색을 붉혔다. 꽤나 오랜만에 만난 것임에도 여전히 가슴이 두근거리니, 민망하기도 하고 서글프기도 하다.

추소산이 슬며시 고개를 끄덕여 보였다.

"여 소저, 오랜만이오. 여 선배님께서는 무탈하시겠지요?"

"…예."

여연경은 간신히 대답한 후 목이 콱 막히는 기분이 들었다. 추소산의 남을 대하는 듯한 모습에 가슴이 찢어지는 것 같다.

그때 대령이 둘 사이의 어색함을 지우기라도 하려는 듯 얼른 추소산에게 말했다.

"소산 대가, 이번에 여 소저께서 오신 건, 놀랍게도 부문주님의 소식을 전하기 위함이에요."

"수빈 누님의 소식을?"

추소산의 눈에 이채가 떠올랐다.

전날 추소산이 이별을 고한 후 하오문의 부문주 역할에 몰입하기 시작한 백수빈은 갈수록 확장되고 있는 천하무림의 전장을 종횡무진 누비고 있었다.

되도록 추소산과 만나지 않으려 했는지 청연장과 연락을 끊은 건 꽤나 오래된 일이었다. 느닷없이 여연경을 통해 소식을 전해왔다니, 놀라지 않을 수 없다.

추소산의 시선을 받은 대령이 고개를 살래살래 흔들었다. 아직 여연경에게 확실한 얘기를 전해 듣지 못한 것이다. 대신 여연경이 얼른 입을 열었다.

"한 달 전, 개방의 대장로인 지화자 선배님이 혈천마교의 암수에 걸려서 돌아가시고 투왕 육지견 선배님은 행방이 묘연해지셨습니다."

"으음."

추소산은 나직이 신음했다.

풍개 지화자와 투왕 육지견.

한 사람은 강호초출 때부터 인연을 맺은 대선배였고, 다른 한 사람은 나이와 무림에서의 지위를 떠나 사귄 노형이었다. 두 사람 모두 무림맹에서 우약연을 데리고 탈출한 직후 물심양면으로 추소산을 도와주었다. 은인이었다.

그런데 이렇게 느닷없이 참변을 당할 줄이야!

'혈천마교… 그들이 이토록 대단할 줄이야!'

추소산은 사계정의 난간을 손으로 붙잡았다. 별다른 힘을 준 것 같지도 않은데 난간을 이루고 있던 청석이 먼지가 되어 흘러내렸다. 추소산의 가슴속에 인 격동을 대변하는 듯한 모습이었다.

백수빈이 전하라 한 소식은 그것으로 끝이 아니었다.

여연경이 얼른 뒷말을 이었다.

"결국 그로 인해 화산파의 검신존 강 장문인께서 드디어 오랜 침묵을 깨고 혈천마교의 대존주에게 도전장을 보내셨습니다. 수십 년 만에 정식으로 정파제일인이 화산을 내려오기로 한 것이지요. 수빈 언니는 검신존 강 장문인께서 나서신 이상 혈천마교 또한 한동안 세력 확장을 자제할 테니 투왕 육지견 선배님의 행방을 어떻게든 찾아볼 수 있을 거라 했어요."

"……."

추소산은 비로소 백수빈이 갑자기 여연경한테까지 부탁해서 소식을 전한 까닭을 눈치 챌 수 있었다. 그녀는 혹시라도 다른 경로로 추소산에게 지화자와 육지견에 관한 소식이 알려질 것을 두려워해 선수를 친 것이다.

'수빈 누님, 여전히 나 같은 것을 걱정하시다니…….'

추소산은 내심 미미하게 고개를 가로저은 후 슬며시 시선을 맑고 청명한 하늘로 향했다.

문득 슬픔과 함께 심부 한 켠에서 불끈 치솟는 열망!

검신존 강구량이 혈천마교의 대존주에게 도전장을 보냈다는 말을 듣는 순간, 그의 뇌리를 채운 건 옥화산을 내려올 때의 일이었다. 자기 자신과 사부 단양에게 했던 맹세가 가슴속 깊숙한 곳에서부터 두근거리며 울려 퍼지고 있었다.

그날 밤.

청연장 위로 떠오른 보름달은 시릴 정도로 푸르고 밝았다.

낮에 전해 들은 소식들을 떠올리며 홀로 정원 주변을 거닐고 있던 추소산은 문득 손가락을 뻗어 나뭇가지 하나를 잘라냈다.

핏!

두 자를 조금 넘길 정도의 길이.

나뭇가지의 결을 몇 차례 쓸어 보인 추소산이 가볍게 손가락을 튕겼다.

뽀얗게 사방으로 퍼지는 나무 먼지.

어느새 추소산의 손에는 썩 그럴듯한 목검 하나가 쥐어져 있었다.

사부 단양이 손수 깎아줬던 그대로의 모양.

'조금 다른가?'

추소산은 고개를 옆으로 한차례 갸웃해 보이곤 목검의 날을 옆으로 세웠다. 목검의 선이 제대로 빠졌는지를 살피기 위함이었다.

목검의 선은 과거 가지고 있던 것보다 낫다.

단양보다 추소산의 솜씨가 월등하니 당연한 일이다. 조금 다르단 생각이 든 건 바로 그 차이 때문이었다.

씩!

추소산의 입가로 한 가닥 미소가 어린다.

갑자기 치기가 발동한다. 사부 단양이 전수해 주기로 했던 천지무상독존검법을 갑자기 펼쳐 보고 싶어졌다.

스스슥!

추소산의 무공은 이미 의형수형을 뛰어넘어 전인미답의 경지를 향해 나아가고 있었다. 그동안의 잠심연무의 결과였다. 마음이 인 순간 이미 수중의 목검은 천지무상독존검법을 펼쳐 내기 시작했다.

파팟! 파파파파파팟!

추소산의 목검은 하늘을 가르고 땅을 휘저은 후 바람과 하나가 되었다.

천지무상독존검법!

단양이 만들어낸 엉터리 검초로 이뤄진 말도 안 되는 검법.

어떤 식으로 펼치든 무학의 상리상 마땅치 않을 동작의 연속이건만, 추소산의 목검은 전혀 어색함이 보이지 않는다. 도도한 대하의 흐름처럼 끊임이 없고, 지극한 변화를 함유한 듯 신비로워 마땅히 천하무쌍의 검법인 듯 보인다.

이는 추소산의 무공이 이미 형과 식의 경계를 뛰어넘었기에 가능한 일인바!

추소산은 일시 몰아의 경지 속으로 빠져들었다.

검무(劍舞).

평소 단 한 번도 추어본 일이 없는 검무를 추면서 추소산은 하늘과 땅, 바람 속을 자유자재로 노닐었다. 이 순간 야천을 고요히 비추고 있는 달빛은 그저 그를 위해 자리를 잡은 것만 같다. 그런 감정을 강요하고 있었다.

그렇게 검무가 절정에 이르렀을 때였다.

일시 치솟는 흥취를 이기지 못했음인가!

추소산의 목검이 자신이 독창해 낸 지존검법으로 바뀌었다.

천지교태(天地嬌態).

종상벽하, 오룡희주, 황룡포섬, 봉황전시, 폐음소음, 육합개정, 사수해구, 팔방풍우, 철우경지…….

천지무상독존검법과 모양은 같으나 기세가 다르다!

적어도 처음 한차례 검초가 연환할 때까진 그러했다. 뭐가 다른지 정확히 집어낼 순 없지만 그런 것 같다는 뜻이다.

그러나 두 번째로 검초가 연환을 시작하자 사정이 달라졌다. 지존검법 역시 검무로 승화되어 버렸다. 역시 천지와 하나가 되어 조화, 그 자체를 이루기 시작한 것이다. 지금의 추소산은 능히 그것이 가능했다.

그렇다면 풍림화산 역시 그리될 수 있을 것인가?

추소산은 마음속에 의문을 품은 채 그냥 뒤로 물러설 사람이 아니다.

진취적이고 모험적이며 무한한 탐구심을 가졌다.

그것이야말로 대종사가 될 자가 가지는 특징이다. 천하에 여태까지 존재치 않았던 새로운 무류(武流)를 탄생시킨 자들은 모두 그러했다.

이번이라고 다를 바 없다.

<u>스스스스!</u>

검무는 변한 것이 없는데 주변을 휘감고 돌던 기운이 돌변했다.

풍백!

고속의 검초 연환이 천지사방을 찢어발긴다. 걸리는 건 모조리 박살 내고야 말 패도의 극치!

은림!

연환되는 검초는 은밀함, 그 자체. 검기의 천라지망이 천하를 뒤덮으니 하늘의 달빛조차 이지러짐을 면키 힘들다.

광화!

태양의 폭발인가? 검초의 연환으로 형성시킨 검강이 또다시 연환한다. 빛 가운데 빛이 끼어든 형국이니, 이미 검은 형체를 잃었다.

그럼 파산(破山)은?

지난 일 년간 매달려 왔던 숙제.

풍림화산의 최후 초식인 파산이다.

추소산은 묵검신마 위일천의 도움으로 완성한 광화를 뛰어넘는 파
산의 해답을 비로소 찾은 것 같았다. 사부 단양이 끝내 전해주지 못한
천지무상독존검법에서 시작된 검무가 단초를 제공했다.

망설일 필요가 있을까?

추소산은 머리가 아니라 가슴이 대답을 대신했다. 목검이 울음을 토
해냈다.

우우우우우웅!

문득 추소산을 중심으로 펼쳐지고 있던 검무가 종막을 고했다.

환상(幻想).

그렇게밖엔 표현할 수 없는 일이 발생했다. 검무에 휘말려 연신 이
지러지고 흐려지고를 반복하던 천공의 달이 일순 산산조각 부서져 버
리고 말았다.

아예 어떤 정의조차 내릴 수 없는 가공할 검초!

풍림화산의 최후 초식, 파산이었다.

슥!

추소산은 수중의 목검을 천천히 아래로 내려뜨렸다. 과거 같으면 사
검 연환의 압력조차 견뎌내지 못했을 목검은 여전히 멀쩡했다. 추소산
의 강대한 내력이 검초의 위세로부터 목검을 보호하고 있었기 때문이
다.

지극한 고요.

추소산은 잠시 허탈감에 빠져 홀로 바람을 맞고 있었다.

찰나지간에 이룬 파산의 압도적인 위력.

결국 이뤄내고 만 당사자조차 공황감을 느낄 수밖에 없었다. 그것이 지극한 고요의 답이었다.

그때였다.

우두커니 서 있는 추소산의 뒤로 섬세한 그림자 하나가 다가들었다. 밖에서 이는 소리에 잠이 깬 우약연이었다.

사르륵! 사르륵!

귓가를 간질이는 옷자락 스치는 소리에 다소 멍청해져 있던 추소산이 신형을 돌렸다. 그러자 우약연이 지극히 맑고 아름다운 눈빛을 그에게 던져 왔다.

처음 만났을 때와 하나 변한 것이 없으면서도 조금은 다른 다정하면서도 슬픔이 깃든 눈빛.

우약연이 속삭이듯 말했다.

"상공, 어찌 잠을 이루지 못하십니까? 혹여 소첩 때문에 그런 것이 아닌지요?"

"약연, 어찌 그런 생각을 한 것이오?"

추소산이 입가에 미소를 담자 우약연이 살짝 손가락 하나를 내밀어 그의 입술에 가져다 댔다.

"이미 소첩 역시 소식을 들었습니다."

"약연, 나는……."

"가세요."

"……."

"상공과 함께한 지난 일 년, 소첩에겐 벅찰 만큼 행복한 시간이었습니다. 결코 놓치고 싶지 않을 만큼. 하지만 상공이 행복하지 않다면 소첩 역시 행복할 수 없습니다. 그러니……."

우약연은 계속 얘기할 수 없었다.

추소산의 강인한 두 팔이 그녀를 끌어안았고, 입술이 뒤에 이어질 말을 막았다. 두 사람에게 있어 말이란 더 이상 필요치 않은 것이었다.

*   *   *

한 달 후.

천하의 모든 시선은 결국 화산을 내려온 검신존 강구량과 신비에 싸인 혈천마교의 대존주인 마천작 염무적 간의 대결이 벌어지기로 한 형산으로 집중되었다.

고래로부터 이어져 온 무림의 전통.

무림제패를 노리는 자와 막으려는 자 간의 대결이다. 그것도 도전자가 정파제일인이자 삼존 중 한 명인 검신존 강구량이고, 그 상대는 과거 천하제패를 이룬 혈천마교의 대존주였다.

가히 백 년에 한 번 볼까 말까 한 대결에 강호가 들썩인 건 어쩌면 지극히 당연한 일이었다. 강호에서 나름대로 호사가들이라 일컬어지는 자들이라면 꿈에서나마 구경한 후 떠들어대고 싶어할 만한 대사건인 것이다.

그러나 이번 대결은 일반적인 무림인 간의 비무가 아니다.

근래 들어 사뭇 치열해진 정파무림맹과 마도의 집결을 촉구하고 있는 혈천마교 간의 사활을 건 대결이었다.

하물며 형산무적검 운진형의 죽음과 함께 오악검파 중 최초로 형산파가 멸문한 직후 형산은 정파무림맹과 혈천마교 간 대결의 중심이 되어 있었다.

두 세력의 창칼이 맞닿은 전장의 최전방!

그들과 관련있는 세력이나 문파에 속하지 않은 자들로선 감히 비무지인 형산 근처나마 기웃거릴 수 없었다. 안타까운 표정으로 입맛만 다실 뿐이었다.

쿨럭!

기침과 함께 튀어나온 핏물은 이미 시커먼 빛을 띠고 있다.

죽음의 빛깔.

혹시라도 누군가 보기라도 했을까 봐 재빨리 발끝을 움직여 바닥에 떨어진 핏자국을 지워 버린 혈유가 눈살을 가볍게 찌푸렸다.

생각보다 병의 진행 속도가 빠르다.

그동안 꽤나 무리를 해가며 계획을 진행시켰는데도 시간이 빠듯할 듯싶다.

'하하, 추자량… 그자가 이렇게 그리울 날이 올 줄이야! 그가 있었다면 이런 아름답지 못한 계획 따위로 천하를 얻진 않아도 되었을 것을.'

일보백계 추자량.

혈유가 과감하게 잘라 버린 일급의 모사다. 그가 지금 곁에 있다면 많은 도움이 될 것임을 알기에 혈유의 입가에 매달린 미소는 쓰디썼다.

하지만 혈유는 이미 지나간 일로 고민하는 사람이 아니다.

그따위 악취미가 있었다면, 중원에서 쫓겨나 처절한 인고의 나날을 보내야만 했던 혈천마교를 오늘날 이 정도로까지 부흥시킬 수 있었을

리 없다.

머리의 움직임은 눈보다 빠르다.

그는 기민하게 주변의 산세를 살펴본 후 하던 일을 계속했다. 비무지로 선정된 산봉 부근에 대규모의 화약과 수많은 죽음의 기관매복을 펼치는 작업을 서둘렀다.

혈천지계(血天之計).

그는 이번 검신존 강구량과 마천작 염무적 간의 대결에서 정파의 힘 중 오 할 이상을 없애 버릴 작정이었다.

그리고 각개격파(各個擊破)!

정파는 통곡 속에 처절히 무너질 터였다.

'신성천교와 패천도문은 지속적으로 펼친 반간계(反間計)로 인해 결코 움직일 수 없다. 그들 역시 내 두 번째, 세 번째 혈천지계의 제물이 될 것이야!'

혈유의 머릿속에서 천하는 점차 붉은빛으로 물들어갔다. 이젠 바로 코앞까지 이른 죽음의 숨결조차도 그 속도를 따라잡진 못할 터였다.

그렇게… 천하무림의 운명을 결정할 대결.

그날이 서서히 다가오고 있었다.

실타래!

엉키고 꼬인 각자의 의지와 기대, 집념들의 결자해지(結者解之)를 기다리면서.

제69장
어떤 문파에서든 무적의 전설은 있다!

파라락! 파라락!

산봉을 휘몰아치는 바람은 무척이나 거세다. 그냥 가만히 서 있는데도 옷자락은 찢어질 것처럼 파닥거리고 있었다. 이미 늦봄이라 초록이 무성한데, 아직 이곳까진 봄기운이 이르지 못한 듯싶다.

산봉의 한 자락에 발을 디딘 채 주변을 면밀히 살피고 있던 투왕 육지견의 눈매가 살짝 가늘어졌다. 뭔가 마음에 들지 않는 듯한 기색이 얼굴에 가득하다.

"망할 놈의 늙은 거지새끼! 하필이면 이 몸에게 부탁을 하고 돌아가 뒈질 건 뭐야! 그동안 그놈 뒤처리를 하러 다니느라 죽을 고생을 했잖은가 말야!"

극히 사나운 말투와 달리 육지견의 가늘게 뜬 눈꼬리 끝에는 얼핏 물기가 묻어 나왔다.

무림을 횡행하며 육지견과 인연을 맺었던 무수히 많은 인물들 중 풍개 지화자는 나이대가 가장 비슷한 사람이었다. 당연히 그와는 제법 많은 시간을 함께했는데, 그때마다 티격태격 싸움이 그치지 않았었다.

정파와 사마외도의 차이랄까?

가끔 죽이 맞아서 함께 돌아다니곤 했지만, 항시 중요한 부분에서 서로 간의 입장 차가 극명하게 드러나곤 했다. 둘 다 고집이 대단하니 결코 좁힐 수 없는 차이라 할 수 있었다.

만나면 싸우는 사이.

그래도 가끔이나마 서로 술잔을 기울이며 시시덕거렸다. 같이 늙어 가는 처지란 고리가 존재했기 때문이다.

"카악, 퉤!"

육지견이 누런 가래침을 탁 하고 뱉어냈다. 자신과 만남을 가진 후 돌아가던 지화자가 혈천마교의 함정에 빠져 참살당한 후 정신없이 뛰어다니느라 제대로 쉴 틈조차 없었다. 다 늙어서 개같이 고생을 한 탓에 건강까지 약해졌다.

그러나 다음 순간 육지견의 입가에는 느물거리는 미소가 매달려 있었다. 그가 보는 앞에서 열심히 모종의 작업에 몰두하고 있는 일단의 무사들의 행사가 꽤나 재미있어서다.

'크흘흘, 혈천마교의 후레잡놈들! 감히 나 육지견을 건드리고 무사할 성싶었더냐? 피가래를 토하고 뒈질 때가 돼서야 네놈들이 누굴 건드렸는지를 알 수 있을 것이니라!'

육지견의 신형이 갑자기 산봉에서 자취를 감췄다. 작업에 여념이 없던 혈천마교 무사들 중 하나가 그가 서 있던 산봉 쪽으로 시선을 던진 것과 동시의 일이었다.

'내가 잘못 본 것인가?'

산봉 쪽에서 얼핏 사람의 그림자를 봤다고 생각했던 무사가 고개를 잠시 갸웃해 보이곤 머릿속에 떠올랐던 의문을 지워 버렸다. 그의 생각에 그처럼 순식간에 자취를 감출 수 있는 사람은 존재할 수 없었기 때문이다.

그렇게 뭔가를 생각하느라 작업이 느려진 무사를 향해 호통성이 터져 나왔다.

"야! 이 자식아! 오늘까지 이 산 전체에 매설할 폭약이 아직도 수천 근이나 남았는데 어디서 농땡이냐!"

"아, 죄송합니다!"

무사가 얼른 고개를 조아려 보이곤 바삐 땅을 파기 시작했다. 평생 무공 연마와 사람 죽이는 방법밖엔 배운 것이 없는 일반 무사들인지라 폭약 매설을 위한 땅파기 외엔 할 일이 없었다.

당연히 그곳으로부터 조금 떨어져 있는 다른 장소에선 사뭇 전문적인 일이 진행 중이었다.

대규모의 폭약이 폭발한 후 살아남은 나머지 정파무림인들을 도살할 수백 가지의 기관진식들이 설치되고 있었다. 혈유의 진두지위하의 일이다.

시간은 빠르게 흘러가고 있었다.

*   *   *

비무 하루 전.

최종 비무지로 결정된 형산의 제일봉인 축융봉(祝融峰).

운봉무쇄(雲封霧鎖)란 말이 허명이 아님을 증명이라도 하려는 듯 축융봉은 혼돈과도 같은 운무로 휘감겨 있었다. 장엄함은 없으나 신비로움이 가득하니 천하오악 중 하나라 불리는 것도 무리는 아닌 듯 보인다.

그곳을 기점으로 양 진영이 나뉘었다.

동쪽으로 거의 수천에 이르는 정파의 무림인들이 집결해 있다면, 서쪽에는 역시 그 정도 숫자는 족히 되어 보이는 혈천마교의 무사들이 모여 있었다. 향후 천하무림 정세를 판가름할 비무의 증인들인 만큼 기세의 등등함이 형산 하늘을 아예 찢어발길 듯하다.

물론 축융봉 부근에 모인 무리들이 이렇게 기세를 올리는 이유는 내일 있을 비무의 중요성을 잘 알고 있는 까닭이었다.

승자와 패자.

단순명쾌한 결과에 따라 정파와 혈천마교의 운명은 나뉠 터였다. 전혀 그런 식으로 일이 진행되지 않을 것임을 믿어 의심치 않는 사람들 또한 있었지만 말이다.

밤.

형산의 제일봉인 축융봉 위로 은은한 빛을 뿌리며 달이 떠올랐다.

살짝 기운 달빛.

보름을 이틀 전 넘긴 달빛은 평범하다 못해 수수해 보였다. 날이 밝자마자 벌어질 비무의 중요함을 생각한다 해도 뭔가 특별한 일이 일어날 건덕지는 전혀 보이지 않는다.

한데, 흐릿한 달빛 사이로 은밀히 움직이는 그림자들이 있었다.

그림자들은 거의 만 단위에 이를 만한 인원이 모여 있는 축융봉 주변을 제집 안마당인 듯 열심히 헤집고 다녔다.

목적은 단 하나.

그들은 철저하게 비무가 벌어지기에 앞서 혈유가 펼쳐 놓은 죽음의 기관진식과 폭약 등을 해체했다. 정파의 웬만한 고수들이 혈천마교의 철통같은 감시하에 아예 미동조차 보이지 않고 있는 점을 생각한다면 참으로 괴이한 노릇.

삽시간에 임무를 끝마친 그림자들이 축융봉의 중턱에 집결했다.

족히 이백에 이르는 숫자.

어둠 중이라 별다른 특색을 발견하기 힘든 검은 복면과 야행의를 일괄적으로 걸친 그림자들이 슬그머니 좌우로 나뉘었다.

본래 이번 작전에 투입된 그림자들은 각기 다른 세력에 속한 자들로 단지 일의 은밀함 때문에 비슷한 복장을 했을 따름이었다. 이렇게 서로 나누어 선 건 그들 자체적으로도 헷갈릴 수 있는 소지를 줄이기 위해서였다.

사삭!

사사사삭!

각 백 명씩 나누어 선 두 무리의 그림자들 중 두 명이 약속이라도 한 듯 앞으로 나섰다. 서로 소속과 일의 성과를 공유해야만 할 필요성을 느꼈기 때문이다.

"본인은 신성천교의 광명사자인 연자구요. 지금 이 시각을 기해 축융봉 주변의 모든 폭약들은 폭발불능이 되었소이다."

"본인은 여신성이오. 역시 지금 이 시각을 기해 축융봉으로 오르는 모든 길목에 설치되어 있던 기관진식들은 작동불능이 되었소이다."

무상혈마 연자구와 강남진룡 여신성.

각기 신성천교와 패천도문의 명실상부한 이인자.

그 두 사람이 나섰다면, 뒤에 도열해 있는 그림자들의 움직임이 어찌 그리 은밀할 수 있었는지 대충 짐작이 간다. 이번 혈천마교의 흉계를 사전에 제거하는 작전에 투입된 무사들은 신성천교와 패천도문의 최정예였다.

그렇다면 어떻게 이 같은 일이 발생할 수 있었을까?

사실 이번 비무가 있기 전 삼존은 놀랍게도 은밀히 회동을 가지고 밀약을 맺었는데, 그들 사이를 연결한 건 천하제일의 경공대가인 투왕 육지견이었다.

그는 풍개 지화자가 죽은 후 일부러 행방불명된 척 모습을 감추고 삼존 회동을 성사시켰다. 복수를 위해 천하에서 가장 하기 힘든 일을 자처한 것이다.

연자구와 여신성은 잠시 서로를 바라봤다. 상대방의 정체를 알고서 지닌바 기도와 품격을 살폈다.

결론은 만만찮다는 것.

미미하게 고개를 끄덕여 보인 두 사람이 다시 그림자들 속으로 모습을 감췄다. 삼존 밀약에 의한 일이 끝났으니, 이젠 형산을 떠나야 할 때였다.

*　　　*　　　*

"뭐라?"

혈유는 날이 밝자마자 전달된 수하들의 보고에 자신도 모르게 탁자를 손으로 내려쳤다.

콰득!

중원정세도와 각대문파에 투입시킨 간자들의 명단이 암호로 빼곡하게 적혀져 있던 조직도가 늘어져 있던 탁자가 요란한 소리를 내며 박살 났다.

이리저리 날리는 지도와 조직도들.

혈유의 좌우에 늘어서 있던 호위들이 재빨리 신형을 날려 흩어진 지도와 조직도들을 수거했다.

혹시라도 이중 하나라도 사라진다면 목숨마저 온당하게 보존할 수 없다. 이미 전 호위들 중 몇이 그 같은 죄목을 추궁받고 자살을 강요받은 걸 아는 터라 그들의 움직임은 무척 빠르고 정확했다.

그 같은 사실은 보고를 위해 혈유 앞에 부복한 무사 역시 알고 있었다. 냉정, 침착한 혈유가 이처럼 격노하는 걸 본 적이 없는 무사가 벌벌 떨면서 이마를 바닥에 박았다.

쿵!

"부, 부디 용서해 주십시오!"

혈유는 어느새 평소의 냉정, 침착함을 되찾고 있었다. 그는 서늘한 시선을 눈앞에 부복해 있는 수하에게 던졌다.

"어찌 된 일이냐? 축융봉 주변에 매설해 놨던 화약과 기관진식이 하룻밤 새 모조리 작동불능이 됐다는 게 말이 되느냐?"

"소, 속하도 그 까닭을 잘 모르겠습니다. 하지만 분명 제 눈으로 확인한바 화약들은 모조리 물에 젖어버렸고, 백삼십 개의 기관진식들 역시 철저하게 파괴되어 있었습니다. 곧 시작될 비무 시간에 맞춰서 그것들을 원상복구시키는 건 무리입니다."

"그런 것쯤 나 역시 안다. 나는 어떻게 그런 일이 가능할 수 있었는지를 네게 묻는 것이다. 분명히 밤새 정파의 주요 고수들에 대한 경계는 철저했지 않느냐?"

"그렇습니다. 지난밤 정파 진영의 주요 고수들은 단 한 명도 움직이지 않았습니다."

"그런데 어떻게 그런 일이……."

혈유는 무사를 다시 다그치려다 갑자기 말을 멈췄다. 그의 머릿속에서 뭔가 탁 하고 움직였다. 이런 일이 발생할 수 있는 단 한 가지의 가능성이 떠오른 것이다.

'반간계는 완벽했다. 그리고 그동안 파악한 삼존의 성격상 곧 죽는다 해도 서로 손을 잡는 짓거리는 하지 않아. 한데 이 불안감은 무언가?'

혈유는 잠시 염두를 굴리다 재빨리 뒤에 서 있던 호위에게 몇 가지 명령을 내렸다. 혹시 자신의 예상이 맞다면, 수십 년 동안 치밀하게 천하에 깔아놨던 간자 조직 역시 와해됐을 가능성이 있었다. 한시바삐 확인해야만 했다.

지루한 시간이 흘러갔다.

혈유에겐 일각이 여삼추 같았다. 세상을 살면서 이렇게 긴장과 초조감을 동시에 느낀 일이 있었나 싶을 정도였다.

비무가 시작될 시각이 임박했다.

그때가 되어서야 혈유의 명을 받고 뛰어나갔던 호위가 빠른 걸음으로 돌아왔다.

'정말 그렇단 말인가!'

혈유는 호위가 보고를 올리기 전에 답을 눈치 챘다. 그의 염려대로

형산을 중심으로 한 모든 혈천마교의 간자 조직은 철저할 정도로 와해
된 상태였다. 여태까지 그 같은 상황을 파악하지 못했던 건 혈천마교
가 이번 비무 준비에 지나칠 정도로 심혈을 기울인 때문이었다.

그렇다 해도 이 정도로 어처구니없이 당했다는 건 믿어지지 않는 일
이다. 혈유는 오히려 화를 내는 걸 자제하고 상황 파악을 하기 위해 머
리를 굴렸다.

'으으음, 이 같은 일을 가능케 할 수 있는 건 천하에 단 두 세력, 개
방과 하오문뿐이다. 그들만이 중원 제문파에 광범위하게 깔아놓은 본
교의 간자 조직을 색출해 낼 수 있다. 설마 풍개 지화자, 그 늙은 거지
가 죽기 전에 이런 꼼수를 마련해 뒀을 줄이야…….'

혈유의 예상은 절반만 맞는 거였다.

혈천마교가 천하에 깔아놓은 간자 조직을 철저히 색출해서 붕괴시
킨 건 개방과 하오문의 공동 작품이었다.

개방의 지화자가 죽음으로써 빼낸 정보를 투왕 육지견이 하오문에
전달한 후 두 문파의 제휴를 이끌어냈다. 삼존을 설득한 전력이 있는
그에게 협개 나원경과 암왕 백상준은 그리 어려운 상대는 아니었다.

울컥!

혈유는 또다시 치밀어 오른 피를 억지로 삼켰다. 수하들 앞에서 피
를 토할 순 없다.

식도가 타는 듯한 고통.

쓰디쓴 패배의 맛이 혈유의 가슴을 크게 뒤흔든다.

'너무 서둘렀다. 죽기 전에 본 교의 대업을 완수하기 위해 무리를
한 결과가 이렇게 나타났어.'

혈유는 고개를 탁자 위로 떨군 후 자책감에 얼굴을 잔뜩 일그러뜨렸

다. 오늘의 일로 인해 혈천마교의 천하무림정복계획이 십 년이나 뒤로 후퇴했음을 자인해야만 했다.

한데 그때 갑자기 혈유 주변에 있던 무사와 호위들의 얼굴이 크게 변했다. 어느새 지금쯤 비무를 위해 축융봉으로 떠났어야 할 대존주 염무적이 모습을 드러낸 것이다.

툭!

혈유는 자신의 어깨를 두드리는 염무적의 묵직한 손길에 놀라 고개를 들었다.

"대… 존주……."

마천작 염무적. 그는 태산과 같았다.

적어도 지금 이 순간 혈유는 그렇게 느꼈다. 그의 숨이 막힐 듯 압도적인 기운에 절망감으로 일그러져 있던 혈유의 안색이 제 모양을 되찾았다.

"그런 표정은 혈유답지 않다. 하긴 그동안 자네가 좀 지나치게 혹사를 당하긴 했지."

"……."

"지금부턴 그냥 나만 믿으면 되는 거야."

그 말을 끝으로 염무적은 혈유에게서 신형을 돌렸다. 비무지로 떠날 때가 왔음이다.

슉!

염무적의 장대한 신형이 갑자기 속도를 높였다. 축융봉 위로 날아올랐다.

'대존주, 자신을 믿으라… 고 하셨습니까……?

혈유는 한동안 비무지인 축융봉으로 떠난 염무적의 자취를 눈으로 좇았다.

흡사 낭군을 떠나보낸 아낙과 같은 눈빛.

심정 역시 그리 다르진 않다.

그리고 그렇기에 혈유는 주군인 염무적이 한 말을 따를 수 없었다. 염무적을 못 믿어서가 아니라 철저할 정도로 자신의 계획을 산산조각 낸 미지의 적에 대한 경계심을 놓을 수 없었기 때문이다.

좌악!

탁자에 남아 있던 지도와 배치도를 쓰레기처럼 한 켠으로 치워 버린 혈유가 호위에게 서늘한 목소리로 명했다.

"당장 대사왕과 십대사왕을 준비시켜라. 비무가 절정에 도달한 순간, 검신존 강구량을 합공하여 끝장내는 거다."

"존명."

대사왕과 십대사왕을 움직이는 역할을 맡은 호위가 나직한 목소리로 복명했다. 지난 십수년간 혈유의 호위를 맡고도 목숨을 내놓지 않았던 심복이 바로 그였다.

*　　　*　　　*

추소산은 내심 기가 막혔다.

코앞에서 연신 콧노래를 흥얼거리고 있는 인물.

풍개 지화자가 살해당했을 때 같이 행방이 묘연해졌다던 투왕 육지견이 분명했다. 내심 그에 대해 꽤나 많이 걱정하고 있던 추소산이고 보면 슬쩍 약이 오르는 것도 어쩔 수 없다.

“육 노형, 도대체 어찌 된 일입니까?”

“어찌 된 일이라니, 뭘 말하는 건가?”

“행방불명되셨다고 들었습니다만? 그것도 풍개 선배님이 살해되신 이후에요.”

“자발적 행방불명이었지.”

“자발적 행방불명?”

추소산은 육지견이 대충 지어낸 의미불명의 용어를 되새김질하고는 입가에 한숨을 매달았다. 언제나와 같이 그가 자신에게 말장난을 걸고 있다는 걸 깨달았기 때문이다.

“어쨌든 무사하시니 다행입니다.”

“감히 어떤 놈이 천하의 투왕을 무사하지 않게 만들 수 있겠는가? 자네도 꽤나 잔걱정이 많구만.”

“철없는 노형을 두다 보니 그리됐습니다.”

“흥, 늙은 형더러 철이 없다니, 한동안 시골구석에 짱박혀 있더니만 사람이 완전히 버렸군. 버렸어.”

“그렇다고 해두죠.”

추소산은 더 이상 육지견과 말싸움을 하고 싶지 않았다. 곧 축융봉에서 검신존 강구량과 마천작 염무적 간의 비무가 시작될 시간이었다. 이런 곳에서 육지견과 계속 말싸움으로 시간을 죽이고 있을 순 없었다.

으쓱!

육지견이 어깨를 한차례 추어올리곤 왼 손가락 두 개를 앞으로 활짝 펴 보였다. 추소산을 상대로 한 말싸움에서 이겼음을 공식적으로 선포한 것이다.

추소산은 그냥 웃었다.

'풍개 선배님과 육 노형은 제법 친분이 있었다. 혹시라도 그분의 죽음을 마음에 두고 있으실까 걱정했는데, 괜한 노파심이었던 것 같군.'

육지견은 여전히 육지견이란 생각에 추소산은 잠시 가졌던 불안감을 마음속에서 거둬들였다. 그때 연달아 승리의 몸짓을 세 차례나 반복해 보인 육지견이 평소보다 훨씬 나지막한 목소리로 말했다.

"그 망할 거지 늙은이의 복수는 내가 이미 확실하게 끝냈다. 소산 아우, 자네까지 이번 싸움에 나설 건 없다네."

"……."

추소산은 가슴 한구석이 욱신거리는 걸 느꼈다. 육지견의 여전한 호들갑 속에 담긴 진정이 절절할 정도로 가슴에 와 닿았다.

그때 어느새 육지견이 추소산의 반대편 옆구리 쪽으로 신형을 이동했다. 그는 재빨리 한쪽 팔을 추소산의 어깨에 걸쳤다. 바둥거리며 매달렸다.

"그러니 우리 이젠 비무나 구경하러 감세. 이러니저러니 해도 구경 중엔 불구경하고 싸움 구경이 최고잖은가!"

"물론입니다."

추소산이 한차례 고개를 끄덕이곤 육지견의 허리에 팔을 감았다.

"어?"

육지견이 '요놈 봐라?' 하는 시선을 던졌다.

추소산이 다시 웃음을 던지곤 발끝으로 가볍게 지축을 차올렸다.

스슥!

평생, 자신을 천하제일 경공대가라 자부해 왔던 육지견의 눈이 동그래졌다. 입이 헤벌어졌다. 느닷없이 하늘을 날기 시작한 자신의 모습에 완전히 기가 막혀 버리고 만 것이다.

*　　　*　　　*

축융봉 정상.

천하무림의 운명을 건 비무의 시작은 평범했다.

검신존 강구량과 마천작 염무적.

두 사람은 언제나와 마찬가지로 구름과 안개로 인해 잔뜩 흐려져 있는 축융봉 정상에서 만나 서로 출신 문파와 자기소개를 늘어놨다.

검신존 강구량의 대명은 이미 천하를 떨어 울린 지 오래되었으나 마천작 염무적이란 이름은 무명이다. 적어도 혈천마교 외의 무림인들에겐 그러하다.

하지만 그가 바로 혈천마교의 당대 대존주였다!

약자가 당금 무림에 피바람을 불러일으킨 주역일 수는 없다. 또한 검신존 강구량의 도전에 당당하게 맞설 수 있을 리 만무했다. 누구나 알고 있는 사실이었다.

과연 그는 약하지 않았다.

약하지 않다기보다는 강했다. 축융봉 주변에 모여 있던 무림인들 전체가 경악할 정도로 강했다.

검신존 강구량의 신검!

오로지 천하에서 같은 삼존에 속한 광천존 우대승과 패도존 여신유만이 감당할 수 있다던 신검이 한 쌍의 적수공권에 가로막혔다. 반격을 당했다.

누가 보더라도 강구량에 필적하는 무위!

마천작 염무적의 선전에 비무를 지켜보던 무림인들은 천하에 삼존

외의 또 다른 절대고수가 있음을 확인했다. 인정하지 않을 수 없었다.

한데, 그렇게 비무가 절정을 향해 달려갈 무렵이었다.

두 사람의 절대고수 말곤 어느 누구도 접근치 못하던 축융봉의 정상으로 십여 개의 그림자가 뛰어올랐다. 혈유의 암습책이 발동한 것이다.

"암습이다! 암습이야!"

"저거 뭐야! 저거!"

"이 비열한 녀석들! 이런 대단한 비무에 훼방을 놓다니!"

정파 진영 쪽에서 일제히 지탄의 목소리들이 터져 나왔다. 그들 중 일부 고수 급들은 말만 내뱉지 않고 축융봉의 정상을 향해 황급히 신형을 날리기까지 했다. 대부분 구파일방과 오악검파에 속한 고수들이었다.

그러나 그들은 축융봉의 정상에 이르지 못했다. 사실 정상은커녕 중턱에도 이를 수 없었다. 혈천마교 쪽에서도 고수 급들이 기다렸다는 듯 신형을 날려 그들의 앞을 가로막았기 때문이다.

검광과 도광.

거기에 더해 장력과 권풍이 연달아 터져 나왔다.

삽시간에 축융봉 중턱에서도 한 떼의 정파 고수들과 혈천마교 고수들 간의 혈전이 벌어지게 되었다.

혼전!

무림의 역사에 남을 만했던 비무는 순식간에 정마대전의 양상을 띠어갔다. 자연스레 그렇게 흘러가기 시작했다. 이젠 누구도 이 같은 흐름을 막을 수 없을 것만 같았다.

"저런!"

추소산은 축융봉 전체로 번진 혈전을 보고 입을 가볍게 벌렸다. 설마 오늘 이런 광경을 보게 되리라곤 상상도 하지 못했다. 육지견의 말짱한 모습을 접했을 때보단 못하나 조금 당황스럽다.

툭.

육지견이 추소산의 옆구리를 주먹으로 슬쩍 때리곤 잔뜩 신난 아이처럼 소리쳤다.

"우하핫! 거 보게나! 내 오늘 화끈하게 싸움 구경 좀 할 수 있을 거라고 하지 않았던가!"

"육 노형!"

추소산이 다소 엄하게 육지견을 불렀다. 사람이 죽고 죽이는 싸움판을 보고 즐거워하는 그의 행동이 좀 지나치다고 생각됐기 때문이다.

육지견이 다시 추소산의 옆구리를 주먹으로 때렸다.

이번엔 처음보다 조금 세다.

추소산이 눈살을 가볍게 찌푸리자 육지견이 손가락을 쭈욱 뻗어 축융봉을 가리켰다.

"드디어 진짜 구경거리 등장일세!"

'진짜 구경거리?'

추소산의 시선이 육지견의 손가락을 좇았다.

마치 비조와 같이 축융봉의 정상으로 솟구치는 두 사람의 모습이 보였다. 혈천마교의 고수들이 얼른 앞을 가로막았으나 한 줌의 핏물로 변할 뿐이었다. 전혀 상대가 되지 못했다.

"설마!"

"그 설마라네!"

득의만면한 표정으로 육지견이 웃어 보였다.

검신존 강구량은 하마터면 죽을 뻔했다.

농담이 아니다.

마천작 염무적만 해도 강적이었다. 일천 초를 넘게 싸움다 해도 이길 수 있을지 장담치 못할 정도였다.

당연히 느닷없이 대사왕과 십대사왕이 축융봉 정상으로 뛰어올라와 일제히 덤벼들자 단숨에 열세에 몰렸다. 그때 만약 염무적이 뒤로 빠지지 않고 합공을 했다면, 승부는 한순간 만에 끝났을 터였다.

그러나 염무적은 애초에 강구량을 적수공권만으로 상대했던 사람이다. 대사왕과 십대사왕을 상대하는 것만으로도 열세에 몰린 강구량을 합공할 생각이 있을 리 만무했다.

그는 오히려 강구량과의 비무를 방해한 대사왕과 십대사왕을 못마땅하게 바라봤다. 혈유가 결국 자신을 믿지 못하고 암계를 펼친 것에 기분이 상한 것이다.

하지만 그의 눈에 문득 이채가 떠올랐다. 축융봉 정상에 또 다른 침입자가 모습을 드러냈다. 그것도 강구량에 버금갈 정도의 강자들이었다.

'허허허, 재밌군! 아주 재밌어! 세상에 이렇게 강자들이 많았던가?

염무적은 지체없이 양 수장에 마공을 잔뜩 끌어올렸다.

모습을 드러낸 강자들의 정체, 대충 짐작이 간다.

만약 짐작대로라면 대사왕과 십대사왕의 등장으로 잡쳤던 기분 따위 별게 아니다. 진짜 천하를 건 한판의 대결을 펼칠 수 있게 되었기 때문이다.

　'삼존! 삼존! 놀랍게도 내 반간계를 비웃듯이 서로 손을 잡았구나!'
　혈유는 축융봉 일대에서 벌어진 혈전을 진두지휘하고 있던 중 갑작스런 광천존 우대승과 패도존 여신유의 등장에 두 눈을 부릅떴다.
　예상?
　어느 정도는 하고 있었다. 철저할 정도로 암계와 계획이 깨졌으니 당연하다.
　그래도 설마했다.
　조금 늦게 천하에 등장한 여신유는 그렇다 치더라도 강구량과 우대승은 그야말로 물과 기름 같은 사이였다. 서로의 가슴에 검과 도를 겨눈 채 평생을 보낸 원수였다.
　그런 그들이 어찌 손을 잡을 수 있단 말인가!
　혈유는 도저히 납득할 수 없었다. 이해할 수도 없었다. 이건 정말 그의 예상을 한참이나 벗어난 일이었다.
　울컥!
　혈유는 결국 다시 피를 쏟아냈다. 그리고 입가에 흐릿한 미소를 담았다. 자신의 평생을 다 바쳤다고 해도 과언이 아닌 대사왕과 십대사왕의 힘을 믿는 까닭이었다.

　삼존 밀약!
　그 최종 단계는 오늘을 기해 혈천마교를 형산에서 완전히 끝장내는 것이었다. 비무가 벌어지기 전 개방과 하오문의 도움을 받아 각파에 숨어들었던 간자 모두를 일망타진했다. 이젠 형산에 모여든 혈천마교의 핵심 고수들만 요절내면 무림은 다시 평온을 찾을 터였다.

그렇다 해도 형산에 몰래 숨어들어 온 광천존 우대승과 패도존 여신유는 비무가 끝날 때까지 모습을 드러낼 생각이 전혀 없었다. 삼존 밀약 자체가 세상엔 그다지 드러내고 싶지 않은 것이었기에 그냥 몰래 강구량과 염무적의 비무나 구경할 속셈이었다.

문제는 대사왕과 십대사왕에게 있었다.

그럭저럭 재밌게 비무를 구경하고 있던 두 사람은 대사왕과 십대사왕의 신위가 심상찮은 걸 보고 계속 숨어 있을 수 없었다. 자칫 강구량이 합공을 당해 죽어버리면 삼존 밀약 자체가 깨어질 판이었기 때문이다.

슉! 스슉!

거의 동시에 축융봉 정상에 떨어져 내린 우대승과 여신유의 눈살이 가볍게 찌푸려졌다.

그들이 보는 앞에서 강구량은 대사왕과 십대사왕의 합공에 연신 뒤로 물러서고 있었다. 패색이 짙었다. 도저히 일각 이상은 버티지 못할 것만 같았다.

"이런 걸 보고 놀랍다고 해야 하는 건가?"

"경악스러운 마물들이로군!"

두 사람의 솔직한 심정이었다. 설마하니 강구량이 염무적도 끼어들지 않은 한 떼의 강시들에게 패하기 일보 직전까지 몰리리라곤 상상조차 못했다.

그때 마치 자신하곤 관계없는 일이기라도 한 것처럼 한 켠에 물러서 있던 염무적이 두 사람 앞으로 나섰다. 빨리 이차전을 시작하길 종용이라도 하려는 것 같다.

우대승과 여신유가 서로를 바라봤다.

이심전심(以心傳心).

그들은 염무적 따윈 완전히 무시한 채 천공에서 떨어져 내린 벼락처럼 대사왕과 십대사왕을 공격해 갔다. 먼저 무지막지한 마물들인 대사왕과 십대사왕을 끝장낸 후 염무적을 상대하기로 결정을 내린 것이다.

'놀랍다! 삼존 선배님들이 합공을 펼치고도 고작해야 평수를 이룰 뿐이라니!'

추소산은 다소 놀랐다. 삼존의 연수합공을 아무렇지도 않게 막아내고 있는 대사왕과 십대사왕의 위력은 가히 파천황이라 할 만했다. 한켠으로 물러선 채 싸움에 가담하지 않고 있는 염무적이란 존재를 생각하면 소름이 끼칠 정도였다.

이는 추소산 혼자만의 생각이 아니었다.

어느새 조용해진 축융봉 일대.

얼마 전까지 살기 어린 공격을 주고받던 정파무림인들과 혈천마교의 무사들은 서로의 진영으로 물러나 무거운 침묵에 잠겨 있었다.

평생 무를 연마한 자들.

지금 축융봉 정상에서 벌어지고 있는 싸움이 뜻하는 바를 모를 리 만무했다. 이후에 벌어질 일 또한 충분히 예상 가능하기에 희비가 빠르게 갈리고 있었다.

부들!

추소산의 바로 옆에 서서 축융봉 정상을 살피고 있던 육지견이 어깨를 가볍게 떨었다. 천하의 누구보다 담대하다 알려진 그조차 은연중 공포를 느꼈음이 분명하다.

"뭐, 저런 거지발싸개 같은 마물들이 있는 거냐구? 소산 현제, 소산 현제, 삼존 늙은이들이 지금 저것들하고 적당히 하고 있는 게지? 그렇지?"

"……."

아이처럼 자신의 옆에 찰싹 달라붙은 육지견의 질문에 추소산이 가볍게 고개를 가로저었다. 삼존쯤 되는 대인물들이 일개 마물들과 그같은 장난을 칠 까닭이 없었다. 아예 언급할 가치도 없었다.

그렇다면 이대로 두고 볼 순 없는 일이다.

삼존이 혈천마교의 마물들을 감당할 수 없다면, 앞으로 또 얼마나 많은 무림인들이 피를 흘려야 할 것인가. 이는 결코 용납할 수 없는 일이었다.

"육 노형, 잠시만……."

"뭐?"

"…다녀오겠습니다."

추소산의 뒷말을 듣는 순간 육지견은 전력을 다해 금나수를 펼쳤다. 어떡해서든 추소산을 뜯어말리기 위함이었다.

휙휙!

육지견의 금나수는 헛되이 허공만을 가로질렀다.

슉!

추소산은 이미 까마득하니 하늘을 향해 솟아오르고 있었다. 그는 단숨에 축융봉 정상보다 훨씬 더 높은 곳까지 신형을 띄웠다.

단지 경공만으로 침묵 속에 빠져 있던 사람들은 입을 크게 벌렸다. 그리고 그 속에는 육지견 또한 포함되어 있었다.

슈악!

추소산이 축융봉 정상보다 더 높이 뛰어오른 건 나름대로 계산이 있어서다.

높은 곳에서 보면 더욱 잘 보이는 이치.

그는 대사왕과 십대사왕이 독특한 진법을 이루고 있으리라 생각했다. 그렇지 않고선 아무리 엄청난 마물들이라 해도 삼존의 연수합공을 막아낼 수 없으리란 판단이었다.

그의 예상은 옳았다.

삼존을 에워싼 채 대사왕을 중심으로 맴을 돌고 있는 십대사왕은 독특한 변화를 계속 일으키고 있었다.

한눈에 봐도 절진이다.

그렇다면 그 중심부만 부숴 버리면 된다. 나머지는 진세 안에 갇힌 삼존이 알아서 처리할 터였다.

'단숨에 끝낸다!'

추소산의 눈 깊은 곳에서 안광이 번뜩였다.

단전으로부터 불같이 일어나 전신세맥으로 퍼져 나가는 진기의 약동!

그중 한 가닥이 추소산의 수중에 들려져 있던 목검을 따라 움직였다. 폭발했다.

풍백! 은림! 광화!

풍림화산의 삼 검초가 십대사왕의 중심에 서 있던 대사왕 헌원무진을 노린 채 쏟아진 순간, 축융봉의 정상이 지진을 맞은 듯 뒤흔들렸다.

그리고 비로소 움직임을 보인 염무적!

그의 쌍수가 찬란한 금빛 광채를 담은 채 추소산을 노렸다. 어떻게

든 대사왕과 십대사왕이 형성하고 있는 진세를 지키기 위한 자구책이
었다.

그러나 추소산은 이미 풍림화산을 완성하며 검과 하나가 되는 경지
를 경험했다. 느닷없이 염무적이 암습해 왔다 하나 전혀 당황하지 않
았다.

스슥!

추소산은 자신의 삼 검초에 직격을 당한 대사왕 헌원무진이 산산조
각 부서지는 걸 눈으로 확인한 후 신형을 옆으로 물렸다. 염무적의 금
빛 장환을 아무렇지도 않게 피해낸 것이다.

"진세의 핵이 사라졌다!"

"이 찢어 죽일 마물들 같으니!"

"어차피 죽은 놈들이니, 다시 죽인다 한들 문제될 것도 없겠지!"

추소산의 예상대로였다.

진세의 핵이었던 대사왕 헌원무진이 박살 나자 삼존은 단숨에 십대
사왕을 말 그대로 어육으로 만들어 버렸다. 아무리 막강한 마물들이라
곤 하나 진세의 도움 없인 결코 삼존의 일초반식이나마 받아낼 수 없
었다.

후둑! 후두두두둑!

축융봉 정상 위로 피의 비가 쏟아졌다.

이미 오래전에 죽은 자의 몸을 계속 움직이게 하고 있던 생혈(生血).
적어도 천 인(千人)은 족히 넘을 사람들을 희생해서 얻은 피의 비가 천
지사방으로 비산했다.

그리고 찾아든 정막.

자신의 암습을 간단히 회피해 버린 추소산을 무거운 시선으로 노려

보고 있던 염무적이 천천히 앞으로 나섰다. 추소산이야말로 진정한 자신의 상대라고 인정한 것이다.

그러자 단숨에 십대사왕을 끝장내 버린 삼존이 천천히 한 켠으로 물러섰다. 염무적과 추소산 간의 대결을 방해할 수 없다는 판단이었다.

터벅! 터벅! 터벅!

염무적은 추소산에게 다가갈수록 기세를 끌어올렸다. 앞서 상대했던 강구량 때보다 더욱 강력한 기세!

추소산은 슬쩍 수중의 목검을 아래로 내려뜨렸다.

그것으로 충분하단 판단.

염무적의 선이 굵은 얼굴이 작은 경련을 일으킨다.

"소형제, 어찌 그리 자연스레 내 기세를 흘려보낼 수 있는 것인가?"

"검이 곧 나고 내가 곧 검이기 때문입니다.'

"신검합일이다?"

"그런 것은 다 말하기 좋아하는 사람들이 만들어낸 말장난일 뿐. 나는 단지 검을 마음대로 다룰 수 있게 되었을 뿐입니다."

"어렵군."

염무적의 솔직한 심정이었다. 그는 평생을 하나의 신공과 하나의 장공을 연마하는 데 보냈다. 그 결과 반로환동했고, 어떠한 이기보검이라 해도 박살 낼 수 있는 한 쌍의 손을 얻었다. 이제 와서 검의 이치에 대해 궁구한다 한들 쉬이 얻을 수 있을 리가 없다.

"시작하세."

"오시지요."

추소산은 여전히 목검을 아래로 내려뜨린 채였다. 기수식조차 취하지 않았다.

그 자세가 염무적은 대단히 무서웠다.

그래도 오라 했는데 꼬리를 말 순 없다. 그는 혈천마교의 대존주였다.

"각오하는 게 좋을 터!"

염무적의 쌍수가 다시 찬란한 금빛 광채로 뒤덮였다.

백색광인(白色光印).

백색광검과 더불어 묵검신마 위일천의 양대마공이라 일컬어진 광세마학이 섬전과 같은 빠르기를 동반한 채 추소산을 노렸다. 파고들었다.

그러자 순간, 움직임을 보인 목검!

지극한 빠름은 느림과도 통한다고 했다. 무림 중에 떠도는 수많은 낭설들 중 하나.

그 정확한 표본을 염무적은 두 눈으로 확인했다.

자신의 백색광인을 꿰뚫고 들어오는 목검의 세세한 변화를 죽음의 순간 똑똑히 지켜볼 수 있었다.

'천하무적! 이젠 그 경지가 바로 코앞이라고 생각했다. 그런데 이미 그 같은 경지에 오른 자가 있을 줄이야!'

파산을 목도한 후 염무적의 뇌리를 스쳐 간 생각이었다.

"역시… 너무 성급했던 거겠지?"

나직한 중얼거림과 함께 혈유가 토해낸 피는 검디검었다. 이미 완전히 죽어버린 육신만이 가질 수 있는 피였다. 대존주 염무적이 패배한 순간 그의 영혼 또한 머나먼 곳을 향한 여행길에 오르기 시작한 것이다.

털썩!

그의 몸이 무너져 내린 순간, 싸움의 종식을 알리는 엄청난 환호성이 터져 나왔다. 혈천마교의 발호로 인해 일어났던 무림의 대전은 새로운 영웅의 등장과 함께 종식되었다.

승자와 패자.

그리고 향후 수백 년간 강호에 회자될 '어떤 문파에서든 무적의 전설은 있다' 란 이름 모를 누군가의 명언을 남긴 채로였다.

사부는 검을 전하고, 제자는 조용히 시립해 섰다

'지독한 양반. 그 혼란의 순간에서조차 장난칠 생각을 하실 줄이야! 물론 그분이 대활약을 한 탓에 혈천마교의 잔당들과 정파무림인들 간에 또다시 혈전이 일어나지 않고 좋게 뒷정리가 됐긴 했지만.'

추소산은 삼 년 전의 일을 잠시 회상하곤 입가에 흐릿한 미소를 담았다.

형산에서의 싸움으로 인해 그는 세간에서 천하제일검(天下第一劍)이라 불리게 되었다. 혈천마교의 대존주를 일검에 참하고, 삼존을 꼼짝달싹 못하게 만들었던 마물들의 진세 역시 박살 내는 위세를 보였기 때문이다.

하지만 남들의 칭찬이 있을 때 추소산은 항시 가장 큰 공을 세운 사람은 의형인 투왕 육지견이라 말하곤 했다.

그가 삼존 간의 밀약을 이끌어냈고, 개방과 하오문이 손을 잡게 만들었다. 혈천마교는 투왕 육지견의 미움을 산 탓에 강호에서 멸망의 길을 걸어야만 했던 것이다.

이는 후일 추소산이 육지견에게 세세한 사정을 전해 들은 후 알게 된 것으로 지금도 생각해 보면 감탄이 절로 나오곤 한다. 검을 닦아 천하제일검이 되는 것도 물론 어렵지만, 육지견처럼 넘치는 정열로 일평생을 사는 것이야말로 진정 사람을 감탄시키는 바가 있었다.

물론 이건 어디까지나 육지견이 주업인 도둑질을 다시 시작하지 않았을 때의 얘기다. 친애하는 의형은 일 년 전, 끝내 두고두고 노리고 있던 무당파의 칠성보검을 훔친 후 완전히 잠적해 버린 후 여직 소식이 없다.

문득 그리운 생각에 먼 하늘을 올려다본 추소산이 천천히 고개를 가로저었다. 육지견이 혹시 자신이 문파를 세운 기념으로 칠성보검을 선물할지도 모른다는 상당히 그럴듯한 상념이 꼬리를 물고 일어났기 때문이다.

한데 그때였다.

갑자기 길을 걸으며 자기 혼자 웃고 고개를 가로젓는 추소산의 모습이 이상해 보인 것이리라.

삼존 중 가장 성질이 급한 광천존 우대승이 성큼거리며 다가와 추소산에게 소리쳤다.

"뭘 그리 깊이 생각하는 건가?"

추소산은 깊은 상념 속에서 빠져나왔다. 우대승이 어찌나 세게 고함을 질렀는지 머리가 웽웽거리며 울린다.

"아!"

"아는 무슨! 이제야 제정신을 차린 것 같구만. 그래, 무슨 생각을 그리 깊게 했는가?"

이미 우대승의 목소리는 평상시로 돌아와 있었다. 추소산이 자신을 돌아봤으니 소기의 목적은 이룬 것이다.

추소산이 그에게 슬쩍 미소를 지어 보였다.

"육 노형을 잠시 생각했습니다."

"투왕 육지견?"

"예."

추소산이 고개를 끄덕이자 우대승의 입가에 흉측한 미소가 스쳐 지나갔다.

유유상종(類類相從).

마도 대종사인 우대승에게 사마외도인 육지견은 나름대로 친근한 존재다. 특히 그가 근래 들어 무당파의 칠성보검을 훔쳐 달아난 것이 더욱 통쾌하다. 어쨌든 정파를 이끄는 중심 축 중 하나인 무당파가 물 먹은 것이니 기분 나쁠 것이 전혀 없다.

"호호, 투왕은 중원에 몇 없는 호걸이지. 자네가 그를 그리워하는 것도 무리는 아니야."

"호걸은 무슨! 무림을 구한 영웅이 될 수 있는 길을 걷어찬 좀도둑놈에 불과한 것을!"

목소리를 높여 불쾌감을 표한 건 검신존 강구량이었다.

육지견은 무당파에서 칠성보검을 훔치기 위해 기꺼이 강구량과 맺은 인연을 아낌없이 사용했다. 강구량이 그의 이름만 나오면 노발대발하는 것도 무리는 아니었다.

어쨌든 그 역시 육지견에 대해선 아끼는 마음이 있었던 바. 불쾌감의 이면에는 아쉬워하는 기색이 역력했다. 혈천마교와의 대전에서 보여준 그의 담량과 능력은 가히 놀랍다는 말로밖엔 표현할 길이 없었기 때문이다.

추소산은 각기 육지견에 대해 떠들어대기 시작한 삼존을 돌아본 후 걸음을 조금 빨리했다. 잠시 상념에 잠긴 터라 정해놓은 기간 내에 옥화산에 도착하려면 일정이 약간 빠듯하겠다는 생각이 들었다.

추소산 외 무림 최절정고수 셋.

일정에 맞춰 걷는 속도를 높이는 것쯤은 그저 우스울 따름이었다.

＊　　　　　＊　　　　　＊

옥화산.

추소산의 요청에 의해 마을에 유일하게 위치한 작은 주점에 둘러앉은 삼존의 얼굴엔 불만이 가득하다.

어떻게 따라온 자린데 부득불 우선 혼자 사부를 만나겠다 우긴 추소산 때문에 옥화산에 오르지 못한 것이다. 화가 치밀지 않는다면 천하를 오시하는 삼존이 아니다.

그러나 어쩌겠는가!

그리 말한 사람이야말로 당금의 천하제일인이다. 아무리 삼존이라 한들 제 맘대로 고집만 부릴 순 없었다. 아무튼 일단은 요기라도 하면서 기다리는 것이 옳았다.

삼존 중 가장 세상 경험이 노련한 패도존 여신유가 탁자를 한차례 두들긴 후 소리쳤다.

"주인장, 이곳에서 가장 잘하는 요리로 세 상 부탁함세!"

“예이!”

주점에 들어서자마자 인상 박박 긁고 있던 세 괴이하게 생긴 늙은이 때문에 살짝 겁먹고 있던 주인이 냉큼 대답했다. 어쨌든 최고로 잘하는 요리를 시켰으니, 그에 걸맞은 대우를 해줘야 한다. 그게 바로 장사꾼의 도리였다.

추소산은 어린 시절을 보냈던 옥화산을 오르며 크게 감회에 젖었다.

때는 늦은 봄.

다른 곳은 오색만발한 꽃으로 뒤덮였는데, 이곳 옥화산에는 아직 군데군데 눈이 남아 있다. 옥화산 아래를 흐르는 지기의 영향으로 봄이 늦게 오는 건 여전한 것이다.

추소산은 다 커서 몸집도 큼지막한 주제에 소년으로라도 다시 돌아간 듯 발걸음을 가볍게 했다.

고향.

이래서 좋다.

한데, 한참 추소산이 소년 시절로 돌아가 산 중턱까지 이르렀을 때였다. 갑자기 산길 저편으로부터 한 떼의 청년들이 우르르 뛰어내려 왔다.

손에 손에 들려 있는 건 청강장검!

군데군데 철장 모양이 가슴에 수놓여져 있는 자들도 보인다.

‘저들은 철장방과 백룡무관에 속했던 친구들이 아닌가? 그런데 저들이 어째서 산속에서 이런 황당한 짓을 벌이는 것이지?

추소산으로선 달리 생각할 도리가 없었다.

옥화산같이 외인들이 거의 찾아들지 않는 곳에서 떼로 모여 산적 흉내를 내다니!

아무리 생각해 봐도 미친 짓이 아닐 수 없다.

그러나 단숨에 산길을 달려 내려와 추소산을 에워싼 청년들의 표정은 사뭇 진지했다. 아무래도 진짜 산적 흉내를 제대로 내볼 참인가 보다.

슉!

무리 중 손에 검을 든 청년과 철장 모양이 수놓인 옷을 걸친 청년이 앞으로 나섰다. 그들이 무리 중에 우두머리인 것 같다.

"이 녀석! 감히 옥화산에 누구의 허락을 받고 올랐느냐! 이곳은 외인의 출입이 금지된 곳이니 당장 물러가거라!"

"히히, 물러가기 전에 품 안에 든 물건은 몽땅 벗어놓고 가는 것도 잊지 말거라!"

두 청년은 주거니 받거니 엄포를 놓은 후 입가에 흐뭇한 미소를 머금었다. 추소산이 소년 시절을 회상하며 발걸음 조금 경망스레 놀린 걸 보고 완전 물로 본 듯하다.

추소산은 어째서 이 동리에서 꽤나 명망이 있는 철장방과 백룡무관의 제자들이 이 꼬라지가 됐는지 궁금했다. 알아보는 방법이 어려울 리 만무하다.

'조금 가르침을 주도록 해볼까?'

추소산의 입가에 흐릿한 미소가 떠올랐다.

잠시 후.

추소산을 털려 했던 일단의 청년들은 하나같이 얼굴이 밤탱이가 되어 일렬로 무릎을 꿇고 엎드렸다. 예외는 단 한 명도 없었다.

추소산은 잔뜩 겁에 질린 청년들을 쭈욱 둘러보다가 한 명을 택해 일으켜 세웠다.

"운보! 날 기억하느냐?"

추소산이 일으켜 세운 자는 홍운보로, 과거 꽤나 친분이 있던 사이였다. 역시 밤탱이가 된 눈을 몇 차례 깜빡거려 보인 그가 곧 추소산을 알아봤다.

"소산 형님!"

두 눈 가득 눈물을 담은 채 자신을 향해 달려드는 홍운보를 추소산은 슬쩍 발을 들어 막았다. 자초지종을 듣기 전에 감격의 상봉을 할 생각 따윈 전혀 없었다.

"어찌 된 거냐? 대답 여하에 따라 존사이신 유 노사님을 대신해 내가 엄벌을 내릴 것이다."

"사, 사부님은… 돌아가셨습니다!"

홍운보의 말이 떨어진 순간, 검을 들고 있던 청년들 대부분이 두 눈에서 눈물을 뚝뚝 떨궜다. 본래 백룡무관의 관주인 백룡검 유성룡은 제자들과의 사이가 각별했다. 친부자지간이나 다름없었다. 그가 죽었으니 제자들이 슬퍼하는 것은 당연했다.

추소산 역시 심중으로 슬픔을 느꼈다.

백룡검 유성룡이야말로 그에게 최초로 제대로 된 내공심법을 전수해 준 사람이다. 은인이 죽었다니, 가슴이 아프지 않을 수 없다.

"유 노사님께서는 어찌 돌아가신 것이냐?"

"그, 그게……."

홍운보가 쉽게 대답하지 못하고 말끝을 흐리자 철장방 쪽 청년 하나가 분한 표정을 한 채 말했다.

"삼 년여 전 일어난 혈천마교의 난 때 우리 지역 역시 혈풍이 불었습니다. 그때 저희 사부님이신 철장신전 석장천 대협과 유 관주님은 서로 어깨를 나란히 한 후 옥화산을 거점으로 싸움을 하셨는데, 중과부적으로 양 문파 모두 멸문을 당하고 말았습니다.”

“옥화산을 거점으로 했다면 그래도 제법 오래 버텼다는 것인데, 주변의 문파에서 지원이 없었다는 것이냐?”

“제기랄, 아무도 오지 않았습니다! 그놈들은 하나같이 제 놈들 문파만 지킨답시고 우리 고장을 완전히 외면해 버렸습니다!”

“……”

추소산은 대충 저간의 사정을 짐작할 수 있었다.

옥화산 주변에서 가장 강성했던 철장방과 백룡무관은 서로 손을 잡고 혈천마교의 침략에 저항했으나 상대가 될 리 없었다. 제법 고수 축에 드는 철장방주 석장천과 백룡검 유성룡이 분전했겠지만, 두 문파의 멸문을 막을 순 없었을 터였다. 혈천마교는 그리 손쉬운 상대가 아니었다.

‘으음, 철장방의 석 방주님과 백룡무관의 유 노사님에겐 참으로 많은 은혜를 입었다. 그분들이 불행히도 돌아가셨으니 남은 제자들은 내가 거둬들이는 것이 도리일 것이다. 뭐, 그리되면 그 아이들이 난리를 필지도 모르지만, 이번 기회에 문파의 남녀 비율을 제대로 맞출 수 있게 되어 잘된 일일 수도 있겠군.’

추소산은 잠시 염두를 굴린 후 입가에 흐릿한 미소를 담았다. 그가 만든 문파에는 현재 단 한 명을 제외한 전원이 여자 제자였다.

그동안 인연을 맺었던 하오문의 쌍령과 백교, 멸망한 형산파의 사운혜, 패천도문의 여연경, 여미연 등이 모두 제자란 명목으로 그가 만든 문파에 들러붙은 것이다.

덕분에 문파 내에 유일한 남자 제자인 남추는 언제나 여자들에게 들들 볶이곤 했다. 제법 대가 센 놈임에도 종종 울상을 하고 하소연하러 오는 꼴이 가끔 가엾기까지 했다.

"운보, 유 노사님은 당당한 협객이셨다. 대협이셨어. 그런 분의 제자인 네가 이런 산중에서 산적 노릇이나 한다면 어찌 지하에 계신 유 노사님께서 눈을 감을 수 있겠느냐?"

"소산 형님, 죄송합니다……."

홍운보는 다시 눈물을 글썽였다. 나이가 들었어도 잘 우는 버릇은 여전하다.

추소산이 슬쩍 손을 내밀어 홍운보의 머리를 쓰다듬어 준 후 말했다.

"그러니 너는 지금부터 날 사부로 모시거라! 나머지 녀석들도 마찬가지고!"

"예? 아!"

잠시 멍청한 표정이 됐던 홍운보가 추소산이 한 말을 알아듣고 얼른 바닥에 엎어졌다.

바로 구배지례에 들어간 것이다.

다른 녀석들도 마찬가지다.

이미 추소산의 형언할 수 없을 정도로 강한 무공을 견식한 바 있는 그들은 홍운보를 따라 연신 절을 올렸다. 추소산이 얼렁뚱땅 대거 제자들을 받아들이는 순간이었다.

홍운보 일행은 옥화산을 지난 삼여 년간 제집 드나들 듯했다.

과거 추소산이 살았던 동굴이 그들의 눈을 피해 갔을 리 없다.

어느 해인가 다시 동굴로 돌아온 단양과 그들은 자연스레 이웃사촌이 되었다.

아직 치기 어린 나이.

무림의 영웅호걸들에 대한 얘기에 열광할 때다.

그들은 단양이 사는 동굴로 종종 놀러 가서 무림영웅들의 얘기를 듣는 것이 큰 낙이었다.

단 노야!

단양은 그리 불리우고 있었다.

지난 사 년간, 단양의 머리는 파뿌리처럼 하얗게 세어버렸다.

과거에도 늙었었는데 지금은 완전히 호호백발 할아범이다.

살짝 삐딱하게 보면 등선을 앞둔 선인 같기도 하다.

물론 제대로 보지 않았을 때의 일이다.

그런 단양이 요즘 들어 가장 좋아하는 건 따뜻한 볕이 내리쬐는 양지에 쪼그리고 앉아 벙긋거리며 옛일을 회상하는 거다.

젊은이는 미래만을 생각하고 늙은이는 옛일만을 헤아린다던가!

단양이 헤아리는 옛일이란 대부분 제자 추소산과 보냈던 오 년간이 전부다. 그때야말로 그의 일생 중 가장 크게 사는 낙을 느꼈던 때였기 때문이다.

"허허, 그놈… 그렇게 영특하던 녀석이 어찌 마음씨가 그리 착했는지. 제 놈 배가 고파도 항상 이 늙은 것을 먼저 챙기고 뭔가 좋은 것이 생기면 항상 내게 가지고 달려왔었지."

항상 이런 식이다.

단양은 제자 추소산을 떠올리며 남이 듣든 말든 흐뭇하게 웃음을 흘렸다. 이젠 갈 날이 얼마 남지 않은 늙은이의 유일한 소일거리라 할 수 있었다.

한데, 그렇게 아무 생각 없이 양지에 쪼그리고 있던 단양의 주름 가득한 얼굴이 갑자기 확 펴졌다. 멀리 보이는 산길을 따라 천천히 걸어 올라오고 있는 제자 추소산의 얼굴을 발견한 후의 변화다.

뚜둑!

단양은 언제 죽을 날짜만 받아놓은 늙은이 노릇을 했냐는 듯 쌩쌩해진 얼굴로 허리를 펴고 자리에서 일어섰다.

다시 제자를 만나야만 한다는 일념.

단양을 여지까지 버티게 한 힘이었다.

그는 엉거주춤 일어서서 온몸에 힘을 잔뜩 줬다. 혹시라도 다시 제자를 만난 경사스런 순간에 해야 할 일을 못하게 될까 봐 미리부터 바짝 긴장한 것이다.

'소산아! 내 제자야! 와라! 어서 오거라!'

단양은 추소산에게 달려가고 싶은 마음을 억지로 참고서 얼굴을 붉게 물들였다. 힘을 바짝 주느라 그리되었다.

추소산이 단양의 이 같은 마음을 모를 리 만무하다.

그는 당장 신형을 날려 단양에게 달려가고 싶은 마음을 억지로 억눌렀다. 혹시라도 연로한 단양이 놀라기라도 하면 낭패도 그런 낭패가 없다.

천천히… 천천히…….

추소산은 단양의 애를 닳고 닳게 해서 완전히 없애 버리려는 듯 천천히 다가왔다.

그리고 결국 그의 앞에 이르렀을 때다.

단양이 추소산의 허리춤에 비끄러매어져 있는 목검을 바라보곤 천천히 고개를 끄덕여 보였다.

“소산아, 이 사부가 네게 천지무상독존검법의 진수를 보여주도록 하마.”

“…….”

단양은 추소산의 대답을 기다리지 않았다. 그가 지난 수년간 추소산에게 전수하기 위해 하루도 빼놓지 않고 연마했던 천지무상독존검법을 보여줘야만 했다. 혹시라도 노망기 때문에 검초 하나라도 잊어버리기 전에.

스릉.

단양의 허리춤에 항상 자리 잡고 있던 녹슨 철검이 뽑혀 나왔다.

가볍게 떨리는 검신.

추소산이 말리려는 순간, 단양의 철검이 움직이기 시작했다.

천천히… 천천히…….

추소산이 단양을 만나기 위해 다가올 때와 같다. 철검의 움직임은 흡사 사람의 속을 바짝 마르게 하려는 듯 느리고 느렸다. 누구라도 한 번 보면 그 검초를 따라 할 수 있을 정도다.

하지만 추소산은 단양의 철검이 정확하게 천지무상독존검법의 검로를 따라서 움직인다는 걸 그리 어렵지 않게 눈치 챘다. 또한 그가 얼마나 많은 노력을 하고서야 이 같은 완벽한 검로를 익힐 수 있었을지 역시 알 수 있었다.

스으! 스으으으!

느릿느릿 움직이는 검로 속에 단양의 지난 수년간이 그대로 투영되었다. 추소산에겐 그 나날들이 여지없이 보였다. 보지 않을 수가 없었다.

그리고 단양의 철검이 천지무상독존검법의 마지막 동작을 끝냈을 때였다.

당장이라도 끊길 듯 헐떡이는 숨결.

단양의 더운 숨결을 코끝으로 느끼며 추소산이 천천히 자리에 엎드렸다.

대례!

큰 가르침을 받은 제자가 사부한테 하는 큰절.

추소산이 천천히 자리에서 일어섰을 때였다. 문득 헐떡거림이 조금 잦아든 단양이 걱정스런 표정으로 말했다.

"소산아, 어떻게 좋은 색시는 만났더냐?"

"…예."

"그럼 되었다."

단양의 얼굴에 가득하던 주름이 일순 활짝 펴졌다. 크나큰 기쁨이 그에게 젊음을 되돌려준 것이다.

"저 사람이 만검조종?"

"대례를 올렸으니 당연히 그렇겠지."

"하지만 어째……."

추소산의 신신당부에도 불구하고 삼존은 결국 옥화산에 제멋대로 오르고 말았다. 몰래 숨어서 추소산의 사부인 만검조종을 살펴보고자 함이었다.

그렇게 결국 추소산과 단양의 재회를 목격하게 된 그들은 연신 고개를 갸웃거렸다. 단양이 펼쳐 보인 궁극의 천지무상독존검법의 어이없을 정도의 허접함과 이를 대하는 추소산의 진지함이 그들을 혼란 속으로 몰아넣었다.

게다가 멀리서 살펴야만 하는 까닭에 그들은 단양의 외양을 대충 살필 수 있을 따름이었다. 가까이서 보면 그냥 쭈그렁탱이 늙은이에 불과하지만, 멀리 떨어져서 살피니 제법 선인의 풍모가 보였다. 쉬이 딱 집어서 결론을 내릴 순 없을 듯싶었다.

만검조종에 검선지로를 걷는 자!

천하제일검이라 불리는 추소산을 키운 사람을 함부로 재거나 재단할 순 없었다. 아무리 생각해도 허접함 그 자체인 천지무상독존검법 역시 뭔가 숨겨진 비밀이 있을지도 몰랐다. 그런 생각이 들었다.

'무언가 비밀이 있을 것이다!'

'무언가 비밀이 있을 테지. 암!'

'비밀이 있다면, 반드시 풀어내고 말 테다!'

삼존은 저마다의 상념 속에 빠져 침묵했다. 그리고 그들과 사뭇 멀리 떨어진 동굴 앞에선 오랜만에 만난 사제가 웃음꽃을 피우며 얘기를 나누고 있었다. 후일 검문(劍門)이라 명명된 무림문파의 첫 번째 조사인 만검조종과 두 번째 문주인 천하제일검의 담소였다.

〈7권 終〉

강남 여행기 3

졸정원.

졸장부가 정치를 하는 정원이란 뜻으로 본래 이름은 왕부(王府)였다.

그럼 어째서 중국을 대표하는 사대명원 중 한 곳이 이런 괴상망측한 이름으로 일컬어지게 된 것일까?

여기엔 참으로 웃지 못할 비사가 있다.

왕부의 주인인 왕씨 일가에서 어느 날 한 명의 개망나니가 태어났는데, 그는 도박을 좋아해서 엄청난 가치를 가지고 있던 집안의 집을 깨끗이 날려 버렸다. 단 하룻밤 만에.

"단 하룻밤 새? 도박으로?"

기가 막힌 심정으로 우리가 되묻자 청봉 가이드가 천천히 고개를 끄덕여 보였다. 그리고 덧붙인 한마디 말.

"앞서 봤던 무석의 여원도 그런 식으로 남의 손에 넘어갔습죠."

과연 중국!

정말 강남 역시 명불허전이었다.

우리는 서로를 바라보며 고개를 끄덕였다. 어째서 후일 왕부의 후손들이 졸정원이란 괴이한 이름을 붙였는지 짐작이 갔기 때문이다.

그런 가슴 아픈 과거가 묻혀진 졸정원은 앞서 구경한 매원과 여원처럼 기기묘묘한 길과 태호석, 다양한 구경거리로 우리의 눈을 즐겁게 했다. 참으로 사대명원이란 이름에 걸맞게 빼어난 점이 많은 정원이었다.

하지만 이미 매원과 여원을 거친 후인지라 우리는 그리 크게 감탄하진 않았다. 오히려 우리 일행의 입을 딱 벌어지게 만든 건 개의 해를 기념해서 천 년의 유적이라 할 수 있는 졸정원 군데군데 각종 강아지 상과 상징물들을 설치해 놓은 중국인들의 굿 센스였다.

고색창연한 주변 배경과 사뭇 생뚱, 그 자체로 배치된 스티로폴 강아지들의 향연이라니!

갑자기 확 깨는 느낌에 우리 일행들은 서로 시선을 좌우로 외면하기에 바빴다. 남의 나라에서 유적을 어찌 관리하든 뭐라 할 순 없지만, 참으로… 난감스럽기 그지없는 일이라 하지 않을 수 없달까?

어쨌든 그렇게 조금 빠른 걸음으로 졸정원 관람을 끝낸 우리는 다시 버스에 올라탄 후 오중제일산으로 향했다. 이번 강남 여행 중 우리 일행들을 가장 탄복시킨 황산을 능가하는 명산으로 향한 것이었다.

오중제일산!

앞서 밝혔다시피 오나라에서 가장 높고 그럴듯한 산이라 하여 붙여진 이름이다.

그만큼의 포스를 우리 일행이 기대한 건 그리 문제될 만한 사안은 아닐 것이다. 그래야만 했다.

그런데 눈앞에 보이는 언덕? 구릉? 그것도 아닌… 묘하게 뾰족하고 오래된 탑 하나만 덩그러니 세워져 있는 기묘한 평지는 무엇이란 말인가!

평지.

분명 산이라 이름 붙여진, 그것도 오중제일산이란 그야말로 위풍당

당한 이름이 붙여진 눈앞의 산(…이라 쓰고 그냥 조금 가파른 평지라 읽는다)은 내 눈엔 진짜 평지, 그 자체였다. 특별히 다른 표현 따윈 빌리기 싫고, 어디서 떠안아 오기도 싫은 그냥 평지인 것이다.

"게다가 입구는 왜 저렇게 으리번쩍한데?"

내 불만 가득한 외침에 청봉 가이드가 뒤통수를 긁적이며 다가와 설명했다. 오중제일산인 만큼 사찰이 있어서 그렇다고. 역시 산에는 절이 있어야만 하는 것… 이라지만, 도대체 저게 어딜 봐서 산이냐!!!

그때 산이나 계단이란 말만 나와도 경기를 일으키기 바쁘던 박웅 형님이 갑자기 오중제일산의 입구를 제일 먼저 통과하더니, 곧바로 정상까지 걸어 올라가는 기염을 보였다. 여행 중 단 한 번도 본 적이 없고, 앞으로도 보지 못할 광경을 구경하게 된 것이다.

"허!"

누군가의 입에서 가벼운 탄성이 터져 나왔다. 아마도 여전히 멋있는 모습으로 찍새 본능에 충실하고 있던 초*님이 아니셨던가 싶다.

암튼 그렇게 시작된 오중제일산 정상까지의 길은 꽤나 다채로왔다. 느릿느릿 걸어 올라가는 우리 일행의 앞에는 오왕 합려가 검을 묻었다고 알려진 검지가 있었고, 피로 물든 혈석이 또한 모습을 드러냈다.

그 아래 합려왕의 무덤이 있다는데, 혹시라도 오중제일산을 무너뜨릴까 싶어 아직 발굴에 들어가진 않았다고 한다. 역시 오중제일산의 위세는 엄청났던 것이다.

한데 너무나 쉽게, 땀 한 방울 흘리지 않고 정복한 오중제일산의 정상에는 꽤나 오래된 석탑이 세워져 있었다. 족히 천 년은 되어 보이는 탑.

청봉 가이드는 그때를 놓치지 않고 얼른 설명했다. 혹시라도 사람들이 오중제일산이 산이 아닌 줄 알까 봐 세운 탑이라고.

"컥!"

나는 거의 사레가 들 뻔했다. 정상을 오르며 잠시 그렇지 않을까 했던 예상이 거의 정확하게 들어맞자 혹시 내게 무당기가 있는 게 아닌가 하는 두려움과 전율을 느끼지 않을 수 없었던 것이다.

그렇게 한동안 탑을 돌며 일행들 간에 사진 촬영이 있었고, 또다시 한 방울의 땀도 없는 하산이 이어졌다. 이틀째의 정상적으로 계획되어진 오후 일정이 대충 끝나는 순간이었다.

그 후 오중제일산 이후의 일정은 저녁밥을 먹고 호텔에 짐을 푼 이후 소주의 밤거리를 구경 나가는 것이었다.

그러나 그때 벌어진 기상천외한 일들은 일행 모두의 동의하에 이곳에선 다루지 않기로 할까 한다. 눈물을 머금고서(ㅠㅠ, 사실은 일행들에게 암살을 당하고 싶진 않아서라 함이 더 옳을 터다).

＊　　　　＊　　　　＊

여행 셋째 날.

밤새 적어도 십 년은 족히 회자될 아주아주 많은 에피소드를 만든 일행들의 얼굴은 누구 하나 할 것 없이 시커멓게 죽어 있었다.

특히 나는 태호에서 얇은 옷으로 버틴 탓에 살짝 몸살기가 있어 아침부터 약을 먹은 터였다. 몸 상태와 더불어 심신이 피곤하지 않을 수 없었다.

끙끙대며 아침을 먹고 로비로 향하자 묘하게 혼자만 쌩쌩한 청봉 가이드와 오식 가이드님이 일행 체크를 하며 삼 일째 일정에 대해 설명하고 있었다.

소주에서 유일하게 유명하다 할 수 있는 명주실 공정과 유원 관광 후 황산으로의 이동!

삼 일째 일정에 대해 짤막한 설명을 들은 K광수님의 입에서 특유의 투덜거림이 흘러나왔다.

"도대체 소주의 미인은 있긴 있는 거냐고요?"

청봉 가이드의 얼굴에 일순 당황한 기색이 스쳐 갔다. 밤새 K광수님께 시달림을 당하며, 그 성질의 엄청남을 경험한 바 있었기 때문이다.

그러나 그것도 잠시, 청봉 가이드는 곧 프로답게 명주실 공정을 보면서 모델들의 쇼가 있다는 말로 K광수님의 불퉁한 심사를 달래는 데 성공했다.

대충 소주 명주실로 된 의상을 입고 무대를 도는 정도겠지만, 어쨌든 모델들이 나온다니 K광수님을 비롯한 총각들은 얼굴 표정들이 모두 좋게 변했다. 나 역시 물론^^

그렇게 찾아간 소주의 특산, 명주실 공정(…이라 쓰고 관광객들 대상의 영업소라 읽는다)은 그닥 볼 것이 없었다. 미인은 모델을 포함해 역시 보이지 않았고, 유일하게 그럭저럭 괜찮다고 생각한 남자는 조선족이었다.

한마디로 말해 중국에서 미남미녀를 본다는 건 하늘의 별 따기처럼 힘들다는 잠정적인 결론을 우리 일행은 내릴 수밖에 없었다.

참고로 말하자면, 평균적인 중국인들의 연령은 한국인보다 기본적으로 5세에서 10세가량 더 들어 보였다. 문화와 자연적인 차이는 생각보다 사람의 노화와 큰 관련이 있었던 것 같다.

어쨌든 청봉 가이드는 또다시 K광수님을 비롯한 총각들의 따가운 눈총을 받아야만 했다. 이때엔 나 역시 꽤나 흥분하여 동조하고 있었음을 밝혀둔다. 미인의 유무는 차치하고, 어느새 손에 들려져 있는 강매품으로 인해 왠지 속았다는 생각을 금할 수 없었던 것이다.

그리고 우리는 마저 유원(이미 중국 정원에 대해선 잔뜩 늘어놓았으니만큼, 유원에 대한 자세한 설명은 생략하기로 한다)을 돈 후 버스에 올라 다음 여행지인 황산으로 향했다. 정상에 탑이 없이는 산이란 걸 몰라보는 산밖엔 없는 소주를 떠나 진짜 강남 산의 왕을 정복하기 위한 장도에 오른 것이다.

황산.

현재의 중국인이 가장 존경하는 사람인 모택동 주석이 한 번 올라본 후 직접 개발하라 한 걸로 유명한 중국 제일의 명산이라 불리는 곳이다.

이미 작년 사천, 운남을 여행하며 아미산과 창산, 옥룡설산 등과 같은 빼어나게 풍경이 좋은 산을 찾은 바 있는 내 기대는 꽤나 컸다.

그때 봤던 산들도 풍경과 기운이 무척이나 좋았는데, 중국 제일 명산은 얼마나 좋을 것인가!

중국 여행을 통해 산을 무척이나 좋아하게 된(일각에선 나이를 제법 먹어서란 말도 안 되는 음해가 있기도 하지만—_—) 내 기대가 어느 정도였을진 미뤄 짐작이 가시리라. 적어도 작년 이전까지만 해도 내 중국 여행의 목표는 바로 황산이었을 정도인 것이다.

그러나 중국, 그중에서도 근래 들어 크게 뜬 관광지인 장가계를 전문으로 가이드하는 오식 가이드님의 반응은 조금 냉소적이었다.

"그냥 풍경 좋은 산이죠."

장가계에 비교하면… 이란 단서가 붙은 뒤에야 할 수 있는 말이란 걸 나는 뒤늦게서야 알 수 있었다. 그때까지만 해도 황산에 대한 기대감은 여전히 120% 충전되어 있던 때였으니 말이다.

그렇게 버스는 쉼없이 달렸다.

끊임없이 건설되고 있는 고속도로를 따라 쭉쭉 달렸다. 중천에 떠 있던 해가 서서히 기울어 황혼으로 물들고, 다시 캄캄한 어둠 속에 파묻힐 때까지.

꼼지락… 꼼지락…….

어둠 속을 달리는 버스 속에서 나는 자꾸 온몸을 비틀어댔다. 작년, 운남의 대리→여강 간의 코스만큼 험한 길이 아니었음에도 오랜 버스 여행은 힘이 들었다. 특히 중국인의 조그만 몸집에 맞춰 제작된 의자에 끼어 앉아 있던 나로선 슬슬 온몸이 저리고 찌뿌둥해 오고 있었다. 한마디로 당장 버스에서 뛰어내려 체조라도 하고 싶은 기분이었다.

한데 그때였다.

어쩌다 마을이 나타나도 불빛 하나 보이지 않는 것이 흡사 유령 마을이나 폐허가 된 유적 같던 도로 저편으로부터 거짓말 조금 보태 대낮같이 환한 불빛의 퍼레이드가 쏟아져 나왔다.

그건 캄캄하고 지루한 터널을 막 빠져나온 것과 비슷한 느낌이랄까?

완전 퍼져 있던 우리들의 눈빛이 화등잔만 하게 커진 것과 동시, 청봉 가이드가 마이크를 잡고 특유의 목소리로 설명했다. 목표했던 황산시가 곧이라고.

즉, 황산에 드디어 도착한 것이다.

황산시.

모택동, 중국어 발음으론 마오쩌둥 주석의 단 한마디로 만들어진 특별 관광구의 명칭이다. 당연히 중국에서 그다지 잘사는 동네가 아니지만, 이곳의 밤은 오랫동안 어둠의 터널을 건너온 우리 일행에겐 꽤나 매력적으로 다가왔다.

마치 군대에서 굴러다니던 중 야간행군을 하다 잠시 쉬는 틈에 바라본 도시(…라 말하고 읍네라 읽는다)의 전경과도 비슷했달까?

어쨌든 황산시의 근사한 야경을 배경으로 버스에서 내린 우리 일행은 한동안 사진을 찍느라 분주했다. 황산은 아예 보이지도 않건만, 괜스레 야경에 흠뻑 취해서 특유의 묻지마 구경에 열을 올린 것이다.

덕분에 오식 가이드님과 청봉 가이드는 단숨에 여기저기로 찢어져나간 일행들을 불러모으느라 안간힘을 써야만 했다. 일단 한번 제멋대로 행동하기 시작하면 전혀 대책이 없는 우리 일행의 진면목이 드러나는 순간이었다.

그렇게 30분 정도가 후딱 지나갔다.

간신히 다 모인(가장 늦은 건 역시 찍새 본능에 충실한 초*님이었음은 두말하면 잔소리다) 우리 일행은 버스에 다시 올라탄 후 황산 호텔로 향했다.

중간에 황산 현지 가이드가 올라타 황산 제일의 호텔이라는 둥의 헛소리를 늘어놨으나 일행 모두에게 가볍게 씹히고 말았다. 여태까지 절대 현지 가이드의 말대로 이뤄진 일이 없었음을 경험을 통해 알고 있었기 때문이다.

*　　　　*　　　　*

여행 넷째 날.

드디어 이번 여행의 하이라이트라 할 수 있는 황산 등정의 날이 밝았다.

국내에서 무분별하게 자행되고 있는 광고에 홀딱 넘어가 효도관광 오셨던 할아버지, 할머니들께서 치를 떨며 고개를 절레절레 가로저으셨다 알려진 마(魔)의 코스!

일명 케이블카에서 내려 한 시간 동안 쭈욱 올라 일잔천(一棧天)을 온몸으로 통과하기를 간신히 끝낸 나와 일행들은 산봉 하나를 넘는 데 이미 녹초가 되어버렸다. 그만큼 난코스였다. 특히 우리 원헌드레드 클럽에겐.

당연히 좁은 곳을 병적으로 싫어하는 나는 하늘의 파편이란 고상한 이름을 가진 일잔천을 통과하며 내심 뿌듯한 성취감을 느꼈고, 뒤처진 일행들을 향해 거친 목소리로 콰이! 콰이! 를 외쳐 댔다.

여기서 콰이란, 쾌(快:빨리)란 뜻의 중국어인데, 대충 엇비슷했던지 중국 각지에서 몰려든 중국인 관광객들 사이에서 대폭소가 터져 나왔다. 여행의 진수 중 하나인 내국인과 외국인 간의 진한 문화적 교류(…라 말하고 나라 망신이라 읽는다)가 이뤄진 것이었다.

하지만 황산은 이제 고작해야 얼굴만을 내민 것에 불과했다. 일잔천을 넘자마자 굽이굽이 황산의 산봉들이 모습을 드러냈고, 최종 목표인 황산의 서해대협곡까진 아직도 다섯 시간가량의 등정이 남아 있었다.

원헌드레드 클럽이 주축이 된 우리 일행의 체력이 딱히 효도관광단보다 낫다고 할 수 없는 여건을 감안한다면, 꽤나 험난한 코스!

이마의 땀을 닦으며 고뇌에 빠진 나와 박웅님을 비웃듯 얼마 전 원헌드레드 클럽에서 탈퇴한 조총관이 흡사 산양이라도 된 듯 가벼운 모습을 뽐냈다.

역시 다이어트는 현 인류 최대의 관심사가 될 만큼 좋은 것이었다. 정말 그랬다. 그렇긴 하지만… 저렇게까지 티를 팍팍 낼 필요까진 없잖은가! 버럭!

내심 조총관의 가벼운 발걸음을 시큼한 질투의 시선으로 바라본 내가 걸음을 조금 빠르게 했다. 원헌드레드 클럽이라곤 해도 체력 하나만은 자신있었다. 황산의 풀 코스가 아무리 길고 험난하다곤 하나 이대로 체면을 구기고 뒤로 처질 순 없었다.

덕분이었을까?

나는 줄곧 일행의 최선두를 유지할 수 있었다.

역시 아직 젊음은 나와 함께하고 있었다. 한데, 그때 놀라운 일이 발생했다. 나와 비슷한 나이에 원헌드레드 클럽에 가입도 하지 않은 K광수님이 일행의 뒤로 쭈욱 처져 버리는 대사건이 벌어진 것이다.

작년, 운남 사천 여행 중 야생 야크와 같이 산천을 뛰어다녔을뿐더러, 황룡을 오르던 중 산소 결핍과 녹초가 된 내게 살심을 품게 만들었던 영기발랄함은 도대체 어디로 사라졌는가!

나는 단 일 년 새 망가져 버린 동료 작가이자 친우를 바라보며 깊은 글쟁이로서의 슬픔을 가슴속에 곱씹었다. 그리고 조용히 흘러나온 중얼거림.

"그러게 이 년 새 30여 권을 몰아서 쓸 때부터 알아봤다. 언젠간 자판에 코를 박고 이 세상 하직할 날이 있을 거라고… 클클클……."

내 지극한 애정이 담긴 위로의 말을 들은 K광수님의 얼굴에 일순 발끈한 기색이 떠올랐다. 아직 자신이 죽지 않았다는 걸 증명하고 싶었으리라.

하지만 그때 선두 그룹과 완전히 멀어져 박옹님과 어울려 있던 신마대전, 흑사자의 저자 K님(이분 역시 이 년간 30여 권을 몰아 쓴 양반)이 점잖게 녹초가 된 표정으로 외쳤다.

"슬슬 몸이 갈 때지. 괜스레 힘 빼지 마! 나도 작년에 녹용을 먹고 그 힘으로 글 쓰고를 두 번 반복했더니, 이젠 약발이 떨어져서 죽을 것 같아!"

'정말 죽을 것 같다!'

나는 진심으로 K님을 걱정했다. 그리고 그분의 뒤를 아장거리며 따르고 있던(뒤에는 전담 마크맨인 무영검전의 저자 일심 군이 붙어 있다) 박옹님의 경악스런 멘트가 뒤따랐다.

"산이… 산이 날 밀어내고 있어!"

과연 그랬다.

박옹님은 분명 걷고 있는 것 같은데, 자꾸 뒤로 물러서는 것만 같았다. 일행들과의 간격이 갈수록 벌어지고 있는 것이었다. 박옹님의 뒤를 철저하게 마크하는 일심 군의 얼굴에 힘들어 죽겠다는 표정이 암운처럼 깃들기 시작한 것도 무리는 아니었다. 아마도 일잔천을 통과하는 동안 박옹님을 계단 밑에서 밀어 올리느라 체력의 절반 정도를 소모했을 터였다.

그러나 나는 일심 군에게 한차례 쿨하게 웃어줬을 뿐 전혀 위로나 동정의 시선 따윈 보내지 않았다. 본래 세상이란 게 자신 먼저 살고 봐야 하는 게 아니겠는가.

그 후 나는 몇 명이나 파트너를 바꿔가며 황산의 서해대협곡을 향해 전진했다. 거의 내 옆에는 황산 현지 가이드가 붙어서 움직였다. 그가 선두에 서고, 청봉 가이드와 오식 가이드님이 일행 사이를 오고 가며 혹시라도 낙오자가 나올 것을 미연에 방지하는 것이었다.

그러는 동안 우리는 황산의 유명한 기송(奇松)을 보고, 괴석(怪石)을 접했으며, 천하제일 어쩌고저쩌고를 암석에다 낙서해 놓은 중국의 후 안무치한 행태를 똑똑히 지켜봤다.

문화적인 차이… 라 해야 할까?

나는 황산의 좋은 돌과 거대한 절벽에다가 중국인들이 붉은 글씨로 꼭 그렇게 낙서를 해야 했는지, 납득이 가지 않았다. 돌을 쪼아서 만든 돌길과 돌계단이야 그렇다 치더라도 찍찍 낙서까지 해놓고 구경하라고 내놓다니, 촌스러움의 극치란 생각밖엔 안 들었다. 뭐, 역시 문화적인 차이겠지만.

그렇게 다섯 시간이 지나 도착한 서해대협곡은 과연 장관이었다.

특히 산 깊은 곳으로부터 쏟아져 나오는 맑은 기운은 과연 황산이 명산임을 인정케 만들었다. 일시 잔뜩 늘어졌던 온몸에 기운이 샘솟는 것만 같았다.

후아!

나는 온몸 가득 황산의 맑은 기운을 들이키며 갑자기 와불이 되었 다. 더 깊게 황산의 기운을 들이마시기 위한 몸부림이자, 더 이상 단 한 발짝도 움직이지 않겠다는 의지의 표현이었다. 무릎이 슬슬 아파왔 기 때문이다.

물론 그 같은 사람이 나뿐일 리 없다.

한 명, 두 명…….

내 뒤를 따라 서해대협곡에 도착한 일행들은 모두 대동소이한 표 정—힘들어서 당장이라도 죽을 것 같다는—을 하고서 털썩털썩 주저앉았 다. 서해대협곡의 장대한 광경을 구경하는 심미안을 마음껏 발휘하며 늘어지기 시작한 것이다.

그렇게 잠시의 시간이 흘러갔다.

점차 땀이 식으면서 몸이 추워지기 시작하자 나는 와불이 되는 걸 포기하고 자리에서 일어섰다. 이젠 슬슬 황산의 서해대협곡 부근에 자리 잡은 호텔로 가서 완전히 퍼질 시간이 되었다는 판단이었다.

*　　　　*　　　　*

여행 다섯째 날.

황산의 밤은 꽤나 짧았다.

새벽부터 부산을 떨며 일출을 보기 위해 일어선 나는 전날 저녁 황산 호텔의 돼먹지 못한 남자 안마사들한테 두들겨 맞은 탓에 발생한 가벼운 몸살 기운을 억누른 채 광명정에 올랐다. 그리고 보게 된 일출.

일출의 순간, 내 뇌리 속을 스친 건 후일 '절대마조'라 이름 붙인 차기작의 스토리 라인이었다. 황산 광명정으로부터 시작되는 장쾌한 마도인의 이야기가 뇌리 속을 꽈악 메운 것이었다.

하지만 그것도 잠시뿐.

성의없는 몇 차례의 촬영 후 나는 호텔로 향한 후 짐을 쌌다. 슬슬 황산을 내려갈 준비를 해야 했기 때문이다.

또다시 험난한 계단의 지옥을 거친 후 케이블카를 타고 황산을 내려온 우리 일행은 이미 파김치가 되어 있었다. 모두 전날 황산 등정과 죽일 안마사들한테 구타당한 여파가 무척이나 많이 남은 얼굴들이었다.

결국 버스를 타고 다음 여행지이자 마지막 종착역이라 할 수 있는 항주에 도착했을 때 일행 중 제대로 정신을 차리고 있는 사람은 거의 없었다.

모두 반쯤 버스 의자에 기댄 채 혼몽함과 격심한 근육통 속에 끼어 절반쯤 뭉개져 있었다. 여행 후반기만 되면 항시 겪는 일로 일행들의 평균 체력이 대충 드러나는 순간이었다.

하지만 역시 젊음이란 좋다.

역시 꾸벅거리며 졸고 있던 나는 항주의 화려한 불빛을 접하자마자 즉시 원기백배해졌다. 황산시에 처음 도착했을 때 봤던 불빛보다도 훨씬 근사하고 멋진 빛의 퍼레이드에 녹초가 됐던 심신 모두가 몽땅 활력을 되찾은 것이다.

"항주에는 미인이 있을 것인가?"

나의 덧없는 바람이 담긴 중얼거림에 즉시 나직한 코웃음 치는 소리가 뒤따른다.

"중국에 미인 따위가 있을 리가……."

"역시 그런가……."

내 얼굴에서 생기가 즉시 사라졌다. 항주가 비록 중국 4대 관광도시로서 물가 역시 한국의 강남에 비견될 정도의 대도시라곤 하지만, 미인은 만나기 힘들 듯하단 생각이 들었다. 이때 이르러 거의 집념에 가까워진 강남미녀를 보고 싶다는 일념이 점차 흔들리기 시작한 것이었다.

그러는 동안 버스는 항주의 호텔, 산명수려 앞에 이르렀다.

이제 식사 후 푹 쉬고 내일부터는 항주 탐험의 시작이었다.

*　　　*　　　*

여행 여섯 번째 날.

새벽부터 일어서서 부산을 떤 우리 일행은 재빨리 아침 식사를 마친 후 로비 앞에 집결했다. 천 년의 고도이자 수많은 명승고적이 산재되어 있는 항주인 만큼 여태까지의 여행보다 조금 부지런히 움직일 필요가 있었다.

항주.

소주와 함께 강남에서 유명한 절경을 자랑하는 고도로 주변에는 천목산이 펼쳐져 있고, 중앙에는 유명한 소동파가 만든 서호가 있다.

절묘한 배산임수의 명당.

누가 보더라도 감탄사가 절로 나올 법한 아름다운 도시이다.

그 도시에서 가장 유명한 것이 바로 서호이니, 옛 미인 서시를 기려 소동파가 지은 시로 인해 미인의 호수 혹은 연인의 호수로 불리운다.

우리 일행은 일단 서호로 향해 서호에서 반드시 봐야만 할 열 가지 열경, 즉 서호십경 중 네댓 개를 구경했다.

서호 중간에 만들어진 인공 섬에서 달을 구경하는 삼담인월, 겨울에 눈이 녹으면서 마치 다리가 끊어진 것 같은 착각을 불러일으키는 단교잔설(斷橋殘雪), 백제 서쪽 끝에 호수 면과 거의 같게 만들어진 조망대인 평호추월(平湖秋月), 서북쪽 비정을 중심으로 펼쳐지는 호수에 연꽃 향기 그윽한 곡원풍하(曲院風荷), 시인 소동파가 만든 제방인 소제춘효(蘇堤春曉), 오백여 그루의 모란뿐 아니라 수천이 넘는 꽃에 둘러싸여 홍어지(紅魚池)에서 노는 분홍빛 잉어를 바라보는 즐거움에 연유해 붙어진 화항관어(花港觀魚), 서호의 동남쪽에 버드나무 가지 사이로 들리는 꾀꼬리 소리가 고운 곳인 유랑문앵(柳浪聞鶯), 호수 서남쪽에 있는 남고봉(南高峰)

과 서북쪽에 있는 북고봉(北高峰)이 산수화처럼 운치가 있는 쌍봉운(雙峰雲), 정자사(淨慈寺)와 영은사(靈隱寺)에서 울려 퍼지는 종소리가 운치를 돋우는 남병만종(南屛晩鐘), 뇌봉산(雷峰山) 꼭대기에 있던 뇌봉탑(雷峰塔)에서 비치는 석양이 분위기가 있는 뇌봉석조(雷峰夕照) 등……

이 중 우리 일행이 구경할 수 있었던 건 평호추월, 곡원풍하, 소제춘효, 화항관어, 뇌봉탑 정도였다. 게다가 그중 뇌봉탑은 과거 불탄 터라 근래 들어 새로 만들어진 것으로 과거의 풍취를 그저 짐작만 해볼 수 있을 터였다.

하지만 그 정도만으로도 우리 일행은 충분히 항주와 서호의 멋과 매력을 충분히 느낄 수 있었다. 중간중간 오고 가는 찰싹 달라붙어 떨어지지 않으려 하는 연인들의 모습에 시큼한 분노와 질투의 시선을 던지길 쉬지 않았지만 말이다.

그리고 밤이 되었다.

서호 이후 몇 가지 명승을 더 돌아본 후 항주의 유명한 삼외(三外:천외천, 산외산, 루외루) 중 하나인 루외루에서 동파육을 비롯한 진미를 맛보고 나온 우리 일행은 서호 주변을 천천히 배회했다.

호수를 따라 흘러넘치는 맑은 바람.

첫날과 마찬가지인 화려하고 아름다운 빛의 퍼레이드.

서호는 여전히 매력이 넘치는 호수였고, 우리 일행의 입가엔 저절로 미소가 감돌았다. 이번 강남 여행 중 가장 마음에 드는 곳으로 항주를 꼽게 된 것에 누구 하나 불만이 있는 사람이 없을 정도였다. 다음날이 될 때까지는 분명 그랬다.

*　　　　*　　　　*

여행 일곱, 여덟 번째 날.

춘절.

굉장히 국토가 넓은 중국에서 생겨난 일종의 롱 베케이션을 뜻한다. 거의 일주일 정도가 되는 기간 동안의 대규모 휴가를 맞아 중국 4대 관광지 중 하나인 항주는 갑자기 인파의 폭풍을 만났다.

아예 도시 전체가 사람의 물결 속에 함몰해 버린 것이다.

우리 일행은 그 사이에서 어떻게든 예정된 일정을 소화하기 위해 전력투구했는데, 그건 말 그대로 사투나 다름없었다. 인파가 흘러넘치는 거리 한복판을 뚫고 항주 최대 서점가를 방문한다던가, 용정으로 향해 차 한 모금을 맛보기 위해 최선을 다한 것이다.

물론 덕분에 중국 여행 중 가장 많은 중국인들을 만날 수 있었고, 역시 미인미남은 볼 수 없음에 혀를 찰 수밖에 없었다. 역시 미인미남이란 인구수에 비례하는 건 아닌가 보다.

결국 항주에서 예정되었던 삼 일이란 시간이 물결처럼 흘러갔다. 그 동안 남송천년정(연기자들이 펼치는 일종의 극장식 쇼)이나 악왕묘(악비 장군의 묘) 등과 같이 괜찮은 구경거리도 많았지만, 사람들에 계속 치어야 했던 일행들의 얼굴엔 극심한 피로감이 감돌았다.

이젠 귀국할 때가 된 것이었다.

그래서일까?

항주 공항으로 향하는 동안 나는 속으로 중얼거렸다. 산이나 호수, 강과 같은 자연이 마음을 씻어주는 데 반해 도시는 오히려 짐을 지운다고.

그리고 다시 중국의 빼어난 산천을 찾아 여행을 계속하고 싶은 충동
이 불쑥 솟아올랐다. 작년의 운남 사천 여행 때와 마찬가지로 말이다.
　하지만 그런 내 마음을 아는지 모르는지 얼마 후 공항의 활주로를
떠난 비행기는 무심히 떠올랐고, 점차 항주… 그리고 중국의 강남은
작별을 고하고 있었다. 또다시 일상으로 복귀할 때가 온 것이었다. 슬
프게도.